林文寶　編著

張晏瑞　主編

林文寶兒童文學
著作集

第三輯　著作編

第八冊
台灣兒童文學史
文論選集

台灣兒童文學史文論選集

林文寶、邱各容　編

張晏瑞　主編

《台灣兒童文學史文論選集》原版書影

國家圖書館出版品預行編目 (CIP) 資料

台灣兒童文學史文論選集／林文寶，邱各容編. --
一版 . -- 新北市：富春文化，2011.11
面；　公分
ISBN 978-986-7023-22-3(平裝)

1. 兒童文學 2. 台灣文學史
863.5959　　　　　　　　　　　　　　　100024177

台灣兒童文學史文論選集

指導單位 / 行政院文化建設委員會

協辦單位 / 財團法人中華民國建國一百年基金會

主辦單位 / 中華民國兒童文學學會

主　　編 / 林文寶、邱各容

編　　輯 / 邱志杰

封面 設計 / 不倒翁創意視覺工作室

出 版 者 / 富春文化事業股份有限公司

發 行 所 / 新北市永和區環河西路二段 223 號 5 樓之 2

電　　話 / （02）8660-6354　傳真 / （02）2767-9176

郵政 劃撥 / 12945557

登 記 證 / 新聞局局版北業字第 0055 號

定　　價 / 350 元

2011 年 11 月台北一版一刷

《台灣兒童文學史文論選集》原版版權頁

目　　錄

前言 / 林文寶..5

談兒童文學史料的蒐集和整理 / 林武憲............................10

國內兒童文學史料整理小檢視 / 洪文瓊............................18

台灣兒童文學今奈何 / 蔡尚志....................................26

影響台灣近半世紀兒童文學發展的十五件大事 / 洪文瓊......51

疼惜一暝大一寸的兒童文學 / 李潼...............................71

我對台灣兒童文學的看法 / 鄭清文...............................76

台灣兒童文學的建構與分期 / 林文寶............................85

台灣兒童文學發展史的研究現況與課題 / 林文茜.............127

台灣當代兒童文學開走走 / 張晼琪..............................147

台灣兒童文學的制度面分析：一項比較的觀點 / 杜明城......204

台灣兒童文學史的書寫與建構 / 趙天儀...........................219

從意識型態談日治時期台灣兒童文學的書寫 / 邱各容 229

試論台灣兒童文學區域性之研究 / 林文寶........................242

台灣兒童文學發展的省思 / 邱各容.................................267

附錄一

　　台灣地區四十五年來的兒童文學發展 / 林良 287

附錄二

　　爲兒童文學點燈──陳梅生專訪 / 吳聲淼....................293

附錄三

　　選文出處表..309

前　言

林文寶

　　緣於編選《台灣兒童文學史文論選集》一書，更見史料與基礎性研究之不足。於是有了感觸，並對有關台灣兒童文學的研究發展書寫如下：

　　台灣新文學運動的展開，是在 1895 年台灣淪為日本殖民地之後才發生，而身為弱勢與邊緣的兒童文學，在台灣地區的發展更是緩慢與困境。

　　台灣與中國的再度連接是在 1945 年，宣稱回歸祖國，其實只是有限的四年多（1945 年 8 月 15 日～1949 年 12 月 7 日），其間互動本來就有限，再加上 1947 年的 228 事件，以及國、共的內鬥。事實上，兩岸的互動除了權力之外，其實是有限的。尤其是 1949 年所謂大陸變色，國民黨政府行政中心轉移到台灣，雖然跟隨而來的有一批知識分子。可是，國民黨卻以鎖國的政策，中斷兩岸的各種互動。因此，就兒童文學而言，似乎缺乏由大陸帶來的兒童文學相關資訊。目前，可見者有：

　　《兒童文學》　編輯者本社編輯部　文致出版社　台北市
　　　1972 年 3 月
　　《童話與兒童文學研究》　松村武雄著、鍾子岩譯　新文
　　　豐出版社　1978 年 9 月

　　這兩本書是撤退前在大陸出版的書。後者是譯自日本。前者原是錢畊莘編著，是 1934 年 7 月，由世界書局所出版。

　　中華民國在台灣，早期以政治、經濟為先。在政治穩定、經濟起飛之後，始有餘力關注民生與教育。

　　基本上，兒童文學是個小學門，且寄生於教育，只有在人民生活素質提高，才會重視兒童文學，與兒童文學的研究。洪文瓊於上個世紀 90 年代初期，有〈台灣地區兒童文學研究發展概況〉（見 1991 年 5 月中華民國兒童文學學會《華文兒童文學小史（1945～1990）》，頁 105~112）一文，從研究環境與研究成果兩個角度，來檢視台灣兒童文學研究發展。而二十年後的今天，研究發展又何如？個人擬從與研究相關的事件說起：

　　1、1960 年，師範改制為師專，其中語文組有一門「兒童文學」。這是兒童文學踏上高教學堂，成為一門學科。

　　2、1984 年 12 月 23 日，於台北市台大校友聯誼社，召開「中華民國兒童文學學會」成立大會，暨第一屆第一次會員大會，並選舉理、監事。林良當選第一屆理事長，林煥彰任秘書長。並於隔年 2 月 15 日發行雙月刊《中華民國兒童文學學會會訊》。又於年底出版「兒童文學研究叢刊」第一種，歷經第二屆馬景賢、第三屆鄭雪玫等理事長，「兒童文學研究叢刊」出版 8 種。

（1）《認識兒童文學》 馬景賢主編 1985 年 12 月

（2）《認識少年小說》 馬景賢主編 1986 年 12 月

（3）《認識兒童讀物插畫》 馬景賢主編 1987 年
11 月

（4）《認識兒童戲劇》 鄭明進主編 1988 年 11 月

（5）《認識兒童期刊》 鄭明進主編 1989 年 12 月

（6）《認識兒童詩》 鄭明進主編 1990 年 11 月

（7）《認識兒歌》 林文寶主編 1991 年 12 月

（8）《認識童話》 林文寶主編 1992 年 11 月

第二屆理事長馬景賢、秘書長洪文瓊則出版「兒童文學史料叢刊」，共五種：

（1）《中華民國台灣地區兒童期刊目錄彙編》
（民國 38 年～民國 78 年） 洪文瓊策劃主編
1989 年 12 月

（2）《（西元 1945 ～ 1990）兒童文學大事紀要》
洪文瓊策劃主編 1991 年 6 月

（3）《（西元 1945 ～ 1990）華文兒童文學小史》
洪文瓊策劃主編 1991 年 5 月

（4）《中華民國台灣地區兒童文學工作者名錄
》林麗娟執行編輯 1992 年 11 月

（5）《（西元 1987 — 1998）兩岸兒童文學交流回

顧與展望專輯》　林煥彰策劃主編　1998 年 10
月

　　學會自 1985 年起持續舉辦一年一度的年會學術論文討論
會。1988 年洪文瓊捐贈百萬元，設立「兒童文學研修獎金」，
獎勵大學部及研究生研修兒童文學，獎勵亦持續中。

　　3、1987 年師專改制為師院，除特教、體育、音樂、美術
等系外，其他科系學生必須修習「兒童文學」兩學分。而後，
因此有一年一度的「省市師範學院兒童文學學術研討會」。
1994 年公布「師資培育法」。其中小學學程雖然有「兒童文學」
選修，無奈師範教育體系已然逐漸解體。而所謂最可獲得重視
的師範院校，就兒童文學而言，除幾本教科書之外，似乎於研
究和成果，皆寥寥可數。

　　4、1996 年台東師院獲准成立兒童文學研究所，1997 年
招生首屆研究生 15 名。這是目前台灣唯一的兒童文學研究所，
也就是理所當然的學術研究重鎮。於是，每年有學術性研討
會，並有了《兒童文學學刊》、《繪本棒棒堂》等刊物的發行，
2003 年招生博士生，同時有「台東大學兒童文學獎」的設立。

　　5、1997 年靜宜大學文學院成立兒童文學專業研究室，
1998 年改為兒童文學研究中心。靜宜大學文學院自 1997 年起
每年舉辦「兒童文學與兒童語言學術研討會」（與學會、兒文
所並列為年度三大研討會。）

　　綜觀台灣兒童文學的學術研究，似乎研究環境仍未達成

熟，究其原因，應該是學門狹窄，未成氣候，其間，看是風起雲湧，卻少有人以兒童文學作為專業研究對象。而所謂的研究成果，少見專業研究者，但見碩、博士論文，至 2008 年計有 1288 篇之多，橫跨各學門。至於基礎性、史論性等論述則偏少。（詳見選集〈台灣兒童文學發展的省思〉一文）

在少見的專業研究者中，又以洪文瓊、邱各容成果最為可觀。

本書所謂文學史文論選集，主要是編錄與文學史發展相關的論述，其間又以總論或整體的歷時性為主軸，分論與單項文類等論述皆不在收錄之列。全書計收 14 篇，外加附錄三篇。林良的短文，勾勒出 45 年的發展，可說言簡意賅，可讀性高，特別收錄以共享。至於陳梅生專訪一文，雖與本書編錄主旨不合，但是在台灣兒童文學史的發展，缺少了有關陳梅生的論述，似乎是個不可原諒的遺憾，也是學術界不夠用心之處，是以吳聲淼的訪問稿代替之。附錄三為選文出處表。

最後，感謝師、友、同仁慨允選錄其論著，並感謝文建會的贊助，以及學會蔣佩真、學生顏志豪、鄭宇庭於編選工作的支持，一併致謝。

談兒童文學史料的蒐集和整理

林武憲

　　我國的兒童文學，是現代文學天地裡的一隻醜小鴨，躲在又濕又冷的牆角，沒有受到應有的照顧，所以長得瘦瘦小小的。今天我們能夠在一起，來談兒童文學史料的蒐集和整理，實在是我們社會的一個很大的進步。（註一）

　　兒童文學史料的蒐集和整理，首先要建立保存蒐集資料的觀念。這個觀念，是一般人，也是一般機構、出版社、雜誌社等所缺少的，由於沒好好保存資料，等到要用的時候，就找不到了。七十四年和七十五年，我有機會到韓國日本去，發現韓日兩國兒童文學的研究，比我們好得多。韓國去年出版了一本《韓國兒童文學家人名事典》（註二），收了韓國三大兒童文學協會四百二十名會員的資料。日本有五花八門的博物館，像交通博物館、風箏博物館、兒童圖畫書美術館，東京的近代文學博物館就是專門收集整理日本近代文學資料的博物館。另外還有大阪國際兒童文學館、宇都宮繪本圖書館、新美南吉資料室等十幾個兒童文學資料收藏處。我們板橋的國教研習會，辦理兒童讀物寫作班，我去擔任第三期輔導員的時候，想要找出第一二期的上課講義，就找不到了。研習會曾經向教育廳的兒童讀物編輯小組，借了一些叢書的插畫和有關資料去展覽，展覽以後過了一段時間，小組想起來想要回去，回答是不曉得放哪兒去了，找不著了。教育廳

的兒童讀物編輯小組，要從台北師專搬到忠孝東路去的時候，叢書和百科的文字稿、審訂稿都丟掉不要。那裡頭，有作者的原稿，有多次的校對稿，還有語文專家何容和審查委員的審訂稿。百科的部分，有的題則，找了幾個人多次重寫，那些東西都不保存，實在非常的可惜。作家原稿的重要性大家都知道不說了，總編輯潘人木先生改的、語文專家何容改的，實在改得非常好，那裡面有兩位先生數十年的功力和學問在，如果能好好保存下來，整理分類研究，對於兒童讀物的寫作、寫作的講習或語文研究，都是非常珍貴的材料，可惜絕大部分都不見了，剩下的一小部分，我搶救了下來。所以現在我家有幾十本叢書的原稿，有一百本左右的叢書審訂稿。我請了工讀生把校對稿上改正的部分謄寫在審訂稿上。像林良先生寫得很好的一本書—《爸爸的十六封信》，原稿就在我手上，我有十二本林先生的兒童讀物原稿。我搶救下來的，還有一本紅葉棒球隊的相簿，那是陳約文女士寫《紅葉之歌》附送的資料。

　　第二點我想提出來的，是我們必須注意史料蒐集整理運用的查證鑑定工作。我發現，日本人做學問，態度很嚴謹，一絲不苟，腳踏實地，實在令人不能不佩服，這是我們絕對比不上的。我們的社會是一個速食麵的社會，編書、印書，常常只求快不求好。這種現象，使得我們蒐集的資料不能用、不好用，因為資料的正確性，常常會有問題。我們以作家史料的整理研究來說吧。有一本《中華民國作家作品目錄》寫潘人木「本名」。民國八年二月二十八日生，東北人。中央大學外文

系畢業。曾任職於重慶海關，來台後任職於台灣省教育廳兒童讀物編纂小組，直到民國七十年退休。目前旅居美國。早年寫小說，後致力於兒童文學創作與編纂，主編《中華兒童百科全書》。在這大約一百字左右的介紹裡，就出現了幾個問題。(1)潘人木是筆名不是本名，潘先生的本名是潘佛彬，人木是取了本名的半邊兒。(2)潘先生是東北人，沒錯，說得精確一點呢？哪一省哪一縣的？(3)曾任職於重慶海關。來台後任職於兒童讀物編纂小組。「來台後」是民國三十幾年還是四十幾年？小組的成立是民國五十三年五月。教育廳沒有「兒童讀物編纂小組」，只有「兒童讀物編輯小組」。(4)潘先生退休是在七十一年不是七十年。(5)她主編《中華兒童百科全書》以外，還主編《中華兒童叢書》四百本及《中華幼兒叢書》等。簡介中說潘先生致力於兒童文學創作，可是作品目錄卻沒有列出她寫的兒童讀物，只列出《蓮漪表妹》和《哀樂小天地》。其實潘先生在民國四十年四月，就由重光文藝社出了一本《如夢記》。她寫的兒童讀物，有《天黑了》、《郵政和郵票》等數十本。

　　民國六十四年四月，《書評書目》第二十四期上有一篇梅奇仁的＜兒童期刊目錄＞，其中說《小學生畫刊》的創刊年月是民國四十七年，停刊年月是五十五年八月。其實創刊年月是四十二年三月，不是四十七年；停刊年月是五十五年十二月，不是八月。這一篇史料有不少的錯誤和遺漏，我就寫了一篇更正及補遺，寄給該雜誌社，雜誌社竟然不肯刊登，大概是面子

問題吧，因為作者好像是該雜誌社的編輯或洪建全教育文化基金會的人員。後來透過別人向雜誌社抗議，那篇更正及補遺，才在十二月號刊出來。另外，有一本雜誌有一篇＜台灣兒童詩的形成與現況＞，其中說：「月光光出現之後，有洪建全兒童文學獎的設立⋯⋯」，其實洪健全兒童文學獎的設立是民國六十三年，那年開始徵文，第二年的四月出版得獎書籍《媽媽的心》、《山裡的日子》等，而《月光光》，是六十六年的四月才創刊的。在＜台灣兒童詩的形成與現況＞中還說：「大概在民國五十五年前後，黃基博開始指導兒童寫詩。這是一件值得大書特書的大事。」老天爺曉得，黃老師開始教兒童詩，是民國五十九年九月，和五十五年差了好幾年。不久以前，文建會請了一些作家，到各地作「文學之旅」跟愛好文藝的年輕朋友談心。有一位先生提到民國四十年的時候，他念小學三年級，有一天他爸爸帶回來一本《東方少年》創刊號給他。其實呢，《東方少年》是四十二年十一月才創刊的。人的記憶力實在是很不可靠的，相信自己記憶力沒問題的人，大概就有問題。我們還要儘量根據第一手資料，因為二手資料往往不太可靠，不可靠的原因很多，有作者記憶錯誤或筆誤，校對不精等，如果不得已，我們應該注意資料的查證工作，而且應該有幾分資料才說幾分話，不要推測，不要趕著編，編出很多錯誤來，寧可以後再來增補。

　　第三點是資料的取捨問題，大家都知道，兒童文學跟語文、教育、發展心理學、民俗學都有關，但是兒童文學史料的

蒐集，不能把語文、教育、發展心理學、民俗學等的有關資料都一網打盡，只能選擇跟兒童文學有密切關聯的才蒐集，不然的話，就收不完了。譬如說，《兒童文學論著索引》也收了這類資料——＜指導兒童檢查字典之研究＞、＜屏東縣來義村巫術資料＞、＜山伯英台死後回陽結親＞等，似乎可以不要。＜兒童詩書目初編＞也收了關於兒童文學評論與研究、兒童文學工具書、報刊、相關的現代詩刊及文學、教育雜誌，如自立晚報、學前教育、掌門詩社、你喜愛的英語、德詩選粹等，好像收得多了一點。無論是書或報刊，如果只跟兒童沾上一點邊，很少（不到十分之一）或偶爾發表一兩篇跟兒童文學有關的文章，不能列為兒童文學資料，只要把有密切關聯的列出來就夠了，如《百代美育》第二十期是美國兒童讀物插圖專集，全冊頁數一〇四中占了六十九頁，當然可以列入。至於像《日文台灣資料目錄》、《中文參考書指南》、《國語推行和國語日報》、《三不拜草堂詩鈔》之類的書，似乎沒有收列的必要，我們必須考慮「資料爆炸」的問題。有的兒童圖書目錄、書展或兒童文學期刊，沒有分清楚「寫孩子的」和「寫給孩子」的，所以收了《怎樣教出資優兒》、《育兒醫學百科全書》、《幼稚園托兒所行政管理手冊》等，這種觀念，恐怕也得改進。如果要講究一點的話，如「漢文讀本」或教科書、三年級讀本等也不能算兒童讀物（一般兒童讀物不包括教科書、讀本之類的），就算是兒童讀物吧，也不一定是兒童文學，所以「兒童文學史料特展」不必蒐集像《粘土工》這類東西。

　　第四點值得我們一起探討的是兒童文學史料的分類問題，兒童文學史料的分類以及兒童讀物的分類，都是我們必須及早解決的問題；這個問題沒解決，就會影響到資料的整理及運用。馬景賢先生的《兒童文學論著索引》分為兩大部分——「兒童文學」與「兒童圖書館」。「兒童文學」部分分為一、總論，二、童話，三、詩歌，四、兒歌、童謠，五、神話、傳說，六、寓言，七、兒童故事，八、兒童小說，九、笑話、謎語，十、民間故事，十一、戲劇，十二、插圖，十三、兒童刊物，十四、寫作研究，十五、評介，十六、各國兒童文學研究，十七、作家介紹（(1)中國作家(2)外國作家）。「兒童文學」週刊第五輯分為一、總論，二、童話，三、神話，四、兒童詩，五、童謠、兒歌，六、民間故事，七、故事，八、知識讀物，九、小說，十、散文，十一、非小說，十二、戲劇、電影，十三、插圖，十四、寫作研究，十五、閱讀指導，十六、社團活動和消息報導，十七、作家介紹，十八、兒童刊物，十九、兒童圖書館，二十、其他。其他各輯還有兒童文學史、兒童文學獎、出版消息、參考資料、歷史故事、傳記、遊記。這次的「我國兒童文學史料特展書目」的類別，分為甲、兒童叢書目錄，乙、史料，丙、論著，丁、論述，戊、兒童期刊，己、童詩、歌謠，庚、童話、民間故事、小說，辛、其他。因為資料不是很多，類別少是很自然的現象。這三種不同的分類項目是不是有可以歸併、增加或修正的，實在需要大家來集思廣議。

　　除了分類的項目以外，還有怎麼分類的問題。同樣是談一

本書的，有的列入評介，有的列入童話，有的列入寫作研究，甚至列入參考資料或總論裡，沒有一個標準，這是兒童文學周刊總目錄的情形。在《兒童文學論著索引》裡，總論類有「古代的兒童讀物概況」和「怎樣編寫兒童讀物」，似乎應改列入「各國兒童文學概況」（「概況」中另有《清末民初的兒童讀物》）和〈寫作研究〉，〈我所認識的一位美國童話作家〉也應由「童話」改列入「作家介紹」；〈淺談童話詩〉由「童話」改列「詩歌」可能好些。「兒童文學史料特展」方面，《兒童詩研究》、《兒童詩觀察》似乎放在「兒童文學論著」較好（原列「童詩、歌謠」類）。趙景深的《童話集ABC》也應由「童話」處改列「論著」，而「論著」中的《蓬萊米》是文學創作選集，也應移位。分類的時候如果沒有注意查證，很容易把「研究論著」和「研究對象」混淆，如《兒童文學論著索引》中的「北投童謠」、「閩南故事集」等都不是「論著」。

　　以上提出了四個關於兒童文學史料蒐集整理的問題，請大家指教。大家都知道，要加強我國兒童文學的研究發展，兒童文學史料的蒐集和整理是要早點做、快點做的，因為資料的蒐集是點點滴滴累積起來的，沒有辦法一下子就速成。我們為了我國兒童文學的遠景，分頭努力，把隱藏著的資料找出來，把散亂的資料集中起來，好好的整理、分類，編成索引、書目，無論是作家，還是畫家、編輯，每一個人先把自己的資料建立起來，內容包括生平、簡要年表、活動照片、著作目錄、評介資料、代表作等等，使我國的兒童文學資料中心充實起來，促

進國內兒童文學的發展。

註（1）：本文根據七十五年九月二十七日在聯合報大樓舉行的
　　　　兒童文學史料座談會的講稿擴充寫成。

註（2）：出版於民國七十五年八月。
　　　　76.4.54 中華副刊，原名是「促進兒童文學的發展——
　　　　談兒童文學史料的蒐集和整理」

國內兒童文學史料整理小檢視

洪文瓊

前言

　　文學是文化的一個面向，研究文學史可讓我們多一個維度去
了解文化發展的面貌。舉凡重視文化建設的國家，沒有不重視文
學史研究與文學史料的整理、保存的。國內不論是在文學史的研
究，或是文學史料的整理保存，無疑是努力不夠的。其中兒童文
學方面更是長期受到忽略。筆者僅以一個兒童文化的關懷者，撰
此文以呼應《文訊》對文學史料整理的重視。

　　所謂文學史料，較寬廣的說，凡是能用來作為文學史相關研
究的基礎資料或線索資料，都可以包括在內。如以資料的內容性
質來作區隔，或可分為作家資料、書目資料、活動資料（如大事
紀要）三大部分。限於篇幅，本文僅以兒文作家史料為談論重點，
先檢視既有的成果，再提出個人的一些建言。由於依據的資料大
部分來自個人平日的蒐藏，缺漏在所難免，企盼方家不吝指正。

有關兒文作家、畫家史料的整理成果

　　作家史料可說是研究文學史最重要的基礎資料，整理的向度
可包括作家年表、影像、手稿、著作目錄、他人評論、答訪專文、

作品全集、選集等等。內容可以只是單一個別作家的，也可以
是作家群體的。國立中央圖書館最近（民八十四年四月）剛剛
推出的電腦軟體「當代文學史料影像全文系統」，就是屬於作
家群體的多向度史料（共收錄當代台灣作家六百餘位）。國內
兒童文學界對作家史料的整理似乎不太熱中，也不受政府有關
單位的重視。台灣光復近五十年，兒童文學史料的蒐集、整理，
只有一些零星的成果，而且全由民間團體或個人在推動，說來
不無遺憾。在這兒且分別就作家基本資料（包括年表、影像、
手稿、著作目錄、答訪專文、他人評介等）和作家作品全集／
選集這兩個大向度，介紹坊間已整理出版的成果。而兒童文學
的創作，插畫家也扮演著重要的角色，特別是在幼兒文學中，
插畫家跟作家幾乎就如同爸爸和媽媽一樣，無法說是誰比誰重
要。因此，兒文作家史料的蒐集、整理，也應把兒文插畫家包
含在內。本文即是採取如此的觀點。

　　迄今為止，個別兒文作家、插畫家有較完整資料見於坊間
者，只有已故的王詩琅（一九〇八～八四）和楊喚（一九三〇
～五四）。王詩琅曾任《學友》雜誌總編輯，他的詳細年表與
著作目錄見於前衛一九九一年版台灣作家全集中的《王詩琅‧
朱點人合集》；另民國六十八年高雄德馨室出版社出版有張良
澤主編的《王詩琅全集》，其中第一卷《鴨母王》、第二卷《孝
子尋母》、第十一卷《喪服的遺臣》，均是兒童文學作品。
楊喚為早期兒童詩的開拓者之一，他的史料和研究，以台東師
院林文寶教授的專著《楊喚與兒童文學》（台北：萬卷樓，民

八十三年）和台灣師大國文研究所民八十年余翠如的碩士論文
《楊喚其人及其詩研究》，資料最新也較完整。較早還有光啟
版的《楊喚詩集》（民五十三年初版，民六十五年校訂八版）
和洪範書店的《楊喚全集》（民七十四年）。另純文學出版社
於民六十五年，也特別以圖畫書的形式出版楊喚的兒童詩選集
《水果們的晚會》，共收錄十八首。

　　除了王詩琅和楊喚外，台灣兒文作家、插畫家幾乎沒有
一位有較全面性的資料被整理出來。以在兒童文學界可稱為德
高望重的林良來說，迄今未見有較完整的年表資料和作品評論
資料匯編，著作目錄也不齊全（最早見於民七十年十一月《兒
童圖書與教育》雜誌第一卷第五期林良特集，其次為邱各容民
七十九年富春版《兒童文學史料初稿，一九四五～一九八九》
中采風錄的林良篇，較晚近的是民八十一年中華民國兒童文學
學會編印的《兒童文學工作者名錄》，輯錄資料僅到民七十七
年而已。）較特殊的是民八十二年十月林良七十大壽，兒童文
學界為他祝壽，中國海峽兩岸兒童文學研究會籌編了兩冊祝賀
文集──《林良和子敏》、《耕耘者的果樹園》（林良先生序
文選集），裡面含有供研究林良的豐富史料。

　　此外，坊間有比較完整年表資料可供參考的個別兒文作
家尚有陳千武、張彥勳（一九二五～九五）、林鍾隆（皆見於
一九九一年前衛版《台灣作家全集》），他們都是在成人文學
有顯著創作成果的作家，他們這些年表資料，都不是兒童文學
界整理出來的，也因此，只能作為研究他們的參考資料。兒童

文學界，只有中華民國兒童文學學會會訊七卷四期（民八十年八月）刊有青野重的＜張彥勳先生對兒童少年文學的貢獻＞，特別簡要介紹張先生在兒童文學方面的重要著作。

　　兒童文學界開始比較重視史料的蒐集與整理，其實是最近十年的事。首開風氣之先的是邱各容先生。他不但持續整理兒文大事記要共五年（民七十四至七十八年），而且連續在報章上發表采風錄，報導對華文兒童文學發展有重大貢獻的人物，他介紹過的台灣兒文作家有游彌堅、張雪門、王詩琅、洪炎秋、楊喚、蘇雪林、謝冰瑩、黃得時、陳梅生、林海音、吳鼎、林守為、蘇尚耀、李畊、彭震球、徐曾淵、陳約文、嚴友梅、華霞菱、趙友培、潘人木、林良、馬景賢、黃基博、徐正平、朱傳譽、林鍾隆、藍祥雲、邱阿塗、林煥彰、謝武彰計三十一位及畫家鄭明進一位。雖內容帶有些感性，卻不無參考價值。其次是中華民國兒童文學學會在其會訊（六卷和七卷，民七十九、八十年）上，推出「風雲榜」專欄，特別介紹當年各類兒文獎得獎作、畫家或亡故人物，前後介紹過的作家有劉思源、蔡惠如、林武憲、謝武彰、王金選、葉宏甲（亡）、林良、林煥彰、陳木城、杜榮琛、黃海、許漢章（亡）、李潼、陳玉珠、張嘉驊、陳肇宜、管家琪、洪志明、賴曉珍、余金財；畫家有劉宗銘、劉宗慧、廖鴻興、杜采容、陳志賢、林宗賢、施政廷、林正義、徐素霞、張哲銘、仇桂芳。學會會訊用來介紹作、畫家的篇幅雖然不多，但大體都附有著作年表及創作理念，可用作參考資料的不少，唯一比較可惜的，學會會訊未繼續保

留此一專欄。繼學會會訊之後，也十分重視作家史料的是林煥
彰先生創辦的《兒童文學家》季刊，該刊九一年、九二年各期
均刊載一專輯人物，每一專輯人物都有評介文章、著作年表，
以及作品選刊，等於是該個別作家小特集，是研究該作家的很
好參考資料。篇幅雖較學會會訊多，但仍然嫌薄弱，更可惜的
也是同樣未能持續。兩年八期被選取作為專輯人物的台灣兒文
作家只有邱傑、黃海、黃基博、木子四位（另有大陸兒文作家
四位）。

　　兒童文學界除了上述邱各容的采風錄、《學會會訊》、《兒
童文學家》季刊，留有較豐富的作、畫家資料外，在國內兒童
文學發展史上也占有一席之地的國語日報社，也出版有《作家
素描》一書（民八十三年八月），雖然其中有一半是非兒文作
家，但被介紹的兒文作家、畫家也多達十七位：潘人木、林良、
林煥彰、鄭明進、杜榮琛、蘇尚耀、林武憲、陳木城、洪義男、
李潼、林加春、方素珍、陳玉珠、黃基博、邱阿塗、阿傑、夏
婉雲。該書對每位作、畫家都有簡要的生平介紹和作品賞析，
內容雖嫌精簡，卻不失為扼要。

　　以作家群體資料作為整冊出版的，迄今只有兩本，且都各
為《兒童文學工作者名錄》。較早的一本是民六十九年二月由
長流出版社出版的，收錄作家七十多位；較近的一本是民八十
年十一月由中華民國兒童文學學會出版的，收錄二百二十五
位，包括作家、插畫家、理論研究者、編輯、兒童劇工作者等
等，涵蓋範圍較廣，另外有一特色是附有被收錄者自選的兒童

文學工作理念。

　　至於作家群作品集（個別作家自選集限於篇幅本文不予列入說明），迄今都只出現選集合刊本，一是單一文類的作家群作品選集，一是多文類作家群作品選集，前者較值得重視的童詩有爾雅版的《童詩百首》（林煥彰選，民六十九年）和《童詩五家》（民七十四年）、洪建全教育文化基金會的《童詩１２》（洪建全兒童文學創作獎一～六屆童詩組得獎作品合訂本，民七十一年）、幼獅的《兒童文學詩歌選集》（林武憲主編，民七十八年）、台灣省兒童文學協會的《台灣兒童詩選集》（民八十年，老中青三代廿三人最近五年內作品）；童話有兒童圖書出版社的《現代童話》（林鍾隆等，民六十三年）、將軍的《童話世界（一）（二）》」（黃基博等，民六十四年）、幼獅的《兒童文學童話選集》（洪文瓊主編，民七十八年）；少年小說有兒童圖書出版社的《少年小說》（林鍾隆等，民六十四年）、幼獅的《一球茉莉花》（楊思諶等，民六十七年）和《兒童文學小說選集》（洪文珍主編，民七十八年）；生活故事類有幼獅的《兒童文學故事集》（蘇尚耀主編，民七十八年）。在多文類作家群作品選集方面，筆者掌握的資料只有兩本，即作文出版社的《玉山下》（民六十八年十月，分童話、寓言、童話小說、兒童詩等十二類）和正中的《現代兒童文學精選》（民七十五年，包括小說、散文、詩、童話四類）。這些選集不諱言的說，都稱不上嚴謹和全面，但對研究光復後台灣兒童文學創作發展走向，仍是很有參考價值的資料。

省思與建議

　　由以上所敘述的情況，大體可以確切的說，國內兒文作家、畫家史料的蒐集、整理，尚未引起兒童文學界以及政府有關單位的重視，其中插畫家部分尤是受到忽略。這也顯示國內對文化財的保存與維護，還有待強化與落實。近年來，政府推行文化建設不遺餘力，我們期待也能多資助並推動兒文史料的整理。

　　其次，從既有的兒文作家、畫家資料整理來看，我們發現除了已故的楊喚、王詩琅外，幾乎沒有一位作、畫家有完整的資料可供研究。而在作家史料的整理保存上，兒童文學似乎仍比不上成人文學，這顯示兒童文學在我們的社會仍然未受充分的肯定，另方面當然也意謂兒童文學界本身努力不夠或眼光不夠。兒童文學史料，特別是作家、畫家史料，兒童文學界如本身不重視，要期待別人或政府機關來重視，那未免過於諷刺了。今年國語日報社、中國海峽兩岸兒童文學研究會、中華民國兒童文學學會等團體，在林煥彰等人奔走協調之下，成立了華文兒童文學資料館，這無疑是一件值得重視的大事，它的成立，期待是國內兒文史料蒐集、整理、保存邁向新里程的開始。政府方面，過去曾一度研議強化國立中央圖書館台灣分館在兒童文學資料方面的典藏，使成較專門的兒童資料中心，我們也希望政府認真考慮此一計畫，使其能成為事實。

　　而史料除了蒐集、保存外，更重要的是要有人加以整理、研究。這方面的人才需求與研究獎勵更為迫切。過去邱各容先生、林文寶教授都做了一些努力。我們期待兒童文學界能有更多的邱各容、林文寶。同時也期待作為兒童文學研究重鎮的師院以及開設有兒童文學課程的相關大專院校科系，能有更多的教授、學生投入兒童文學史或作家作品論的研究。國內目前研究所只有國立台東師院初教研究所設有兒童文學組，據聞東師院有意爭取設立國內首座兒童文學研究所，我們期待儘快能成為事實，以培植新的生力軍。當然我們更期待文建會、教育部能更積極、主動資助、獎勵兒童文學史的研究，其中資助建立兒童文學資料庫軟體系統尤是當務之急。

台灣兒童文學今何奈？

蔡尚志

壹、省思台灣兒童文學的「主體性」問題

　　今年三月下旬，筆者曾先後參加了兩個有關「台灣童話」的學術研討會，這兩個學術研討會都邀請了幾位中國當今最前衛的著名學者專家參加。筆者在聆聽他們的論文發表及討論意見時，不斷聽到以下這些強人所難的論調：「當代台灣童話是當代中國兒童文學的一個重要的組成部份」、「對中國人文傳統的承襲與傳播仍是這數十年間台灣童話的中心話語」（註一）。又說，台灣的環保童話「傳唱著那曲華夏文化傳統中人與自然相擁相依，和諧相處的古老歌謠」（註二），「秉承了『天人合一』的餘脈，是經歷了自然懲罰後的一部份中國人對傳統文化的理性回歸與自覺體認」（註三），讓兒童「從小受到古老文化傳統的浸染，給他們幼小的心靈打上民族文化的底色」（註四）。而國內某些童話作家們，更赤裸裸地呼籲：台灣的兒童文學應該跟中國的兒童文學「合肥」。這些論調似是而非，令人茫茫然不知所云；不少與會的學者專家們紛紛交頭接耳：「台灣的童話到底是怎麼一回事了？」「台灣到底有沒有自己的童話？」「台灣的童話是否有自己的風貌？又反映了什麼特色？」「台灣的童話作家，難道是隔著台灣海峽遙寫中國童話嗎？」「台灣的兒童文學作家們，到底是在寫『台灣的』兒童文學，還是『中國的』兒童文學？」

　　怎麼會令人產生這麼多的疑惑？這幾十年來台灣的兒童文學，究竟是怎麼一回事？真正能代表台灣的兒童文學，又應該要有什麼樣的特色及風貌？台灣兒童文學的發展，應該朝著什麼方向走，才有開花結果的一天呢？

　　台灣早已是一個繁榮進步、主權獨立自主的國家；教育普及，社會開放，經濟發達，出版事業蓬勃，實已為兒童文學奠定良好的發展基礎。然而，數十年來的台灣兒童文學，卻遲遲怯於邁出本土化、現代化、國際化的腳步。如何建立台灣兒童文學的「主體性」，增進台灣兒童文學真實的生命意義，是當前我們要全力以赴的最重要課題。

貳、認同鄉土，呈現「本土性」風采

　　題材是文學之母。而文學是一定土地在「文本」上的呈現，文學絕對是土地及其陶鑄形成的人文的文字表現。因此，文學作品的題材，來自於以某一特定土地為根據所形成的特殊空間。日本「現代童話之父」小川未明曾經如此有感而發：

　　　　每一個國家的生活、風土、習慣都是各不相同的。觀察那些特殊的自然而描述其經驗，對它抱具愛心，這就是藝術家。我是北方出生的，因而會想起北方的海的濤聲，冬天的晨曉，走在簷下的旅人的草鞋聲。這些都是北方生的小孩才有的回想。現在對它有無限的懷念，

同時也想起生活在那邊的人，這些寫入作品裡的時候，甚至會帶著有機的血肉的關係，於是可以說，鄉土色彩是對故鄉抱著懷念的人寫作時必然會表現出來的。所以，藝術上具有民族色彩，是光榮的事，也是必要的。……某一民族的部落帶有它特殊的美及個性，那個民族或部落始有獨自存在價值。倘若從其鄉土除掉該民族的特質，究竟會剩下什麼呢？人僅以單純的理論上的條文式的幸福是不會感覺真實的幸福的。（註五）

因為生長在北方，對北方的人物及風土民情最熟悉，最鍾情於那「帶有它特殊的美及個性」的鄉土韻味，採用來做為寫作的題材，不但下筆有熟悉感，也會有「感覺真實的幸福」的落實感，因而創作出具有藝術品質、令兒童喜愛和感動的兒童文學。

幾十年來，台灣的兒童文學，根本上就悖離了這個最重要的原則。兒童文學先進鄭清文先生就曾經語重心長地點出：「我們的兒童文學，因受外國作品和中國作品的影響，時常忘掉取材本土的重要性。」（註六）

台灣的兒童文學發展得很晚，日治時代雖然已施行新式小學教育，但處在殖民帝國蠻橫的歧視體系下的台灣兒童，無法和日本學童享受同樣的教育品質，當時的台灣學童，當然無緣接觸新式的兒童文學。一九四九年以後，國民政府全面退守台灣，屬行訓政教育，提倡反共仇共文學，更無暇顧及兒童文學。

一直到一九五一年三月，才有一群關心兒童教育的學者專家，因為「覺得非常對不起下一代，……毅然著手為自由中國的每個兒童，開創一個屬於他們自己的樂園」（註七），才由台灣省教育廳所經營的台灣書店創辦《小學生》半月刊，鳩集作家為中、高年級學童翻譯、改寫西洋童話，進而為兒童撰寫各式各樣的故事、童話、小說。可以說，這是台灣真正有兒童文學的開始。

由於當時台灣省籍的作家，少有中文寫作能力，那時期有中文寫作能力的兒童文學作家，清一色是大陸來台人士。他們一方面來台未久，心存過客情懷，對台灣這塊土地認識淺薄、關心不足；另一方面，國民政府為鞏固對台灣的統治權，正雷厲風行地向台灣省民強制灌輸「中國五千年傳統悠久文化」。在這個思想絕對一元化的時代裡，兒童文學作家當然不敢（甚至不屑）深入去接觸台灣的風土民情及人文特質。情勢所逼，他們只能全力配合國民政府的政策，大寫特寫封建中國的「忠孝節義故事」、「民族英雄故事」、「二十四孝故事」等等，他們根本無心去挖掘具有台灣本土氣息的兒童文學題材。

事實上，早在一九三五年，中國新文藝家鄭振鐸先生即已撰文嚴厲譴責中國封建意識的兒童讀物，是「以注入式的教育方法，注入了：忠君孝文的倫理觀念；顯親榮身的利己主義；安分守己的順民態度；腐爛靈魂的反省道學的人格教育；」（註八）「除了注入式的識字教育之外，他們差不多是無視有所謂『兒童』時代的存在的。」（註九）這種迂腐的思想和態度，

在六十年後的台灣，仍然是一股揮之不去的「主流」。鄭清文先生就如是剖析：

　　在台灣，什麼是正統？台灣的正統似乎來自中國。我們看看中正紀念堂的幾個大匾額。一是「大中至正」，一是「大忠」「大孝」。這是最高規範，也可以說最高教條。這符合現代人的生活和想法？

　　中國是一個古老的國家。但是，經過幾千年的悠久歷史，就從來也沒有出現過一個叫「理性時代」的時代，這裡面包含著自由、民主和理性。

　　中國，每一個朝代的更換，都充滿著殺伐，而後再把這些殺伐正當化。勝者為王，敗者為寇。在這些殺伐中，所產生的英雄又是怎樣的一種本質呢？（註一○）

　　在這股主流意識的束縛和浸染下，台灣的兒童文學，雖然作品汗牛充棟，卻大致只有三種產品：一是「西洋翻譯童話及小說」。可憐這些作品，經過三翻四譯後，品質卻越來越粗糙，根本就失去原著的精髓；直到這近十年來，一些有眼光有魄力的出版公司，精挑版本，細選譯筆，追求精緻，才逐漸扭轉這種頹勢。二是「中國古典名著改寫」。上自中國上古神話傳說、先秦寓言、六朝筆記小說，下至唐代傳奇、宋元小說、明清章回，不管適不適合兒童閱讀，情況就像老太婆翻箱倒櫃一般，把款式早已落伍的昔日嫁裳，一件一件搬出來舊衣新穿，應景

過癮。更甚者，近年更有一派封建復辟的國學者提倡「讀經」，讀經雖無不可，但讀的竟是《論語》、《孟子》、《大學》、《中庸》，甚至是佛教《心經》；失之毫厘，謬以千里。可見我們主掌教育、文化、思想的爺爺伯伯們，如果不是無心、根本就是沒力為新一代的兒童開創「清新、優美的兒童文學」，真是「非常對不起下一代」！三是「創作的童話故事及童詩」。然而，幾十年來，創作兒童文學的主流作家們，絕大多數是一群受過師範科班培育、天天與兒童接觸、且自以為最瞭解兒童最適合為兒童創作的小學教師。這樣的一群作家們，大多數以精湛的教育專業自詡，創作的理念是「重教育、輕文學」，因此，他們作品的特色是「主題掛帥、情節格套、手法輕浮、內容貧瘠」，少有注重文學藝術性的；他們個個又都通過了師範嚴格的「國語文會考」，對國語文能力相當有自信，擅長「淺語敘述」（不是「淺語藝術」）。所以，他們寫出來的作品往往「通暢有餘，清新不足」，了不起成為兒童的「語文訓練教材」，很難對兒童發生「文學教育」的效果。七○年代後期，台灣省政府教育廳大舉提倡國小詩歌教學，上有所好，下必有甚焉者，童詩寫作一時間蔚為國小語文教學的主題。於是，國語課堂而皇之變成「童詩課」，寫作教室變做「童詩工廠」，不但老師愛寫，小朋友也喜孜孜地跟著模仿；不旋踵，台灣就成了童詩滿天飛的「童詩王國」。而今，昔日的小詩人何在？成為詩人、作家的又有幾人？小時了了，大未必佳，原來他們只是在想像、比喻、排比等伎倆上學了一些淺薄的功夫，就個個自以為是「天

生的詩人」了。寫寫寫，因何而寫？從何寫起？寫了什麼？一概不知！

　　就因為失去了「鄉土」的依恃，這幾十年來，台灣的兒童文學作品，必然地走入「純想像」的死巷。本來想像和虛構是文學創作不可或缺的思維藝術活動；但是，完全憑想像和虛構創作出來的作品，勢必失去真實性和同情心。台灣童話中所描繪的人物，總跳不出堯、舜、禹、湯、文、武、周公等中國聖人形象；思想主題更是古老中國封建意識的翻版，莫怪中國的學者專家會誤以為「台灣的兒童文學是中國兒童文學的支流」，這是我們不長進而提供給他們不正確的資訊，不能怪他們草率失察。

　　但是，也不能完全抹煞致力於台灣兒童文學本土化的先進們的努力。把「台灣的安徒生」的桂冠強戴在王詩琅先生的頭上，固然有過獎之嫌（註一一），但他在五〇年代「以台灣歷史、文物為題材，從事兒童文學之創作」（註一二），留下兒童文學合集《喪服的遺臣》（註一三），與十二篇記述本土人文活動及思考的「兒童報導文學」（註一四），在作品中自然流露出愛台灣的鄉土情懷，為台灣的兒童文學注入可貴的本土氣息，可謂台灣兒童文學史上的第一人。林鍾隆老師的兒童小說《阿輝的心》（註十五），描寫六〇年代初，一個失怙的台灣農村純真小孩阿輝，因為母親到台北幫傭謀生，把他寄養在舅舅家，他伴著周圍的人物，在純樸美麗的鄉下天地裡一起呼吸、流淚、憤怒、同情、寬恕、奮勉。這本小說，把台灣當時

的農村景致、生活習俗、人物情韻，描繪得既生動又細膩，既真實又感人，至今仍是屹立台灣兒童文學史的經典之作。

八〇年代初期即「腳踏實地陸續寫出孕育在台灣這一塊土地的優秀童話，為台灣的兒童文學啟開了新頁」（註一六），而被視為「異端」的資深小說家鄭清文先生，前後為兒童寫了五篇「深刻優美地描述台灣人的生死觀和民間信仰」的民間傳奇故事，以及十多篇「飄漾著台灣香味的童話」（註一七）。他的童話背景幾乎全以他所生長、所熟知、所熱愛的台灣鄉村為舞台，因而「構成一幅台灣特有的風情畫」（註一八）。出現在他童話裡的，是棲息於台灣島嶼及海洋周邊的動、植物，鳥類及魚類——飛鼠、松鼠、鹿、飯匙倩、雨傘節、青竹絲，木麻黃、林投、菅芒，孔雀、火雞，泥鰍、溪哥仔、鱸鰻、烏魚、飛魚、鯨魚等等，不一而足，具體而微地呈現「海洋文化圈民族」的特殊景物。他筆下的人物名字，喜歡冠上「阿」字的可愛暱稱，鄉土味十足；而傳統應節食品「紅龜粿」則更令人垂涎三尺。他的作品，堪稱是「由台灣人民生活產出來的讀物」（註一九），明顯而強烈地具有濃厚的「本土氣息」。

一九八八年李國躍老師膾炙人口的兒童詩集《鄉村》（註二〇），以樸素平實的筆觸，透過兒童「獵奇」的眼波，描寫農村生活的種種情趣，風格獨特而清新，一掃台灣兒童詩「專尚比喻、華而不實」的陋習，饒富親切感。一九九七年，陳瑞璧女士的長篇人物故事《下頭伯》（註二一），特殊的人物性格、機智的人物思想、活潑的人物語言、妙絕的人物舉止，把

一個既粗獷又精細的討海人形象，成功地典型化，一掃以往童話人物臉孔模糊、性格類型的困窘，相當引人注目。

　　兒童文學的「本土化」，絕不是歇斯底里地吶喊抽象空洞的「民族意識口號」，而是將民族真實的感情和特質，具體而深刻地形象化呈現出來。偉大的文學作品，都呈現著強烈深刻的本土風采。台灣的兒童文學，理應自覺地從虛幻偏執的封建意識中奮力自求解放，肯定自我，認同本土，呈現本土。

參、跟上潮流，擇取「時代性」題材

　　兒童文學是否現代化，端看題材是否具有「時代意義」。

　　文學有反映時代的功能，更有表現時代的責任。時代的環境格局、生活現象或價值理念一有轉變，觸覺敏銳的作家一定會即時感應，揀擇題材，加以描繪或呈現。所以，每一時代有每一時代的文學，什麼樣的時代就有什麼樣的文學；文學和時代是互為表裡、相生相成的。

　　每一個兒童文學作家，也理應有他自己的「兒童觀」和「時代感」。他應該具體而明確地知道：他心中所認識、瞭解、關愛的兒童是怎麼樣的一個「人」？他對這個「人」有什麼樣的期待和盼望？他最迫切想給這個「人」的是什麼？他要給這個「人」最好的現在，使他快樂、健康、活潑；他也要賜予這個「人」最好的未來，期望他能適應未來，立足於未來，並且創造光明美麗的未來。所以，一個卓越的兒童文學作家，他不只

重視兒童的現在，更重視兒童的未來；因為他知道：兒童是屬
於未來世界的，面對即將來臨的未來，他們必須要有未來感的
現代生活體驗，不斷接受健康而有前瞻性的現代意識洗禮，才
能陶鑄成為一個樂觀進取、豪邁開放的未來人。因此，兒童文
學中所提供給兒童的題材，除了現代感外，更不能沒有發展性、
挑戰性、開放性，能夠密切銜接未來，有迎接未來的啟示作用。

　　時代的腳步不斷地往前邁進，生活方式也急速在蛻變，生
活內容呈現多元繁富。處在這樣的時代，我們期待的是什麼樣
的下一代兒童？應該給他們什麼樣的兒童文學？他山之石，可
以攻錯：

　　《賓傑戀愛了》（註二二），描述一個天真友善的德國
小學生——賓傑，跟班上一位剛從落後貧窮的波蘭回國，「全
身的打扮都很滑稽」，「臉色蒼白，身體細弱，而且時時吸著
鼻子」，「身上有臭味，而且不大會寫字」（註二三）的女同
學——安娜的友情故事。新闖入的陌生者一般會受到別人的排
斥，何況是長得不討人喜歡的醜丫頭。可是賓傑卻對安娜情有
獨鍾，他極力遏阻同學們對她的揶揄和嘲弄，挺身護衛她，幫
她解圍；他們於是成為一對好朋友。某一個假日，賓傑全身打
扮得整潔漂亮，像小紳士般地到安娜那「臨時搭建的木板屋」
家裡去做客；安娜的家裡很窮，賓傑卻覺得自在，只要她是個
與眾不同的好女孩就好了。安娜家沒有什麼好的招待，午餐做
得並不豐盛，賓傑卻吃得津津有味。飯後，安娜帶著賓傑到她
常常跟鄰居小朋友玩耍的地方去冶遊；地方雖然偏僻又髒亂，

可是他們卻又跑又跳又叫，玩得好不開心。後來，安娜也打扮
得很漂亮，還帶了一束送給賓傑媽媽的花，落落大方地到賓傑
家去玩，賓傑一家人極盡熱誠地招待她到湖邊去野餐。安娜很
高興地和賓傑手牽著手在湖畔樹林裡跑，他們快樂得脫下鞋子
和襪子，直跑到湖邊玩水。最後，兩人竟都脫光了身上的衣服，
一起下水游泳；游泳時，賓傑細心地扶持安娜。一整天，他們
兩人一直親切地彼此互相照顧，所以玩得很盡興。安娜不只跟
賓傑很要好，不久，她也漸漸地跟班上其他同學相處得很融洽。
過了一些時日，賓傑突然生了一場病，安娜的爸爸也找到了理
想的工作。安娜就要搬家了，她來看賓傑，難過地跟他道別。
結束了一段純純的「同學之愛」。

　　如何跟別人自然和睦地相處，在功利、疏離的現代社會，
竟變成了一門大學問；尤其在台灣的小孩子，一切以升學為第
一要務，待人接物的實務便一竅不通了。《賓傑戀愛了》的故
事，勾勒了小男生賓傑與老師、與一般男女同學、與特定的女
同學、與家人、與同學的家人等不同對象交往的儀節和態度，
描述他在各種不同的場合、面對不同的對象，心理產生的不同
感受和當機採取的必要應對舉止。這個故事，對於那些拙於應
對、不知如何適當表現自己的小朋友，可說是很好的經驗傳遞。

　　《奶奶》（註二四）描述一個十歲的小孩子──卡爾，跟
六十五歲的老奶奶相依為命、和睦相處的故事。卡爾五歲時，
父母因車禍而雙亡，無奈的奶奶，不得不把他帶回去撫養。時
間一晃，五年很快就過去了；五年，對這麼一對忘年的祖孫來

說可不算短，他們要互相認識、適應、瞭解、照顧、寬容、接納，好讓彼此都過得和樂融洽、平安順利，這可不是一件容易的事。奶奶為了撫養他，首先要改變生活習慣，增加日常家事的辛勞，要積極替他爭取孤兒救濟津貼以改善生活，要說一些富有教育性的人生經驗給他聽，要保護他免受別人的欺侮，要不惜旅途勞頓帶他出門渡假，要跟他保持良好的溝通，要充分信任他，要和顏悅色規勸他的過錯，要讚賞鼓勵他的成就，要尊重欣賞他的人格特質，要陪他看電影談節目，要感激體恤他對她的關懷。可憐天下父母心，可不也是如此？任勞任怨從不奢望兒女回報，可是有多少為人兒女的能體諒父母的苦心？

　現代的兒童，從小養尊處優，飯來張口，茶來伸手，稍有絲毫不如意就怪罪父母不夠體貼，不瞭解兒女的心。養育兒女變成一種「只問耕耘，不問收穫」的義務。傳統的孝道已經不再被人重視，做父母的只求把兒女培育成人，一切都不再心存任何奢望；做兒女的也視為當然。社會倫理、人情世故、人生理想的堅持和傳承、淳樸篤實的社會價值觀，幾乎全被否定和拋棄，人漸漸變得冷血殘酷，社會危機四伏。如果做兒女的，從小能多瞭解父母的苦心，多體會長輩們的為人處世，不以「代溝」為理所當然的藉口，將心比心，相信親子關係會更親密，家庭會更和諧，社會風氣也會大幅改善。《奶奶》的故事，是向舉世兒童娓娓敘述父母長輩心境的赤裸裸剖白。時代在轉變，但父母與兒女之間應有的生育之情、養育之恩，不論過去、現代或未來，都是值得鋪寫的題材。

　　《海豚少年》（註二五），描寫一個被母親遺棄而與父親同住的單親兒童──洋次，因為爸爸再婚，而跟他一起搬進新媽媽的家去住。搬到新家的洋次，一時還不能適應新環境、新家人──新媽媽和新妹妹，彷彿找不到自己所歸屬的世界一般，內心浮漾著不安全感，就好像在空中漂浮，在大海裡浮沉一樣，很不自在。他理解爸爸有不得已的苦衷，情況又無法改變，自己必須勇敢地面對殘酷的現實。雖然新媽媽待他很慈祥，新妹妹也很友善，讓他頗覺安心。但是，每當他看到新妹妹──光兒，就不禁想起自己尷尬的處境，苦惱像海洋，他就像在海裡游泳的海豚，自己內心世界的寂寞和困惑，只能隱沒深海裡，沒人瞭解，也無從表白。漸漸地，一方面他已能適應這個「再婚家庭」，產生了安詳溫馨的歸屬感；一方面，他一直保持著開朗、活潑、好動的個性，始終和同學保持良好的互動，讓外在世界的活動一切正常運作。洋次終於擺脫了寂寞和困惑，以開朗、諒解坦然面對新環境。終於，他發現自己彷如一個騎在海豚背上的活潑少年，在蔚藍寬闊的天空底下，在金黃色的沙岸旁，自信地乘風破浪，遨遊大海。

　　近十年來，台灣的離婚率大幅提高，單親或失親家庭比比皆是，單親或失親兒童早已成為一顆顆學校與社會的不定時炸彈，事實無法逃避，如何面對、疏導、解決，才是當務之急。《海豚少年》的故事，以卓越的象徵手法，描摹刻畫主角洋次心境的變化和調適。也許父母有他們的矛盾和無奈，但遭遇父母離異的兒童終究是最無辜的受害者。既然問題已經鑄成，毫無挽

救的餘地，唯一的補救之道，就是鼓勵兒童面對事實，敞開胸膽，超越悲苦，重建活潑、自信的生活。這個故事，是否能讓有相同遭遇的兒童，療治一些心靈的創傷呢？但它終究是一個切應時潮的好題材，值得重視和激賞。

看看別人，回想自己。當今我國兒童文學的狀況又如何呢？中國兒童文學理論家孫建江先生，最近曾就目前我們國內最新銳的童話作家群的創作題材，做一番綜合考察，總共歸納出：植物、非生命物、太空物、幻想國、未來世界、現實中的人與幻想中的物交往、現代生活中的傳統童話人物、某種概念、某個「字」、各種各樣的鬼、各種各樣的怪、誰也不曾見過連名字也叫不出的「東西」等十二種（註二六）。孫先生完全就童話角色的屬性予以粗糙的分類，實在不具學術意義。如果嚴格地從題材的內容性質來分析，則這群新生代童話作家的諸多作品中，乃以悖離時代環節、漠視社會現實、標榜「顛覆主義」的舊題新寫，甚至違反科學原理的「幻想題材」為大宗，只有為數不多的篇目，觸及民主實踐、環境保護、心靈淨化、營養科學、新價值觀的建立等合乎時代思潮且具建設性意義的題材。

現代的童話，講究的是「虛實相生相成」、「由實入虛，由虛回實」的空間穿透藝術，雖然不能沒有幻想虛構，但絕不是任由不合情理的幻想「笑果」情節，胡扯瞎鬧、移山倒海式的拼湊。至於人物形象，王子、公主、巫婆、精靈既已無法取信於兒童，乾脆就以現實人物登場，豈不更有真實感和說服

力？尤其近日喧騰一時的所謂「搞怪童話」、「搞笑童話」、炒作「酷、炫、怪」的顛覆主義，玩弄「語言遊戲」、「拼湊藝術」伎倆（註二七），這些花巧的伎倆，頂多只能滿足賣弄機智詭異或誇示博學於一時，古已有之，既不能登文學的大雅之堂，反而自暴「技窮」的窘態，有傷作家「重視原創性」的專業尊嚴，實在可以早日鳴金收兵，改絃易轍了；否則，何異於「畫地自限」，自絕於成長？（註二八）

肆、開闊胸襟，提昇「國際化」識見

　　放眼今日世界，只有衰弱的國家和落後的民族，才會刻意標榜所謂的「民族意識」或「民族精神」；也只有愚妄的文化教育官員，才會念茲在茲地鼓吹「祖國幾千年悠久歷史傳統文化」，戲弄無知人民，愚惑民心，藉以自慰麻木潰散的民族心靈。過度地強調「民族意識」，無疑是一種無可救藥的自卑心態的反射。

　　「世界村」、「世界公民」已是二十世紀末以來就一再被提及的新觀念，這象徵著人類正企望著實現更超邁高遠的共同理想——消弭種族歧視，增進族群瞭解；打破界域樊籬，促進國際交流；加強思想溝通，化解誤會衝突；攜手通力合作，維護永久和平。全人類在共存共榮的大前提下，放棄自私自利思想，實踐愛與關懷；剷除種族優越意識，重視族群生存尊嚴。全人類彼此開誠佈公，克服困難解決問題，並為明日共同的理想和願景而奮鬥。

　　兒童既屬於未來世界，是明日世界的希望；兒童文學理應負起「開闊胸襟，提昇識見」的使命，為明日兒童的幸福與發展，探討一些國際性的共同主題，使他們能及早進一步認識這個世界，注意時局，關注人類所共同面臨和亟待解決的問題，而不致於仍然殘留過去「自掃門前雪」的狹隘、自私心態。

　　人類文明不斷往前躍進，很多迫在眉梢的困惑必須共同解決，並且建立共識，以便早日實現共同的理想。例如，戰爭就是人類長久以來一直無法解除的夢魘。人類恐懼戰爭，厭惡殺戮，可是，戰爭與殺戮卻永難止息，而且隨時隨地都可能發生。義大利童話作家英諾桑提的《鐵絲網上的小花》（註二九），不愧是一篇很有震撼性和反省性的作品。

　　《鐵絲網上的小花》描寫第二次世界大戰末期，德國某一小鎮裡的一個天真而富於同情心的小女孩露斯‧白蘭琪，她在郊外無意間發現一座德軍拘留猶太人的集中營，通電的鐵絲網圍禁著無數面黃饑瘦的猶太難民，其中有不少可憐的小孩。她很同情他們的遭遇，於是每天節省食物，並且偷偷地把家裡的麵包、牛油、果醬、水果等食物藏在書包裡，送去分給集中營的小孩吃。不久，德軍戰敗，集中營也撤走了。不知情的白蘭琪又來到空無人影的集中營圍牆邊，當她正猶疑不知所措時，忽然，不知何來的一聲槍響，從此再也看不到她的人影了。

　　作者沉痛的表示：「我想表達的，就是一個親眼看過戰爭的孩子，如何體驗戰爭中的種種無奈、悲哀和矛盾，又如何能在戰火中，體會永不磨滅的人性光輝。這個故事，也試圖傳達

了一群抗議戰爭的德國年輕人的心聲。……他們都痛恨戰爭、反對戰爭，令人遺憾的是，他們年輕的生命，大部分卻都因戰爭而被迫結束。」（註三〇）

愛與恨、和平與戰爭，是人類亙古以來永遠的矛盾與掙扎。這個童話，寫出戰爭的無情可怕，表達人們對戰爭的恐懼和無助；而純真天使白蘭琪的犧牲，更是對善良、和平、友愛的肯定。「反對戰亂」是世界性共同的呼聲和期待，因為野心家每一代都有，所以，最根本的做法是防患和遏止。這個童話，可能帶給兒童「戰爭可怕，愛心可貴」的啟示，使他們警覺：一旦戰爭發生，人的自由、平等、生命、期待都將化為烏有，只有保持永久的和平，生命才有意義，人類才有希望。

《明鑼移山》（註三一）這個童話，敘述傻子明鑼跟他的妻子住在一座大山腳下，大山會落石，打破了他家的屋頂，下雨天就滴滴答答漏個不停。平時，大山的陰影總是蓋住整個屋子，出太陽的日子屋裡也不溫暖；而且，園子裡的花和菜也老是長不好。明鑼和妻子都很討厭這座使他們不快樂的大山。於是他去找村子裡的一位聰明人，想辦法要把山移走。第一次，聰明人建議他砍倒大樹，用樹幹把山撞走，可是失敗了。第二次，聰明人勸他用湯匙使勁敲擊罐子和鍋子，以便把山吵走，也沒用。第三次，聰明人要他烤蛋糕和麵包去賄賂山神，好讓山自動移走，山還是不動。最後，聰明人只能勸他，把屋子拆掉，將拆下的竹子和木頭緊緊地捆起來，拿在手上，頂在頭上，

然後面對大山，閉起眼睛一直往後跳「移山舞」。明鑼夫婦跳了幾個鐘頭的「移山舞」，最後終於如願以償，大山真的移得遠遠的、小小的。於是，他們又把屋子蓋了起來。從此，他們在開闊的天空下，過著幸福美滿的生活。

中國的「愚公移山」，是集合蠻力，把山剷平挖走，結果，山永遠沒有了，天空雖然還是寬闊，可是一片空蕩蕩、光凸凸的，既寂寞，又不美；愚公真是笨到了極點。洋人移山，方法就高明多了，山不轉路轉，山不動我走，最後山保住了；天地悠悠依舊，可是，山看起來更美了。

這個趣味童話，在在提醒兒童：中西思考方式不同，價值觀也不一樣。就環保的觀點來說，中國人其實是沒有「天人合一」的觀念的，一切以功利為尚，自古已然，於今尤烈，難怪都是一群破壞環境的劊子手。中國地大，科技落伍，環保問題還沒發生，台灣可就為時已晚了。

這個世代，環保已成為刻不容緩的世界性課題，先進國家早已做好準備，既要開發資源，又要環境保護。看這個童話，舉一反三，對兒童的啟發可就大了。

《聽那鯨魚在唱歌》（註三二）裡那個純真浪漫的小女孩莉莉，因為羨慕奶奶年輕時常在防波堤的盡頭聽鯨魚唱歌，心裡非常盼望能像奶奶一樣，看到鯨魚「從老遠游過來，牠們悠游在水中，就像在跳舞」的情景。於是，她就依照奶奶說的方法，帶了一朵黃色的花兒做禮物，扔向防波堤外的水面，然後靜靜地等待。那個夜晚，她真的看到海上有好多好多的鯨魚，

在海面上盡情地翩然飛舞。最後，她更聽到隨風飄來「莉莉！」「莉莉！」的鯨魚呼喚聲。

　　「保護瀕臨絕種野生動物」的積極措施，是因「環境保護觀念」而衍生出來的。最新的海洋魚類研究報告指出，鯨魚其實是一種溫馴可愛的巨型海底哺乳類動物，一改過去人類對於鯨魚「嗜殺人」的錯誤而近於仇恨的印象。這個風味迥異於《老人與海》、《白鯨記》的現代童話，情節雖然簡單，卻有著兩個重要的意旨：一是向兒童宣示「物我一體、相互依存」這個寬廣深厚的思想哲理，正如洪文瓊教授所說的：「必須把人納入整個地球生態中一體觀照，不能以人以及自我的觀點來看待他人、論斷所有生靈。在整個地球生態體系中，萬物彼此互相依存，有害有益是相對而不是絕對的。」（註三三）二是，讓兒童感染小女孩莉莉浪漫唯美的情懷，因而引發出不同於現實世俗功利觀念的價值思考。

　　「天人合一」、「物我一體」的觀念，免不了也有著某種程度的物質功利考量，但「美感情趣」的涵養則超越了物質功利的價值觀。人生活在物質富裕的現實世界裡，如果只耽溺於「物質實用」的客觀接觸，而忽略了接觸時內心主觀的心靈感受，就會變得麻木厭膩，了無情趣，覺得人生現世的一切只是如此這般的理所當然而已，不再有新奇、鼓舞、興奮和期待，終其一生，庸庸碌碌地度過，那就非常可悲了。而一個活潑爽朗的人，總會有一些夢想，那怕明知不可能，也會心存憧憬，甚至幻想美夢已然成真，因此，思想活躍敏銳，態度積極，生

意盎然。人之所以為萬物之靈，可貴可喜之處，全在這裡。

　　舉世滔滔，紛爭不斷，人心栖遑不已。在競逐有限的物質功利之餘，人如果能隨時隨地保有一腔赤忱、浪漫的情懷，心胸就會變得更無限寬廣了。現代人終日汲汲營營，自以為能幹上進，說穿了，都是一些「沒有自知之明」的庸人，所賺取的也只是一些蠅頭小利，絕對無益於世道人心。新世代的世界國民，我們何等期待他們，能生活得更活潑快樂、充實脫俗。

　　一味地餵食兒童〈女媧摶土造人〉、〈盤古開天闢地〉、〈黃帝大戰蚩尤〉、〈大禹治水三過家門而不入〉、〈精衛填海〉等古老的中國神話故事，再三嘆詠先聖先賢的睿智，自吹自擂民族文化的優秀，然後志得意滿地相視而笑，對今日的兒童又會有什麼建設性的鼓舞呢？

　　而我們的兒童文學作家們，如果不能從這中間掙脫出來，並開創出一片創作的新場域，理所當然地也就只好繼續再往「顛覆」、「改造」的回頭路走了。

伍、開創台灣兒童文學的新生命

　　法國文學史家保羅・亞哲爾（Paul Hazard）曾經這麼說：

> 　　兒童的書的確有民族的感情，可是更重要的是含蘊
> 著全人類的意識。因此兒童書固然把生長的故鄉，
> 以濃郁的筆調，表現芳香的感情，但同時也用心描

述，未曾謀面的同胞居住的，遙遠的土地。兒童書表現種族本身的生命，但同時也越過山，跨過海，向地球的邊緣追求友情。兒童書就是尋找友情的使者，全世界的國家都紛紛派遣使者，同時所有國家都歡迎這友善的使者，形成一片融融的，毫無隔閡的交歡。（註三四）

兒童文學發軔於「鄉土」，不但要「表現種族本身的生命」，而且要「越過山，跨過海」，通行於全世界，「形成一片融融的，毫無隔閡的交歡」。

台灣兒童文學的本土化、時代化、國際化，三者並不衝突，而且也不應分頭個別發展。

任何一種兒童文學，如果表現不出它的本土情韻，就等於失去了它的基本特色，必定流於庸俗、模糊、空洞、乏味。但是，重視「本土化」也絕不是只專事於非理性的「肉麻吹噓」、或歇斯底里的「自戀讚頌」，而是能夠深入透視民族的心靈，真正表現出它別具的情懷和風韻，它是獨特的、精緻的、超俗的、高貴的。

兒童文學中所要表現的本土色彩，也必須在同一時代各個不同的相對文化中，具有彌足珍惜且感動人的魅力。低俗的、落伍的、鄙陋的文化色調，仍要不知量力地「敝帚自珍」一番，那是會讓人不齒和唾棄的。換句話說，所謂的「本土性」，必須得到同一時代人的認同和接受，有一定的美感和進步性，才

有描述的價值，才能綻放出光輝燦爛的生命。

　　任何一種進步的文化，絕對不會永遠一成不變的，它必須不斷地與外界的文化交流，吸收他種文化的長處，而且跟別的文化一起進步發展，如此，它才能更豐富、更成熟、更歷久彌新。台灣兒童文學的「國際化」，也當做如是觀。

　　台灣是個開放性的島嶼，自西元一六二四年海通以來，就是一個風雲際會的開發中地區。四百年來的台灣，由於特殊的地理環境、特殊的歷史發展背景，以及特殊的文化形成過程，使它成為一個現代化、國際化的開放社會，早已型塑出屬於它自己的「多元、開放、活潑、進步」的獨特民族性格。在這樣有利的時空背景下，台灣的兒童文學作家們只要有心，絕對不怕找不到可以寫的題材，也不愁找不到切應時代的主題。台灣兒童文學發展的成敗關鍵，全在於「要不要」而已！期待國內的兒童文學作家們，放開胸襟，懷抱信心，以無比的毅力和旺盛的企圖心，為開創台灣兒童文學的新視野、新生命而努力。

註釋

註一：王泉根：〈困惑的現代與現代的困惑─當今台灣童話創
　　　作現象管窺〉，見台東師範學院《台灣地區（一九四五
　　　以來）現代童話學術研討會論文集》，二二五頁。

註二：同前書，二〇七頁。

註三：同前書，二〇六頁。

註四：同前書，二〇八頁。

註五：小川未明：〈童話創作的態度〉見《兒童讀物研究 2》，
　　　一一三頁。

註六：鄭清文：〈我對兒童文學的看法〉見《滿天星》，
　　　四十六期，八頁。

註七：見《中華民國兒童圖書目錄》，六十一頁。

註八：鄭振鐸：〈中國兒童讀物的分析〉，見王泉根評選《中
　　　國現代兒童文學文論選》，三六二頁。

註九：同前書，三六一頁。

註一〇：同註六，一〇～一一頁。

註一一：吳密察：〈萬華陋巷中的老人台灣文化界的瑰寶〉，
　　　　見《台灣文藝》九十一期，六頁。

註一二：同前註。

註一三：《王詩琅全集》，卷十一，副題是〈兒童文學〉。

註一四：同前集，卷十《夜雨》，下篇有十二篇為兒童寫的「報
　　　　導文學」。

註一五：「小學生雜誌社」一九六五年十二月初版，「滿天星詩社」一九八九年八月再版。

註一六：見剛崎郁子：《台灣文學—異端的系譜》，二五〇頁。

註一七：同前書，二五三頁。

註一八：同前書，二六八頁。

註一九：同前書，二五三頁。

註二〇：台灣省政府教育廳，一九八八年十二月二十日出版。

註二一：台灣省政府教育廳，一九九七年十月三十日出版。

註二二：（德）彼德・哈特林著，張南星譯，富春文化事業，一九九〇年二月，第一版。

註二三：同前書，二三～二四頁。

註二四：（德）彼德・哈特林著，張南星譯，富春文化事業（股）公司，一九八九年七月，第一版。這本書獲得一九七六的「德國青少年讀物獎」。

註二五：（日）しんどぎんこ著，林立譯，富春文化事業（股）公司，一九九〇年四月，第一版。

註二六：孫建江：〈傳承與超越—論台灣新生代作家童話創作〉，見《一九九八（中台）海峽兩岸童話學術研討會論文特刊》，四〇～四一頁。孫先生此文中所網羅的作家，雖以《民生報》〈少年兒童〉版的作家為限，但確已囊括近年來活躍於台灣童話文壇的絕大多數新生代作家，無庸置疑，是具有相當代表性的。

註二七：參閱洪淑苓：〈台灣童話作家的顛覆藝術〉見《台灣

地區（一九四五年以來）現代童話學術研討會論文
集》，一～二三頁。

註二八：參閱前文對張家驊、林世仁兩人的一些評語，見前
　　　　《集》，二〇～二一一頁。

註二九："Rose Blanch"，林海音譯，格林文化事業（股）公司，
　　　　一九九四年十二月出版。

註三〇：見前書封底文字。

註三一："Ming Lo Moves The Mountain"，（美）阿諾・羅北兒
　　　　Arnold Lobel 作，楊茂秀譯，遠流出版事業（股）公司，
　　　　一九九六年九月二十五日初版。

註三二："The Whales' Song"，（美）黛安雪登 Dyan Sheldon 作，
　　　　張澄月譯，格林文化事業（股）公司，一九九四年
　　　　十二月，初版。

註三三：洪文瓊：《兒童文學見思集》，八十五頁。

註三四：保羅・亞哲爾原著・傅林統譯：《書・兒童・成
　　　　人》，富春文化事業（股）公司，二五七頁。

影響台灣近半世紀兒童文學發展的十五樁大事

洪文瓊

　　要想對二次戰後近半世紀來的台灣兒童文學發展，作一整體性的檢視，並不是一件容易的事兒。如果要作為學術研究，更必須講究方法，或從大環境的宏觀角度，或從較細層面的微觀角度去加以分析。限於篇幅與讀者對象的考慮，本文且採取較主觀類似「年度 × 大新聞」的處理方式，直接從二次戰後近半世紀台灣兒童文學發展史實中，就事件影響的深遠和所具開創性，挑選出富有指標象徵意義的十五樁大事供參考。

　　由於兒童讀物是兒童文學作品生命依存所在，因此本文在分析兒童文學發展，不可避免要以兒童讀物為依據、甚至有時把兒童文學發展視為等同兒童讀物發展。又本文有關事件的挑選，均以兒童文學直接相關的為範圍，不涉及社會大環境如政治、經濟、文化等方面的事件。敘述時，並儘量以事而不以人為主體，而解析的部分，也不觸及作品內涵的創作發展部分。選取和解析的角度或許不免主觀，唯態度是慎重的，願方家有以指正。

一、國語日報創刊── 1948 年 10 月 25 日

　　國語日報是台灣光復後，教育部國語推行委員會為在台灣擴大推行國語而發行的專業報紙（首任社長即由教育部國語推行委

員會閩台辦事處主任北大教授魏建功兼任），而且自創刊迄今，
它至少有一大半的版面不是以兒童為對象。因此，嚴格的說，
國語日報並不是兒童專屬的報紙，但是它卻是兒童閱讀最多的
報紙，也是影響台灣兒童文學發展最大的報紙。一方面國語日
報創刊以後一個月，即開始陸續增闢兒童版、少年版，不但版
面長期維持，而且還不斷擴充，並且由一週刊出一次，增加到
每日出刊。它不但是台灣光復後最早闢兒童版和少年版的報紙
（中央日報在 1949 年 3 月 19 日闢「兒童周刊」版，新生報於
1949 年 8 月 7 日闢「兒童之頁」版，均是週日出刊），而且是
兒童版面最多的報紙。另一方面由於推行國語的政策需要，使
得國語日報發行得以深入每一所小學，在有兒童版的提供下，
國語日報成為最多小孩閱讀的報紙，是很自然的事。影響所
及，不少學校老師，甚至孩子長大成人以後，一直把國語日報
視為兒童讀物的正統，這固然是國語日報長期獨占小學傳播媒
體下的結果，但是國語日報長久提供較多兒童文學發表園地，
以及擁有眾多的小孩、家長、老師讀者群，有助於兒童文學創
作人才的養成與兒童文學的推廣普及，卻是不容我們否認。此
外國語日報另有兩項措施，對台灣兒童文學的提昇有相當的促
進作用。一是 1965 年底開始推出翻譯的叢書《世界兒童文學
名著選輯》（共 12 輯，每輯 10 冊，至 1969 年才出齊）；一
是 1972 年 4 月 2 日起開闢「兒童文學周刊」版（週日出刊）。
前者開拓台灣兒童文學工作者的視野，使台灣的兒童文學跟世
界當代的兒童文學合流。後者則為台灣兒童文學界提供理論文

章發表園地，也象徵台灣開始有了較高的「兒童文學理論」需求。這兩項都具有相當開創性的意義。至於九〇年代，國語日報另一大措施──設立「國語日報兒童文學牧笛獎」，目前則尚看不出它的影響性。

二、小學生雜誌創刊──1951 年 3 月 20 日創刊，1966 年 10 月 20 日停刊

台灣早期兒童文學的發展，由政府有關單位扮演相當吃重的角色，台灣省教育廳在五〇年代初期相繼創刊《小學生》和《小學生畫刊》（低年級、幼稚園適合，1953 年 3 月 20 日創刊，1966 年 10 月 5 日停刊），就是最具體的代表。（其他的如台中市教育局支持的《台灣兒童》，以及省政府所屬新生報的附屬刊物《新生兒童》都是，但影響力不及《小學生》、《小學生畫刊》。）這兩份姊妹刊物都是半月刊，發放到小學各個班級，比國語日報還普及，而且一直發行到教育廳另外成立兒童讀物編輯小組、中華兒童叢書開始出版為止。它的影響力，在早期來說，無疑是居兒童讀物正統領導地位的，不少早期的優良創作作品，如林鍾隆的少年小說《阿輝的心》也是在《小學生》發表的。而它所出版的二十幾本小學生叢書，如《阿輝的心》、《台灣民間故事》、《小黃雀》、《小仙人》、《小野貓》等更是西元五、六十年代流行很廣的兒童叢書。然而《小學生》影響後來兒文界最大的，還是於 1965、1966 年在創刊十四週年、十五週年時，分別推出的《兒童讀物研究》第一輯和《兒

童讀物研究》第二緝──童話專輯。這兩本理論叢書全是台灣
第一代兒童文學工作者的心得結晶，影響不少年輕輩創作者和
研究者的思考方向，迄今仍不失其價值與影響力。

三、學友、東方少年創刊──
學：1953 年 2 月創刊── 1959 年 9 月（？）停刊
東：1954 年 1 月創刊── 1961 年 2 月（？）停刊

　　《學友》、《東方少年》是西元五十年代兩家幾乎同時並存
的民營兒童雜誌，風格雖然略有差異，卻不失為民間兩本最早
的代表性刊物。它們能夠同時並存七年以上，並且一度相當的
輝煌，表示民間兒童讀物仍有相當的發展空間。儘管它們在內
容編排方面，深受日本影響，但它們版面變化的活潑性與較多
的漫畫篇幅，倒是官方系統的小學生雜誌所不能及。它們的創
刊為台灣帶來第一個兒童刊物黃金時代，也為獨立的漫畫刊物
闢下生存的空間。（五十年代後期至少六、七家以上的漫畫雜
誌創刊，最著名的如《漫畫大王》、《現代少年》、《模範少年》
等。）再者它們也是本地早期兒童文學作家薈萃之所，東方少
年是游彌堅所創辦的東方出版社系統下刊物，而《學友》由首
任總編輯彭震球（後又出任省教育廳兒童讀物編輯小組首任總
編輯）及其後的王詩琅主持，也可看出均是本省籍老一輩文壇
碩彥。因此《學友》、《東方少年》可說是代表著早期台灣兒
童文學發展，官方路線之外的另一條主軸。往後創刊的民間兒

童刊物，諸如五十年代的《良友》以及六十年代的《王子》、《幼年》、《好學生少年雜誌》等，不論內容或編排均無法超越《學友》、《東方少年》所開創的格局。因此，說《學友》、《東方少年》是戰後台灣第一階段兒童文學發展的標竿，應是不為過的。而這兩家刊物的形象與影響如何，目前台灣四、五十歲的一代（西元四十年代、五十年代誕生者），應是最好的見證者。

四、省教育廳兒童讀物編輯小組成立—— 1964 年 6 月

官方系統對台灣兒童文學發展，真正具有火車頭帶動作用的是省教育廳兒童讀物編輯小組。此兒編小組係因應聯合國兒童基金會資助中華民國編印兒童讀物（即日後的中華兒童叢書）而設立的。出任總編輯的彭震球（曾任《學友》總編輯，時任師大教授）、文學類編輯林海音、健康類編輯潘人木（後接任總編輯）、科學類編輯柯泰、美術編輯曹謀賢（後由曹俊彥接任），均是一時之選。由於經費充裕，加上兒童基金會派有專家指導，兒編小組在當時可說擁有相當超前的現代兒童讀物編輯理念。大膽使用圖片、強調空間留白，以及採用近乎正方形的 20 開本和全面彩色印刷的方式，在在是台灣兒童讀物出版界所少見。台灣的兒童讀物編印，真正有比較大幅度的提昇，確實起於省教育廳兒童讀物編輯小組，然而此種編輯理念的革新，一直到西元七十年代以後，才逐漸普及民間。這一波

經由官方系統帶動的創新，一方面為台灣的兒童讀物開啟彩色
時代，台灣兒童讀物製版技術也因中華兒童叢書的開發而進入
照相分色階段，傳統的手工分色逐漸淘汰。一方面則為台灣的
兒童文學界引入西方系統（或應更正確的說是美式系統）的創
作理念與編輯觀念，而且隨著西元七十年以後留美學生回國服
務增多，而逐漸加大影響力。台灣兒童文學發展深受美日兩大
強勢文化影響，日本是由於地緣與歷史因素不可避免，美國則
是時代環境所使然。省教育廳兒童讀物編輯小組成立，代表西
方的美式文化開始加大對台灣兒童文學界的影響，這一點的歷
史意義，最是值得我們重視。（省教育廳兒童讀物編輯小組一
直維持存在，1999 年 7 月精省後，撥歸台灣書店。該小組在八
〇年代民間童書出版活絡後，重要性與影響力已不如從前。）
兒編小組真正展現實力是我們退出聯合國後，仍然繼續正常運
作，並自行籌畫創編第一套台灣自製的《中華兒童百科全書》
（1975 年 6 月推出第一冊，1986 年 4 月出齊第十四冊索引），
以及於民 75 年 10 月 10 日創編《兒童的雜誌》月刊。

五、國立編譯館接辦審核連環圖畫書出版
── 1967 年 1 月 23 日

　　或許有人不同意把漫畫圖書列入兒童文學出版品的範疇，
但漫畫普遍為兒童所喜愛則是不爭的事實。筆者採取廣義的，
仍把它視為兒童讀物重要的一支，而影響台灣漫畫類兒童讀物
出版最大的，無疑的是國立編譯館介入連環畫出版審核事宜。

漫畫書原也是採行出版後審核，至 1966 年起才改由出版前審核，經審核通過的才能出版。66 年原先是由教育部負責審核，次年改由國立編譯館接辦而迄至 1987 年 12 月廢除審核制度為止。此一審核制度功過如何，將來當有歷史定評。唯西元五十年代後期隨著《學友》、《東方少年》帶動而起的漫畫期刊、漫畫圖書黃金時代，在審核制度付諸實施後，即一蹶不振，有些創作者甚至更憤而封筆，因此有人認為審核真正抑制的是道地的創作者，而不是那些模仿抄襲者，此不論是否言過其實，卻仍存有幾許的真實。就漫畫出版審核存在的事實而言，它給台灣兒童文學界帶來的感受仍是一股「白色恐怖」的壓力。這對台灣的兒童文學發展是有無形傷害的。此外，它也造成台灣兒童文學漫畫類人才的斷層，新生代的兒童文學漫畫類人才，大部分是由成人四格漫畫或單幅諷刺畫人才兼跨或轉入的居多，跟早期有不少專走兒童漫畫路線的不同。此點影響也是相當重大。

六、省教育廳國校教師研習會開辦「兒童讀物寫作研究科」——首梯次於 1971 年 5 月 3 ~ 29 日舉辦。

設於台北板橋的省教育廳國校教師研習會（一九九九年已搬至臺北縣三峽鎮，精省後併入國立教育研究院）是台灣省國小教師的在職訓練兼進修機構，自研習會一三六期開始到三八〇期（1989 年 10 月 2 ~ 28 日），其中有十一個期次是「兒

童讀物寫作研究科」（有人把第一七一期也列入而說是十二個期次，但通常不列入），外加三個期次是「兒童戲劇班」，總共十五個班次。由於受訓的都是在職的小學教師，而且都必須對兒童有創作經驗或興趣，負責講授的大部分又都是老一輩的兒童文學作家或編輯，因此，此兒童讀物寫作研究班，實具有傳承的意義。且不說有不少中青代的兒童文學作家，是出自兒童讀物寫研班的訓練，光是這些受訓的教師，回到第一線的工作崗位，認真負起兒童文學推廣工作就是一股可觀的力量——至少對兒童讀物的消費人口增加也有促進的作用。以此觀點來說，省教育廳兒童讀物寫作研究班不只是影響台灣兒童文學創作人才的培育，而且也帶動兒童讀物消費人口的成長，它對台灣的兒童文學發展，具有增補火力的加速作用。

七、國立中央圖書館台灣分館關設兒童閱覽室
── 1974 年 3 月 1 日正式開放

目前台灣各縣市文化中心或縣市立圖書館設立兒童閱覽室的為數不少，有些甚至規模不小，此些兒童閱覽室對台灣兒童文學的普及有不少促進作用，而國內首開此風氣之先的是位於台北市新生南路的國立中央圖書館台灣分館。分館的兒童閱覽室有七十餘坪，開設時藏書四、五千冊，即使到現在，仍然不比其他圖書館或文化中心新設的兒童閱覽室遜色。

台灣分館對台灣兒童文學發展的最大貢獻，其實還不在於率先設立有規模的兒童閱覽室以及附帶配合諸如講故事、放

教育影片的活動，而是由分館出面主辦的兒童圖書展覽、兒童
文學專題講演、座談，以及整理出版較完整的全國兒童圖書目
錄與研究資料索引。其中尤以書目資料的整理更是裨益研究甚
大，從兒童閱覽室創設迄今，分館前後共負責輯編了四本書目：
《全國兒童圖書目錄》（1977 年 6 月 16 日分館印行）、《全
國兒童圖書目錄續編》（1984 年 4 月 4 日中央文工會文藝資料
研究及服務中心印行）、《兒童讀物研究目錄》（1987 年 11
月分館印行）、《全國兒童圖書目錄三編》（1996 年 6 月分館
印行）。此外，也曾委託台大圖書館學系進行「1945 ～ 1992
年台灣地區外國兒童讀物文學類作品中譯本調查研究」（鄭雪
玫教授為主持人，洪文瓊為協同主持人；報告於 1993 年 6 月
30 日出版）。而 1990 年 6 月 15 日創刊的《分館館訊》（季刊），
前面幾年各期更是每期闢有「兒童文學」專欄，份量不低於其
他欄目，這也是其他圖書館所少見。目前該館的兒童讀物藏書
量多達五萬多冊，仍然保持全國第一。

八、洪建全教育文化基金會設立「洪建全兒童文 學創作獎」—— 1974 年 4 月 4 日

　　洪建全教育文化基金會宣布設立「洪建全兒童文學創作
獎」的歷史意義有二，一是開創台灣大財團資助兒童文學活動
的先河，一是為台灣掀起兒童文學創作的熱潮。洪建全教育文
化基金會資助兒童文學活動，不只是提供兒童文學創作獎金，

最重要的是資助設立「洪建全視聽圖書館」（1975 年 9 月設置，1987 年 11 月結束），附設有兒童閱覽室及資料室，不但購進許多優秀國外兒童圖書及理論書籍，而且是長年定期邀請國內兒童文學專家作專題講演，次數之多、範圍之廣，遠比台灣分館偏重國內兒童圖書更為生色；此外同屬洪建全企業旗下的《書評書目》雜誌（1972 年 9 月創刊，1981 年 9 月停刊）也經常登一些有關兒童文學訊息與研究的文章，並出版了台灣第一本《兒童文學論著索引》（馬景賢編著，1975 年 1 月 25 日出版）。這些在在有助於台灣兒童文學創作水準的提昇與研究視野的拓寬。

　　雖然洪建全逝世（1986 年 9 月 3 日）後，洪建全教育文化基金會對兒童文學活動資助熱潮不再，（按洪建全兒童文學創作獎自第十六屆起（1989 年）委託中華民國兒童文學學會承辦到十八屆而後正式停辦），但是它為台灣兒童文學掀起創作熱潮與促進品質提昇，則為不可否認的事實。洪建全兒童文學創作獎的創設以及洪建全教育文化基金會所做諸多配合推廣活動，促成了台灣當代兒童文學開步走，它是畫分台灣當代兒童文學發展階段的一個分水嶺。

九、信誼基金會學前教育發展中心創辦《小袋鼠》幼兒期刊—— 1981 年 4 月 4 日

　　《小袋鼠》月刊（4～7 歲適合）並不是台灣最早的專屬幼兒期刊，但在台灣兒童文學發展史上，它卻具有特殊的代表

性意義。一方面出版者是永豐餘財團旗下的信誼基金會學前教
育發展中心，《小袋鼠》創刊為台灣開啟大財團介入兒童期刊
出版的先河（洪建全教育文化基金會未出版兒童刊物）。它象
徵台灣兒童讀物市場已發展成熟，其中幼兒讀物市場尤是潛力
無窮。《小袋鼠》創刊等於宣示幼兒文學在台灣已經可以成為
獨立發展的新領域。（從《小袋鼠》所透露的訊息，我們應不
難理解 1989 年 4 月，日本福武書店來台投資創辦幼兒期刊《小
朋友巧連智》中文版。）

　　一方面《小袋鼠》月刊本身深具開創性。先《小袋鼠》創
刊的幼兒專屬刊物有兩家，一是《紅蘋果》（1977 年 12 月創刊，
84 年 8 月停刊），一是《小樹苗》（1977 年 1 月創刊，唯 78
年 8 月才改為幼兒刊物），前者是法國的舶來品，後者雖為國
內自己編印，但跟以往的兒童刊物並沒有多大區別，兩家均
顯不出自己的獨特風格。《小袋鼠》則不但版本獨特（大九開
本），內容更是走獨立開發創作路線，全部彩色印刷，版面大
膽留白。《小袋鼠》之後，台灣的幼兒刊物全面進入大版本全
彩色時代，而兒童讀物出版業界也開始重視幼兒圖畫書的開發
（漢聲精選世界最佳兒童圖畫書是在 1984 年 1 月開始推出）。
八〇年代幼兒圖畫書成為台灣兒童讀物出版的主流，《小袋鼠》
創刊是有其重大影響與導引作用的。再者，《小袋鼠》雖然只
發行了兩年，但是如果我們仔細觀察，可發現幼兒讀物其實一
直是永豐餘信誼體系長期投資的目標，《小袋鼠》只不過是一
個小環節而已。在此之前，信誼基金會已成立「學前教育發展

中心」（1977 年 9 月），設立「學前教育資料館」（1979 年 5
月 22 日）及創刊《學前教育》月刊（1978 年 4 月 4 日）；在
此之後，又創設「信誼幼兒文學獎」（1987 年 1 月 13 日）及「幼
兒圖書館」（1988 年 1 月 18 日），這些都是信誼基金會介入
幼兒讀物出版的舉措。它以與學術結合，塑造崇高形象以利行
銷的策略，也為台灣兒童圖畫出版界創下先例。由最近幾年發
展的情形看來，信誼出版的幼兒圖書已逐漸在市場顯露強勢姿
態，而信誼幼兒文學獎雖然後設，但由於獎額居當時各類兒童
文學獎之冠，幾乎搶盡所有兒童文學獎的丰采。五十多年來的
台灣兒童文學，新興的「幼兒文學」是唯一可以繼「童詩」之
後最早成軍的隊伍。這種發展趨勢的形成，固然有諸多的因素，
但說是信誼基金會給予決定性的「臨門一腳」，誰又能否認。
信誼基金會的諸多舉措，促進了幼兒文學及早成軍，相對也延
緩其他兒童文學部門的發展，西元七十年代洪建全教育文化基
金會所塑造的風潮，目前可說已逐漸為信誼基金會所取代。洪
建全兒童文學獎使台灣兒童文學邁出開步走的步伐，信誼幼兒
文學獎則為開步走後帶來第一個高峰，它代表台灣兒童文學發
展的一個新走向。

十、佛教慈恩育幼基金會創辦「慈恩兒童文學研習營」

——第一屆（1981 年 8 目 17 ～ 22 日）

——第六屆（1986 年 7 月 20 ～ 26 日）

　　宗教團體介入文化出版業在台灣並不稀奇，但從事兒童圖書
出版與兒童文學推廣，且拿得出成果並有相當影響的，似乎只有
高雄宏法寺開證法師所創設的「佛教慈恩育幼基金會」（1978 年
設立）。慈恩育幼基金會原先是以救助貧苦兒童為主，後開證法
師接受林世敏老師的建議，認為救貧只能救急一時，開啟智慧才
是永遠的，因此改而支持出版兒童圖書。為編輯兒童叢書，卻遇
到了人才問題，因而又資助創辦慈恩兒童文學研習營，並出版兒
童文學理論研究叢書。這個過程說起來像是在編故事，但它確是
道地的事實。佛教慈恩育幼基金會自 1981 年暑假起，每年均支
持舉辦一期的「慈恩兒童文學研習營」，前後共辦六期，除第一
期為綜合營外，其餘均為專科研習——計有童話（第二期）、唱
唸兒童文學（第三期）、少年小說（第四期）、圖畫書（第五期）、
編輯企畫（第六期），「專科研習」這是連板橋國校教師研習會
「兒童讀物寫作班」也少有的。這六期是民間唯一真正有計畫在
辦的兒童文學研習活動，可說是為板橋國校教師研習會「兒童讀
物寫作班」之外，提供另一條進修管道。從參加過的學員對研習
會的感恩贊許，以及他們在兒童文學界逐漸展露頭角看來，它的
確對台灣兒童文學界人才的培育有所貢獻。此外，慈恩育幼基金
會也藉著舉辦兒童文學研習營，結合了眾多台灣優秀的兒童文學
作家，插畫家，協助編印出版了二十本佛教兒童叢書。它的內容
與版本裝訂，迄今仍是宗教兒童叢書的翹楚。不過，最最難得、
貢獻也更大的是資助出版兒童文學理論研究叢書：（一）《我國

兒童讀物市場之調查分析》（楊孝濚撰，1979 年 12 月 31 日出版）；（二）《卅年來我國兒童讀物出版量之研究》（余淑姬撰，1979 年 12 月 31 月）；（三）《改寫本西遊記研究——情節取捨與標題製作之探討》（洪文珍撰，1984 年 7 月）；（四）《從發展觀點論少年小說的適切性與教學應用》（吳英長撰，1986 年 6 月）。迄至如今，台灣有關兒童文學方面的論著依然鳳毛麟角，一個出版社或研究單位，能夠出版有四、五本兒童文學論著就已非常難得，慈恩育幼基金會竟然有這樣的成果，較之洪建全教育文化基金會、信誼基金會可說毫不遜色，何況這四本研究也都具有相當的開創性（如前兩本，就比文建會於 1988 年委託信誼基金會學前教育發展中心，針對幼兒讀物作同樣性質的研究早過十年。）總之，不論從人才培育的觀點、從宗教兒童文學開拓的觀點或從研究開創性的觀點，慈恩育幼基金會對台灣當代兒童文學的發展，都得記上一筆。1986 年 11 月教育部頒獎褒揚推廣社教有功人員，慈恩育幼基金會能夠以推廣兒童文教有卓著貢獻而膺選，就從不打廣告的慈恩育幼基金會來說，它的貢獻應是值得給予推崇、肯定。

十一、中華民國兒童文學學會成立—— 1984 年 12 月 23 日

　　西元七○年代後期，台灣由於兒童文學創作活動與兒童讀物出版業漸趨活絡的關係，兒童文學從業人員組織社團的訴求已蔚為一種趨勢。台灣地區迄今為止，一共成立了五個兒童文

學工作團體，依成立時間先後分別是：高雄市兒童文學寫作學會（1980 年 12 月 10 日）、中華民國兒童文學學會（1984 年 12 月 23 日）、台北市兒童文學教育學會（1987 年 10 月 17 日）、台灣省兒童文學協會（1989 年 12 月 27 日）、中國海峽兩岸兒童文學研究會（1992 年 6 月 7 日）。其中全國性的社團只有「中華民國兒童文學學會」一個，或許是占了名義上的便利，它似乎擁有比較多的資源，相對地活動也比較多。自從成立以來，從它的「會訊」出版份量，以及歷年工作成果的比較，無疑的它已逐漸成為台灣各方兒童文學人才匯聚之所。成立十多年來，透過每年年會的論文討論會與年度研究專刊，對理論的研究起相當的推動作用。而且更難得的是，前前後後，已編纂了五本兒童文學史料叢書：壹、《中華民國台灣地區兒童期刊目錄彙編，民國三十八年～民國七十八年》（1989 年 12 月出版）；貳、《兒童文學大事紀要，西元 1945 ～ 1990》（1991 年 6 月出版）；參、《華文兒童文學小史，西元 1945 ～ 1990》（1991 年 5 月出版）；肆、《中華民國台灣地區兒童文學工作者名錄》（1992 年 11 月出版）；伍、《兩岸兒童文學交流回顧與展望專輯，西元 1987 ～ 1998 年》（1998 年 10 月出版），為台灣的兒童文學史料整理樹立良好的典範。此外，學會本身又設有中華兒童文學獎與大專院校兒童文學研修獎金，它的活動影響空間，更是遠非其他相同性質社團所能匹比。繼以時日，中華民國兒童文學學會只要理事會成員健全，它對台灣兒童文學未來的發展，將永遠居龍頭的地位。

十二、師專改制升格為師院，兒童文學列為全體師院生必修課程—— 1987 年 7 月

　　為提高小學師資，師院自 76 學年度（1987 年 8 月～）開始改制升格為學院，而且兒童文學課程由原先只是語文組必選修，改為各科系必修。這一措施將使台灣兒童文學的普及，由點擴及到面。師院畢業生，將來都是第一線的小學老師，以往小學老師只有語文組少數學生接觸過兒童文學，現在則是所有的新老師都修過兒童文學，這對兒童文學欣賞教育在小學的落實，必然會有積極的促進作用。隨著一屆一屆新制的師院畢業生到小學服務，等於社會年年都增加一批受過正統兒童文學教育的人才作為第一線推廣骨幹———至少他們是一批較為理性的兒童圖書消費者，這對兒童讀物市場的擴大以及兒童文學從業人口的增加，應是非常有助益的。然而師院改制對台灣兒童文學發展影響較大的，還不只是兒童文學課程列為各系必修（1994 年大學法制定後，大學院校自主，已有不少師院，除語教系保留必修外，又把兒童文學改為選修），另有兩項配合師院改制而實施的舉措：一是一年一度的「台灣區省市立師範院校兒童文學學術研討會」（1987 年起連續舉辦八屆）；一是設立「師院生兒童文學創作獎」（1994 年舉辦第一屆徵獎，迄今繼續不斷），對於兒童文學研究與創作人口的培養，同樣影響不小。同前台灣各類兒童文學獎的參與者與獲獎者，師院畢業生所占比例逐年增加，已約略可看出它的影響。可預期的，台

灣兒童文學隨著師院畢業生的增加,將愈為進入追求內涵的時代,它對台灣兒童文學發展的影響將是根本而深遠的。

十三、日本福武書店在台灣投資創刊《小朋友巧連智》中文版——1989 年 4 月 4 日

如果說信誼基金會創刊《小袋鼠》是為台灣幼兒讀物時代揭開序幕,則日本福武書店在台灣創刊幼兒期刊《小朋友巧連智》中文版,應是台灣幼兒讀物出版進入戰國時代的開始。九十年代成為台灣幼兒讀物出版最為蓬勃的時代,幼兒文學取代童詩成為台灣當代兒童文學新顯學。然而《巧連智》創刊的意義,不只意謂台灣幼兒讀物市場競爭進入白熱化,它隱含的更積極意義是台灣兒童讀物市場已成為國際兒童讀物市場的一環,它的發展潛力已足以吸引國際出版商的注意。並且也因大財團的相繼介入,台灣的兒童讀物出版業已逐漸演變成資本密集、技術密集(包括行銷技術)的行業,小出版社的時代已經過去。福武創刊《巧連智》事前所做的調查與研究,以及創刊前、創刊後的廣告與行銷手法,無一不令台灣的兒童讀物出版業界瞠目結舌。因應國際化的挑戰,台灣兒童讀物的出版經營,以及兒童文學創作方向,在在面臨一個新的思考點。《巧連智》創刊後,不但極為茁壯地在台灣存活下來,而且很有野心開拓新市場。一九九七年八月又進一步將《巧連智》分齡化,分別以小班「快樂版」、中班「成長版」、大班「學習版」,三種版本發行。這種開創性的舉措,除了意謂台灣有很大的市場潛

力外，更有領頭主導台灣幼兒讀物市場的意味。在台灣市場日趨國際化的環境下，挾雄厚外資而來的《巧連智》，無疑的都將是一有影響力的因子，特別是在幼兒讀物方面。

十四、光復書局創辦「兒童日報」—— 1988 年 9 月 1 日

　　一九八八年台灣解除報禁，新報刊紛紛申請創設，《兒童日報》即是在此大環境下新創刊的第一家真正為兒童辦的報紙。在報禁解除之前，台灣並沒有兒童專屬的報紙，《國語日報》雖擁有廣大的兒童讀者，但是它有三分之一的版面，並不是以兒童為對象。因此嚴格來說，《國語日報》並不是兒童的報紙。《兒童日報》創刊具有歷史意義，就是在於它是第一份天天出刊的兒童報。但是它對台灣兒童文學發揮重大的影響並不在於它是台灣第一份兒童報。

　　《兒童日報》對台灣兒童文學發展有指標性的意義，主要是它為兒童文學界帶來創新。《兒童日報》是台灣首家以嚴謹態度規畫而創辦的報紙。光復書局並且正式給付創刊規畫費用壹佰萬，創台灣兒童刊物出版的記錄。而它採行的「兒童文化」編輯政策，更是一新台灣兒童圖書出版業界的耳目。它的工作人員，除了總編輯外，一律招考聘用剛畢業的新手，它聘請兒童心理、兒童教育及大眾傳播、印刷出版等各領域的專家學者為顧問，為報社員工作在職訓練。它設有比台灣任何報社都完整而能發揮真正支援編輯、採訪作業的資料室。它的字體、字

距、行距以及版面的規畫成為兒童圖書出版業界參考的對象。它整版的人物版、漫畫板、藝術版更是走在其它報刊的前面。《兒童日報》創刊後，《國語日報》被迫放大字體，調整版面，變成某程度的「兒童日報化」，可說就是《兒童日報》產生影響的最具體例證。然而《兒童日報》對台灣兒童文學界影響最大的，應是它為台灣兒童文學界培養出一批具有兒童文化理念的新秀。現今在台灣兒童文學界嶄露頭角的，即不乏第一代《兒童日報》的工作者。儘管在一九九八年二月二十八日，《兒童日報》已正式宣佈停刊改為書本型週刊，但它所培育的新秀，它所立下的工作典範，依然在台灣兒童文學界流布、影響著。

十五、國立台東師範學院成立「兒童文學研究所」
—— 1996 年 8 月 16 日獲准籌設

1997 年 5 月 29 日正式招進首屆研究生

　　兒童文學理論的建構、研究，在台灣可說是極為薄弱的一環。這從台灣一直缺乏有份量的理論刊物，以及研究所很少以兒童文學方面問題為學位論文，可獲得例證。當然有關研究社群的形成以及研究風氣的激發，需要長期的培育。七〇年代洪建全教育文化基金會配合文學獎徵獎舉辦的專題講座與研習，八〇年代兒童文學社團，特別是中華民國兒童文學學會舉辦論文研討會，以及八〇年代師院改制後，連續舉辦八屆的兒童文學學術研討會，可說都有助於台灣兒童文學研究社群的形成與研究風氣的激發。這些講座或研討會也可說是導致台東師院兒

童文學研究所得以籌設的熱身運動。東師兒文所獲准設立，正
是表示兒童文學學術化的需求，在台灣已趨於成熟，同時意謂
兒童文學理論建構與解釋權將逐漸回歸學術單位，終而走上理
論與創作正式分工的道路。就長遠來看，東師兒童文學研究所
的成立，象徵台灣兒童文學新典範已在形成。東師兒文所將是
新典範的建立者，在健全的發展情況下，如果近一二十年沒有
第二家兒文研究所成立，則東師兒文所將主導台灣兒文理論的
建構與詮釋。因而東師兒文所成立不但涉及新典範的建立，也
涉及未來新典範主導權的爭奪。從而它的設立是有劃時代意義
的。

參考資料：

1. 洪文瓊策畫主編《兒童文學大事紀要，民國卅四～七十九年，
　　西元一九四五～一九九○年》（兒童文學史料叢刊貳）台
　　北：中華民國兒童文學學會，1991 年 6 月。

2. 洪文瓊策畫主編《華文兒童文學小史，民國卅四～七十九年，
　　西元一九四五～一九九○年》（兒童文學史料叢刊參）台
　　北：中華民國兒童文學學會，1991 年 5 月。

3. 洪文瓊策畫主編《中華民國台灣地區兒童期刊目錄彙編，民
　　國三十八年～民國七十八年》（兒童文學史料叢刊壹）台
　　北：中華民國兒童文學學會，1989 年 12 月。

4. 洪文瓊＜九○年代中後期台灣童書出版環境管窺＞刊於《出
　　版界》第 54 期，1998 年 5 月 25 日，頁 31 ～ 34。

疼惜一瞑大一寸的兒童文學

李　潼

一

　　有作品為憑的台灣兒童文學，直到一九五〇年前後才零星出現。所謂「台灣兒童文學」的指涉，是台灣在地的寫作人有意識地為兒童讀者創作的讀物：包涵「泛創作」的全新創作及類創作的改寫作品；也涵括「泛文學」的純文學和非文學類讀物，當然也容蓋童話、少兒小說、生活故事、兒童詩歌、神話、寓言、兒童散文、兒童戲劇、歷史故事和圖文並茂的繪本讀物及科學讀物等等不同形式內容。

　　台灣兒童文學自一九五〇年以來，發展了五十年，除了台灣在地寫作人有意識地為兒童讀者創作的讀物，留下一定質量的作品之外·若再加上域外引進翻譯的各類兒童讀物，台灣的兒童文學肯定是一座五穀豐登的精神糧倉。

　　而這一座哺育台灣的「明日棟樑」、「未來主人翁」少兒讀者精神成長的糧倉，是否受到曾吸取它營養而長大的文化界、讀書界有識者的足夠看重？

　　台灣兒童文學即將踏入的新世紀，該有、能有什麼樣的作為？台灣的文化界、讀書界對它可以什麼樣的看待？

二

　　台灣的兒童文學史料，未能向一八九五～一九四五年的日治台灣時期探索，可能這五十年語文轉換、時局動盪而的確少見台灣本土的兒童文學作品（不論日籍或台籍的寫作人）；或許嚴格定義的兒童文學剛啟蒙；可能在二十世紀末為中生代的台灣兒童文學研究者，以政治斷代劃分文學；或許他們的英美文學取向及語文能力，而在日治台灣時期的兒童文學探索顯得無心與無力。因此，留下了這一大段台灣兒童文學的空白。

　　事實上，以常情觀測，崇尚歐洲文化的日本，怎不會翻譯歐洲兒童文學作品以饗殖民地的台灣子弟？以政治、經濟、軍事和文化四管齊下台灣的總督府，怎不會引進日本兒童文學作家的作品？那些迄今仍在台灣耆老童年憶舊時哼唱的童謠及「桃太郎」、「河童」之類的故事，乃至當時在台灣發行的報刊雜誌登載的作品，究竟有沒有廣義的兒童文學作品？

　　這些曾陪伴二十世紀中葉以前各世代台灣子弟童年的作品，毋庸置疑的，也是「台灣兒童文學」的一部份，可惜蒐集研究付之闕如，所以我們只能說「台灣兒童文學發展，直到一九五〇年前後才開始」。

　　受日本殖民台灣的教育影響，有心從事文學寫作的台灣子弟，在一九五〇年代前後再次受到日本「國語」和華漢「國語」轉換的嚴重困擾。當時的「台灣兒童文學」除了仰仗國語日報、東方出版社多量的翻譯作品，主要的寫作人不得不由中國大陸

隨軍撤退來台的一群「新台灣人」寫手合力挑起。

這十年間出現的兒童文學期刊，除了國語日報和中央日報的兒童週刊（當年的中央日報是深具影響力的大報），還包括《新生兒童》、《新學友》、《東方少年》、《小學生雜誌》、《台灣兒童月刊》，登載的作品以童詩、兒歌、童謠、童話、民間故事及翻譯改寫的中外兒童文學名著為主。它們提供「新台灣人」作品發表的空間，也開發了台灣兒童文學的新風潮。

六○年代的童詩和兒歌持續蓬勃發展。歐美兒童文學作品經由日譯再中譯的情況減少，直接由原著節譯為中文的兒童文學作品相對崛起。台灣省政府教育廳成立兒童讀物編輯小組，出版了一系列自編自寫的作品，也出版了多位本土作家的創作。

七○年代的台灣省政府教育廳國民學校教師研習會延續辦理多期的兒童讀物寫作班，洪建全教育文化基金會和教育部創辦的兒童文學獎徵文，對於兒童文學作家與作品的出現，起了相當作用。加以《小讀者》、《兒童月刊》及《幼獅少年》大篇幅開放兒童文學作品發表空間，也直接鼓舞了台灣兒童文學的積極發展。

台灣經濟在七○年代快速繁榮，「戰後嬰兒潮」長大的孩子在這時已成年，他們擁有較佳的社會環境及完整的學校教育，尤其在成長過程兼顧了個別母語文化與北京語系的中國文化，這樣的多元文化吸收和符合主流的語文表達能力，讓他們在八○年代、九○年代創作了質量皆豐美的兒童文學作品。

同樣的客觀環境，也促使九年國民義務教育的施行，和逐年增加的學校經費；而新生代父母對於幼兒、兒童課外學習的看重，都受到經濟能力增強的催發。他們在兒童文學作品、期刊、讀物的消費，當然也有助「兒童文學生態」的全面茁長。

三

儘管台灣兒童文學的發展從二十世紀中葉以來，顯見在作品型類、品質、數量或風格上迭經變動，並展現蓬勃生機及可被期待的永續活力。但這樣的生機活力，絕非「根深蒂固」地禁得起任何風霜雪雨。

台灣兒童文學的確仍存在若干隱憂。

這隱憂卻也同時蘊涵著再成長的潛能。

將台灣兒童文學的發展環節分為創作（大體的涵括翻譯與改寫各種寫作形式）、出版、理論研究和讀者消費，它們的共同隱憂來自：缺少大方向把握的宏觀和缺少強烈企圖的雄心。

也就是在這些環節仍普遍存在對於「你只要埋頭去做就對了」的思維，流俗於「只要做了，沒有功勞也有苦勞」的推崇，以及對於「分工合作」認識淺薄的漠視「點子王」的思考智慧和「認真或不經心都無妨」的另類灑脫。

這樣的心態，落在創作，便容易產生題材與形式的一窩蜂現象，缺少自我期許，創意必然也相對萎縮：落在出版就無法有效企劃、永續經營；落在理論研究就只能隨遇而安，無法建立自己的學術架構及深度思考「台灣特色的兒童文學理論」究

竟是怎麼一款肌理；落在讀者群，那就是「可讀不可讀」的隨興。

至於和台灣兒童文學生態息息相關的客觀環境，包括官方文教單位及「文藝大家庭」的眾多族親們，常因這類文學主訴求的幼兒、兒童及青少年讀者，在我們文化社會的發音分貝和能見度不足，也使得這文類的被看重，常處在被動的或回眸一瞥才得「原來你還在這裡」的尷尬。

當然，相較於一九五〇年代，乃至一九八〇年代的台灣兒童文學處境，九〇年代的台灣兒童文學實力與表現都值得喝采。包括文化建設委員會即將展開的「兒童閱讀年」、國家文化藝術基金會對兒童文學相關創作、研習及活動的支持，也都表示了一定程度的支持，既有展望未來的心意，那便是一種精益求精的期許。

我們可以說，台灣兒童文學的未來發展，以過去五十年為「有點厚又不會太實」的基礎，它的遠景形塑關鍵，最該留意的是一種刻意、堅持、宏觀、踏實和「不信東風喚不回」所匯集成的光明心境。

我對台灣兒童文學的看法

鄭清文

今天，我要講的，不是理論，而是我自己寫童話的一些經驗和看法。

我的寫作，是以小說為主，尤其是短篇小說。

在洪醒夫還在的時候，我們幾個寫作的朋友，去北投訪問黃春明，希望他能多寫一點鄉土題材的小說。當時，黃春明就提到，我們寫小說的人，應該為小孩寫點東西。

後來，我們也知道，黃春明在這方面，做了不少工作。

我也一直把這一件事放在心上。

二十多年前吧，林懷民正在美國留學，結合一些留學生，想為台灣的兒童文學貢獻一點力量。他們發行一種通訊刊物，就像鍾肇政先生他們早期發行的《文友通訊》，也是油印的，不過，規模大一點。他們要為小孩寫文章，他們研究兒童文學的內涵和寫作方法，這個刊物在初期可以說多是理論。

為了響應這個運動，我就試寫了一篇童話寄給林懷民，就是〈燕心果〉。林懷民給我一封信，說他很感動。他也提起，這篇作品還有一點瑕疵。後來，可能大家很忙，這個運動也就中斷了，這是非常可惜的。

這一篇作品〈燕心果〉，經過修改，在國內發表，是我的第一篇童話。以後，我陸續寫了一、二十篇童話，並結集出版，書

名《燕心果》。

後來，這本童話集，由日本吉備大學副教授，也是台灣文學專家岡崎郁子女士譯成日文，在日本出版，書名是《阿里山の神木》，是我另一篇童話〈鹿角神木〉的日文譯名。

岡崎女士說她譯這本書的理由是，她讀了之後，深受感動，要把這種感動介紹給日本讀者。

她在譯後記裡提出這本童話集的幾個特點。

一、是創作。她說，台灣的兒童文學，尤其是童話，創作不多。多的是翻譯作品，如安徒生、格林和桃太郎等。

創作是最可貴的。創作是無中生有，它不但會變成自己的文學資產，也同時是文化資產。很可喜的現象是，在台灣為兒童寫文章的風氣，已漸漸蓬勃起來了。

童話，有創作，也有改寫。

創作的代表是安徒生。搜集和改寫，最有名的是格林兄弟。現在，可能還要加上卡爾維諾。他改寫義大利童話集，還提到改寫的人，不加點什麼，就不夠完美了。這表示改寫也是一種創作（再創作）。

二、她指出，我取材自本土。我寫小說也一樣，寫自己所熟悉、所關心的事，這是很自然的事。

不過，我們的兒童文學，因受外國作品和中國作品的影響，時常忘掉取材本土的重要性。

很多人知道玫瑰花、鬱金香，卻不太知道日日春和煮飯花。

　　當然，也更少人知道林投的葉子可以做笛子，以及如何做。

　　台灣有海、有山、有河川、有森林。台灣也有許多的動物，這裡面充滿著生動的材料。其實，寫自己所熟悉的事物是更能得心應手的。

　　不但如此，由這裡面所產生的故事，可以使小孩接近自然，喜歡自然。由這裡了解自己的鄉土，喜歡自己的鄉土，這是非常重要的。

　　台灣沒有虎，卻有「虎姑婆」的故事。老實說，「虎姑婆」的故事，是相當粗糙的。

　　中國有很多虎，也有很多虎的故事。但是，在我讀過的虎故事，最好的是俄國作家拜可夫的作品〈偉大的虎王〉。

　　不過，現在由於報導文學的蓬勃發展，要接近本地的題材，也應比以前更加容易了。以前，看了許多漂亮的蝴蝶，卻不知道名字。現在，這一類的圖鑑，已很多了。

　　在這裡，我要附帶提出一點說明，也就是寫作時，要注意細節的準確性和豐富性。有多少人注意到蛇的舌頭，是黑的？而不是紅的？這也是作品的生命。

　　拉封登（La Fontaine，1621 ～ 1695，法國詩人及寓言作家）有一則寓言，說兩個朋友上山，遇到了熊。一個趴在地上裝死，熊過來聞了一下，就走掉了。這個故事影響深遠，卻害死了不少人。根據日本的統計，碰到熊，受害最多的是裝死的人，因為熊也吃死人肉。

　　故事有想像和事實部分。尤其是童話，想像最重要，想像，可以天馬行空。不過，事實部分，還是要遵循的。這也是我寫童話的原則。

　　三、岡崎女士指出，我的作品中充滿著仁慈心。我寫小說，也是以對於弱者的同情心作為基礎。這是我承受以俄國作家契訶夫為主，以及許多作家的基本想法和做法。

　　教育小孩，有許多方向。培養同情心、仁慈心，應該是很重要的一個項目。

　　不過，人有善、惡，小孩也一樣。讀《蒼蠅王》就知道，小孩也潛存著醜惡的一面。

　　現在，我們的社會，一直認為小孩的本質是天真無邪的。我們看到有小孩做出那麼可怕的事時，就驚駭失措了。

　　教小孩有同情心、仁慈心，會減少邪惡的成分。但是，這樣子還不夠，也要小孩知道一點不純的成分。要給小孩一面鏡子，給小孩無菌的房間，他們將減低抗病的能力。

　　後來，岡崎女士把介紹我的那篇文章，收入她的作品集《台灣文學──異端的系譜》裡面，這本書包括我介紹了五個台灣作家。

　　當她把我列為台灣文學的異端時，有很多人不贊成。葉石濤先生說我一點也不異端。

　　這個問題我也思考過。

　　異端是有異於正統。

　　在台灣，什麼是正統？台灣的正統似乎來自中國。

　　我們看看中正紀念堂的幾個大匾額，一是「大中至正」，一是「大忠」「大孝」。

　　這是最高規範，也可以說是最高教條，這符合現代人的生活和想法嗎？

　　中國是一個古老的國家，但是，經過幾千年的悠久歷史，就從來也沒有出現過一個叫「理性時代」的時代，這裡面包含著自由、民主和理性。

　　中國，每一個朝代的更換，都充滿著殺伐，而後再把這些殺伐正當化。勝者為王，敗者為寇。在這些殺伐中，所產生的英雄又是怎樣的一種本質呢？

　　我有一篇童話叫〈鬼姑娘〉，鬼姑娘是一個鬼，有兩個身分。

　　白天，她是白姑娘，是好鬼。晚上，她是黑姑娘，是壞鬼。

　　在傳統的想法，鬼代表著惡，是小孩最害怕的。鬼也有好鬼，可以給孩子更多的思考空間。

　　但是，這篇作品，另外有一個重點。

　　白姑娘生病了，黑姑娘反而越來越強盛了。一個小孩，他的想法是去救白姑娘。傳統的想法，是除害，是要往殺黑姑娘這方向在思考的。

　　我不敢說，我是什麼異端，但是，我的確也想如何脫離傳統的羈絆。

　　我們都知道，時代不同了。現在有現在的生活方式，現代有現代的想法。大人如此，小孩何嘗不是？

　　日本的明治維新，就是要脫離古舊的傳統。日本的這些古傳統，有些是來自古舊的中國。日本，在一三〇年前就想到了這件事，為什麼台灣還要守護這種正統？

　　不久以前，我曾寫一篇文章批評老舍的童話〈寶船〉。這篇作品的缺點是，無法脫離老套。皇帝、公主、神仙。公主生了大病，皇帝懸賞求醫，能醫好公主的，可以賜給任何寶物。中國皇帝，後宮有三千佳麗，公主不知有多少。在西方，公主有可能繼承王位，價值不同。老舍不但守舊而且消化不良。老舍是大作家，尚且如此。可見一個人要有自由的意志和獨立的思考力，從事寫作有多麼困難。

　　在岡崎女士的介紹文章中，也曾提到有人說：「我的童話不適合兒童閱讀」，因為太深。

　　我寫小說，也多少遵循著海明威的冰山理論，只寫水面上的八分之一，把八分之七留在水中。我寫童話，雖然沒有那麼嚴重，卻也多少本著簡單含蓄的原則。

　　童話，因隨時可以脫離現實，不但本身充滿著想像，而且可以使用許多象徵手法，並深藏許多豐富的寓意，這是比小說更容易做到的。

　　其實，我寫童話，也有意給大人讀，給各種年齡的人讀。史威夫特寫《格利佛遊記》，也應該是這種想法。現在，有人依照適合的年齡，把童話分成：

　　一、小孩的童話

　　二、成年人的童話

三、老人的童話

由於童話的寓意性強，它可以闡釋人生的各種情況。容格一派的心理學者，不但用種種角度去分析童話，還拿它做為療病的工具。

我自舉一個例子。小學，我是在日治時代讀過的。小學的課本，有一則浦島太郎的故事。浦島救了海龜，龍宮公主招待他到龍宮，他在那裡度過一段美好的日子。有一天，他突然想家，公主送他一個寶盒，還叮嚀他不管發生什麼事，不要打開。他回到家鄉，舉目無親，家鄉的景色也全變了。

他把寶盒打開，一股煙冒了出來，他立即變成老人。當時，我讀這個故事，雖然是小孩，心中還是有一些模糊的疑問。當時，想到浦島變成老公公，心中也有一點落寞的感覺。

一、不能開，為什麼送他？

二、不能開，為什麼要開？

三、開了，為什麼變成老人？

四、本來是一個很快樂的故事，為什麼變成那種收場？

後來，看了潘朵拉的故事，多少也可以給它一些合理的解釋。

一、浦島很寂寞，也許也有些好奇，所以打開。

二、那裡面，收藏著浦島的歲數。

三、歲數是浦島的，所以要還他。

四、人會老，這是人的宿命。

初看，小孩不一定懂。不過，也許有一天，他們有機會懂。

現在，有一個問題，就是大人永遠把小孩看做小孩。

大人帶小孩去花園。

大人問：「這一朵花漂亮嗎？」

小孩答：「漂亮呀。」

這種問法，一百個小孩，可能只有一個答案。不幸的是，我們看電視，都是這一類的問法。

用這種方法教育出來的小孩，一定不容易想到「惡之華」這種題目吧。

「這朵花怎麼漂亮？」

這種問法，一百個小孩，可能有一百個答案。

小孩最重要的是想像力，小孩有小孩的世界，小孩的世界，是非常廣大的。

大人喜歡用「教育」、「指導」、「好意」的名義去管教小孩，同時也限制了小孩。

在台灣，在過去，也就是現代的大人，還是小孩的時候，沒有受到自由、開放的教育，想法和做法受到了限制，他們卻用自己的方式去教養小孩。

孟母三遷，在中國的傳統，是一種美談。現在，所有的教育媽媽，都是孟母，都知道三遷的道理，她們想盡辦法把小孩送進明星學校。

有一次，我在金華國中的對面等公車。金華是典型的明星學校，很多人遠地來就讀。有的坐公車，也有很多坐自用車。父親或母親，把莘莘學子送來上學。我注意到差不多有百分之

八〇的學生，下了自用車，沒有向父母說再見，連搖搖手也沒有。他們揹著沉重的書包，臉上毫無表情。

現在的小孩，會打電腦、會跳舞、會吃牛排，卻不會說再見。

為什麼呢？顯然是沒有人教他們。

學校裡，沒有教。家裡，也沒有教。

我忽然有一種感覺，那些家長不都變成送貨員了？這樣子，就是孟母五遷，又有什麼用？

沒有教，所以不會，這是很好的理由。

那為什麼沒有人教他們？包括老師和家長。

其實，不教也會，才是重要。

教一件，學一件，是平常。為什麼不教一件，學十件？

要啟開小孩的心智，最重要的，是讓他們自己想。我們不要老是牽著小孩的手，要讓他們自己走路。我們要相信小孩的潛能。

不能限制小孩的想像力，不要扼殺小孩的想像力。當小孩自己會思考的時候，他們就會教一件學十件了。因為他們已擁有了自己的天地，而那天地是無限大的。

好的童話，應該有啟開心智的作用。

這是我的看法，也是我一直努力的目標。

每一個人對於兒童文學的看法，也許有所不同。不過，想為小孩提供更多好的讀物，應該是大家共同的願望吧。

台灣兒童文學的建構與分期

林文寶

一、前言

　　兒童文學的產生是緣於教育兒童的需要。從現存的歷史資料看，兒童文學作品幾乎是跟遠古的民間文學同時產生的，當然，那只是兒童文學的原始型態，可以說並未完全具備兒童文學的特點與作品的雛形。

　　至於大陸或台灣的現代兒童文學，可說是伴隨著「五四」新文化運動才開始發展起來。

　　一八三九年的中英鴉片戰爭，被迫走向現代化。當時的中國，遭遇到亙古所未有的挑戰，產生了巨大深刻的形變，這是中國傳統解組的世紀，也是中國現代化的世紀。

　　所謂「兒童文學」的出現，即是傳統啟蒙教育的解組，它是整個新文化運動的一環。從近代文獻資料中，我們可以了解到，中國近代許多著名的啟蒙思想家與作家，都曾留心於兒童文學，且新時代兒童文學的發達亦與通俗文學、國語運動息息相關。

　　台灣新文學運動的展開，是在一八九五年台灣淪為日本殖民地之後才發生。台灣新文學運動經驗了戰前日文書寫與戰後中文書寫的兩大歷史階段。在這兩個階段，由於政治權力的干預，以及語言政治政策的阻撓，使得台灣新文學的成長較諸其他地區

的文學還來得艱難。而身為弱勢與邊緣的兒童文學，在台灣地區的發展更是緩慢與充滿困境。

查考各國兒童文學的源頭有：

第一個源頭是口傳文學。
第二個源頭是古代典籍。
第三個源頭是一代啟蒙教材。

而台灣以現代中文書寫的兒童文學，其源流，林良於〈台灣地區四十五年來的兒童文學發展（1945～1990）〉一文中提到：

台灣光復以前，知識界對兒童文學並不陌生。日本的兒童文學活躍在小學裡，日本的兒童讀物活躍在書店、圖書館和家庭的書房裡。傳統的兒歌和民間故事，活躍在廣大的中國人社會中。當年中國大陸兒童文學迅速發展，台灣的知識界也有相當的認識。

民間的口傳文學、中國傳統的「三、百、千、千」幼學讀本、日本的兒童文學、中國的兒童文學，構成了台灣兒童文學的四大資源。在這段期間，有多少人以日文從事兒童文學創作？有多少人以中文從事兒童文學創作？知識界在兒童文學方面有些什麼成績？這是一段急待我們加以充實的兒童文學史。（見〈（西元 1945～1999 年）華文兒童文學小史〉，頁 1～20）

　　台灣的現代兒童文學，一般說來，始於一九四五年，這年台灣光復，重回中國。但兒童文學在台灣地區的發展卻是緩慢而閉鎖的。林良於《1980 中華民國文學年鑑》中〈兒童文學〉項裡認為（以下詳見一九八二年十一月柏楊主編，時報文代出版企業股份有限公司出版，頁 .52 ～ 58）：「萌芽期」是「寂寞的一行」，六十年代以後的「成長期」是「活躍的一行」。至八十年文藝年鑑也不再漏列兒童文學的項目。因此，兒童文學工作，更由「活躍的一行」，跳躍到「受尊重的一行」。

　　其實，兒童文學與兒童讀物的發展是國家教育、社會文明和經濟進步的重要指標，歐美等國家早在十八世紀開始萌芽，十九世紀蓬勃發展，並於二十世紀設立了國際安徒生兒童文學獎，台灣地區隨著教育普及，工商發達，經濟繁榮，近三十年兒童文學發展迅速，先後成立高雄市兒童寫作學會（1980.12）、臺北市兒童文學教育學會（1987.10）、台灣省兒童文學協會（1989.12）、中國海峽兩岸兒童文學研究會（1992.6）及全國性的中華民國兒童文學學會（1984.12），設立世界華文兒童文學資料館（1994.9），開設兒童文學研究所（1997.8），推廣兒童文學創作、研究、出版及國際交流活動。

　　面臨二十一世紀，迎向未來的是科技化、國際化、民主化與多元化的腦力密集時代，台灣的兒童文學亦當加以檢視與建構，進而走出屬於我們自己的道路。

二、發現台灣

　　「發現台灣」似乎是九〇年代初期台灣政治文化的一個熱
門話題。一九九一年十一月《天下雜誌》發行一本「從歷史出
發」特刊，以「『打開歷史，走出未來』發現台灣」為標題，並
於一九九二年二月印製成書（上、下兩冊），隨即又策劃「認識
台灣系列」。既言「發現」，顯然台灣過去一直處於被遺忘的狀
態。台灣原本有史，只是幾百年來的被殖民經驗迫使它的歷史回
憶被壓抑放逐。如今，台灣塵封的過去將再被發現。

　　所謂發現，一言以蔽之，即是發現台灣被殖民的歷史，而
「台灣意識」即是被殖民的事實標記。沒有歷史，沒有記憶是所
有被殖民社會的歷史。而重建、重新發現被消音的歷史，則是被
殖民社會步入後殖民時代，從事「抵殖民」文化建設工作的第一
步。

　　所謂後殖民，德里克（Dirlik, A.）於〈後殖民氛圍：全球資
本主義時代的第三世界批評〉一文中，認為有下列三種重要的意
思：

　　　　「後殖民」這術語在不同用法中帶有多種含義，為了
　　　分析起見，需要對它們加以區分。在我看來，這個詞的三
　　　種用法格外顯著（和重要）；（a）從字面意義上描述曾是
　　　殖民地的社會的狀況，這種用法中它具體有所指，比如「後
　　　殖民社會」或「後殖民地知識分子」。不過，需要說明的
　　　是，這裡所說的殖民地既包括以前歸屬於第三世界的那些
　　　地方，也包括像加拿大和澳大利亞這個通常與第一世界聯
　　　繫在一起的移居者的殖民地。（b）描述殖民地主義時期之
　　　後的全球狀況，這種用法中它的所指多少有些抽象而不那

麼具體，就其模糊性而言也與早期的一個術語，第三世界，
不相上下，實際上它本來就是像要替代那個術語的。（c）
描述論及上述狀況的一種話語，這種話語是通過由這些狀
況產生的認識論和精神的方向來傳達的。（見《後革命氛
圍》，頁 110）

　　申言之，後殖民理論家認為，後殖民論述脫胎於被殖民經
驗，強調和殖民勢力之間的張力，並抵制殖民者本位論述。換言
之，後殖民論述有兩大特點：第一，對被殖民經驗的反省；第二，
拒絕殖民勢力的主宰，並抵制以殖民者為中心的論述觀點。

　　綜觀台灣近代的歷史，先後歷經荷蘭人佔據三十八年
（1924～1662），西班牙局部佔領十六年（1626～1642），
明鄭二十二年（1661～1683），清朝治理二百餘年（1683～
1895），以及日本佔據五十年（1895～1945）。其中，相當長
時間是處於殖民的地位。因此，除了漢人的移民文化外，尚有殖
民文化的滲入；尤以日據時期的殖民文化影響最為顯著，荷蘭次
之，西班牙最少。是以台灣的文化在光復前是以漢人文化為主，
殖民文化為輔的文化型態。

　　光復後，大陸人來臺，注入文化的熱血。又一九四九年十二
月七日國民黨政府遷都臺北，更是湧進大量的大陸人口。特別是
日本統治時代的五十年和光復後的四十年時間，在跟大陸完全隔
離的狀態下接受西方歐美與日本的洗禮，一直難以有鮮明的自主
性。

　　自一九八七年十一月戒嚴令廢除以後，「發現台灣」成為口

號與流行。其實，所謂的「發現台灣」，簡言之，即是「台灣意識」是也。解嚴後，「台灣意識」從過去潛藏的狀態，如火山爆發似地湧現，成為解嚴後台灣最引人注目的現象之一。所謂「台灣意識」是指生存在台灣的人認識並解釋他所生存的時空情境的方式及其思想。

　　作為一個思想史現象，「台灣意識」內涵豐富，方面廣袤，總言之，屬於同時代或不同時代的社會、政治、經濟階級的人，皆各有其互異的「台灣意識」。就其組成要素而言，「台灣意識」雖以「鄉土情懷」為其感情基礎，但卻不能等同於「臺獨意識」。黃俊傑於〈論「台灣意識」的發展及其特質：歷史回顧與未來展望〉一文中，認為「台灣意識」的發展，可分為四個歷史階段：

　　　1. 明清時代的台灣只有作為中國地方意識的「漳州意識」、「泉州意識」或「閩南意識」、「客家意識」等；2. 到了日本統治台灣以後，作為被統治者的台灣人集體意識的「台灣意識」才出現，這半世紀（一八九五～一九四五）的「台灣意識」既是民族意識又是階級意識；3. 一九四五年台灣光復後，「台灣意識」基本上是一種省籍意識，尤是一九四七年二二八事件之後，作為反抗以大陸人占多數而組成的國民黨政權的台灣人意識加速發展；4. 一九八七年戒嚴令廢除，台灣開始走向民主化；近年來由於中共政權對台灣的種種打壓，「台灣意識」乃逐漸成為反抗中共政權的政治意識，「新台灣人」論述可視為這種新氣氛下的思維方式。（見《台灣意識與台灣文化》，

頁 4）

「台灣意識」的核心問題是認同問題，而以「我是誰？」「台灣是什麼？」等問題方式呈現。黃俊傑於〈論「台灣意識」中「文化認同」與「政治認同」的關係〉一文中說：

> 所謂「台灣意識」內涵複雜，至少包括兩個組成部分：「文化認同」與「政治認同」，兩者之間有其不可分割性，亦即「文化認同」與「政治認同」互為支援，不可分離；兩者之所以不可分割，乃是由於華人社會中的國家認同是透過歷史解釋而建構的。（見《台灣意識與台灣文化》，頁 4）

綜觀百餘年來的台灣，一直處於被殖民的狀態下，是以「台灣意識」基本上是一種抗爭論述──反抗日本、反抗西化、反抗國民黨、反抗中共。

如果說，殖民主義主要是對經濟、政治、軍事和國家主權上進行侵略、控制和干涉的話，那麼後殖民主義則是強調對文化、知識、語言和文化霸權方面的控制。如何在經濟、政治、文化方面擺脫帝國主義的殖民統治，而獲得自身的獨立和發展，成為後殖民理論必須面對的問題。因此，後殖民主義理論是一種多元文化理論，且已不限於兩個相爭所產生的政治效應。在後現代用法裡，被殖民者乃是被迫居於依賴、邊緣地位的群體，被處於優勢的政治團體統治，並被視為次等人種。以此觀點視之，台灣的被殖民經驗不僅限於日據時代，事實上可以上下延伸，長達數

百年。

如果我們將後殖民論述納入一個更寬廣的文化思考空間，我們發現後殖民論述呼應了後現代文化「抵中心」的強烈傾向。後現代化強調文化差異的多樣性，並以文化異質為貴。後現代文化「抵中心」論──解構各類中心論，包括男性中心論、異性戀中心論、歐洲中心論、白人中心論等等──的迷思以及潛藏於此類迷思之中的政治意義。此「抵中心」傾向可謂後殖民論述的動力。被殖民者在殖民論述裡，往往被迫扮演邊緣角色。當不同文化對立衝突時，勢力強大的一方經常透過論述來「了解、控制、操縱，甚至歸納對方那個不同的世界」。這個論述行為往往以強勢文化團體為中心觀點，把弱勢文化納入己方營建的論述，並藉政治運作壟斷媒體，迫使對方消音，辯解不得其門。位居劣勢的一方唯有抵抗「消音」（silencing），抵制以對方為中心觀點的論述，才有奪回主體位置，脫離弱勢的機會。

審視「台灣意識」的整個發展過程，黃俊傑於〈論「台灣意識」的發展及其特質〉一文的結論：

> 縱觀近百餘年來，「台灣意識」的轉折變化　我們可以發現歷史上的「台灣意識」基本上是一種抗爭論述──反抗日本帝國主義、反抗國民黨威權統治、反抗中共的打壓。展望未來，「台灣意識」應該從抗爭論述轉化為文化論述，才是一個較為健康的發展方向，庶幾「台灣意識」才能成為二十一世紀新的世界秩序與海峽兩岸關係中發揮建設性的作用。（見《台灣意識與台灣文化》，頁 41）

　　從後殖民論述的觀點視之，將台灣意識論述從過去的抗爭論述轉化成為一種文化論述，且以「文化中國」做為基調，使其成為與中國大陸及世界進行有助益的文化對話。

　　申言之，只有透過「作為文化論述的台灣意識論述」，才能去殖民，後殖民社會是個從文化對立轉為以平等地位對待，並接受彼此文化差異的世界。從文學理論家和文化歷史學者逐漸意識到，建設和穩定後殖民世界的基礎在於「跨文化性」；對跨文化性的共識可能終止人類被「純種」迷思所惑所造成的互相鬥爭歷史。台灣從殖民進入後殖民時代，必須達成「台灣文化即是跨文化」的共識，藉以超越殖民／被殖民的惡質政治思考模式，兼容並蓄才能讓我們真正擺脫被殖民的夢魘。

三、有關台灣兒童文學史的論述

　　有關台灣兒童文學史的論述，擬從海峽兩岸說明之。

1. 台灣地區

　　自從一九四五年以來，台灣地區並無正式的兒童文學史著作。所見者要皆以史實或史實的綜合，可見相關成書著作有：

＊《我國兒童文學的演進與展望》　許義宗著　自印本
　　1976.12
＊《我國兒童讀物發展初探》　　邱各容著　自印本
　　1985.4

＊《兒童文學談叢》　邱各容著　自印本　1988.10

＊《中華民國台灣地區兒童期刊目錄彙編》　洪文瓊策劃
　　主編　中華民國兒童文學學會　1989.12

＊《兒童文學史料初稿》　邱各容著　富春文化事業（股）
　　公司　1990.8

＊《宜蘭縣兒童文學史料與初稿》　邱阿塗著　宜蘭縣政
　　府教育局　1990.9

＊《（西元1945～1990年）華文兒童文學小史》　洪文
　　瓊主編　中華民國兒童文學學會　1991.5

＊《（西元1945～1990年）兒童文學大事紀要》　洪文
　　瓊主編　中華民國兒童文學學會　1991.6

＊《台灣兒童文學史》　洪文瓊著　傳文文化事業有限公
　　司　1994.6

＊《一所研究所的成立》　東師兒文所　1997.10

＊《台灣區域兒童文學概述》　林文寶主編　東師兒文所
　　1999.7

＊《台灣兒童文學手冊》　洪文瓊編著　傳文事業有限文
　　化公司　1999.8

＊《台灣‧兒童‧文學》　東師兒文所　1999.8

＊《台灣（1945～1998）兒童文學100》　林文寶主編
　　行政院文建會　2000.3

至於教科用書中，提及台灣兒童文學史者有：

(1) 書名：《兒童文學研究》

　　篇名：第七章　我國兒童文學的概況及展望

　　作者：劉錫蘭

　　頁數：37 ～ 38

　　出版社：台灣省立臺中師範專科學校叢書，

　　出版年月：1963.10 修訂再版

(2) 書名：《兒童文學研究（下）》

　　篇名：第三章・第一節・戊　光復後台灣兒童文學發展概
　　　　　況

　　作者：葛琳

　　頁數：70 ～ 73

　　出版社：中華電視臺教學部

　　出版年月：1973.5

(3) 書名：《我國兒童文學的演進與展望》

　　篇名：壹・五　陽春期（政府播遷來臺以後）

　　作者：許義宗

　　頁數：12 ～ 29

　　出版社：許義宗（自印本）

　　出版年月：1976.12

(4) 書名：《兒童文學論》

　　篇名：第十章・第一節・我國兒童文學的演進概述　陽春
　　　　　期

　　作者：許義宗

　　頁數：240 ～ 257

出版社：許義宗（自印本）

出版年月：1977

(5) 書名：《兒童文學綜論》

　　篇名：第二章 · 第二節 · 中國的兒童文學發展

　　作者：李慕如

　　頁數：28 ～ 51

　　出版社：復文圖書公司

　　出版年月：1983.9

(6) 書名：《兒童少年文學》

　　篇名：第伍篇：中國兒童少年文學發展百三十年大事譜及考
　　　　　索（西元 1862 ～ 1989）

　　作者：林政華

　　頁數：381 ～ 473

　　出版社：富春文化事業股份有限公司

　　出版年月：1991.1

(7) 書名：《台灣兒童少年文學》

　　篇名：第壹篇 · 第三章 · 台灣兒童少年文學發展小史

　　作者：林政華

　　頁數：13 ～ 36

　　出版社：世一文化事業股份有限公司

　　出版年月：1997.7

(8) 書名：《兒童文學》

　　篇名：第二章 · 第二節 · 四 · 清代以後兒童文學發展概
　　　　　述

作者：李慕如、羅雪瑤

出版社：高雄復文圖書出版社

出版年月：2000.2

又單篇論述重要者有：

〈中國兒童文學七十年〉　邱各容　見《當代文學史料研究叢刊》
第一輯，頁 101 ～ 126，1987 年 5 月。

〈台灣兒童文學發展簡史〉　陳木城　見《大陸兒童文學研究會會
刊》第三期，頁 .1 ～ 5，1989 年 8 月。

　　綜觀以上有關台灣文學史的撰寫，要以邱各容、洪文瓊兩人
最為用心，且成果亦較為豐碩，但皆屬史料，未能稱之為史。

　　邱各容的著作以《兒童文學史料初稿（1945 ～ 1989）》為代
表作，全書正文分為四輯：初探篇、采風錄、回想曲、大事記。為
二十五開本，共厚達五百三十九頁（不含序和目錄），可見他在兒
童文學史料收集、整理方面，確實花費不少功夫。洪文瓊於〈「兒
童文學史料初稿」評介——兼談台灣兒童文學史的方法與途徑〉
（見《台灣兒童文學史》，頁 148 ～ 154）中論其缺漏：

　　　　再者本書既然是有關史料整理方面的成果作品，則有關
　　史實的擷取角度或史實的綜合角度最好能加以交代，就像撰
　　寫學術論文交代研究方法或編纂工具性詞書交代體例一樣。
　　這一部分本書較為缺漏，不論在作者的自序或各輯的前面，
　　均未見交代文字。只有采風錄在作者自序中稍微提及，但也

僅提及「採擷兒童文學發展過程中較為凸出或具有代表性
人事物」，但究竟怎樣算是有代表性或較為凸出，以及包
括那些類別，並未再給予具體說明。（頁 .150）

而洪文瓊著作當以《台灣兒童文學史》、《台灣兒童文學
手冊》二書為代表。洪氏於〈1945 ～ 1993 年台灣兒童文學發
展走向〉一文（見《台灣兒童文學史》，頁 1 ～ 22）中，曾論
及「觀察視點」如下：

　　　由於地緣關係與歷史背景因素，台灣自十七世紀東西
海通以來，一直是列強覬覦之所。也由於這種環境，使得
台灣的文化發展無法保持較高「純」度。尤其二次世界大
戰後的歷史變局，更促使台灣發展成為一個很特殊的華族
文化區域──由新統治階層帶來的中原文化，揉合了既有
的本地文化和外來的美日強勢文化。整體上它是華族文化
的一環，卻與中國大陸、新加坡以及香港地區的華族文化，
有著明顯的差異。兒童文學是文化的一個環節，它的發展
不能自外於大環境。要觀察台灣的兒童文學發展，首先必
須注意這個歷史大環境。

　　　再者，一地區的兒童文學發展，牽涉到社會環境（政
經、教育體制等）、兒童文學工作者（作家、插畫家、編輯、
理論研究者等）的素質，和市場成熟度（圖書、期刊出版
量、國民所得、文化消費指數、圖書館普及率、版權保護
程度等）等因素。因此，要談論一地區的兒童文學發展狀

況，不能光從作品創作的角度來觀察。本文即是以這種較
為宏觀的角度，把台灣置於歷史大環境中，觀察二次世界
大戰結束（民國三十四年，一九四五年）以後，迄至民國
八十二年（一九九三年）這一段期間台灣地區兒童文學的
發展動向，並試著給予歷史分期。（頁1）

嚴格說來，洪氏著作雖不能稱之為「史」，但卻頗具「史
識」。

2. 大陸地區

大陸地區的兒童文學從業者，在台灣於一九八七年七月十五
日宣布解除戒嚴令，並同意民眾赴大陸探親之後，對台灣的兒童
文學開始有了了解的企圖。兩岸從業者的正式碰面交流，是始於
一九八八年十月十一～十四日，台灣兒童文學從業者邱各容赴大
陸參加中華文學史料學研討會，在上海與胡從經、洪汛濤交談兒
童文學交流事宜。隔年八月十三日～二十三日，「大陸兒童文學
研究會」一行七人訪問中國大陸，並舉行三次交流會。

其實，在兩岸兒童文學從業者正式交流之際，大陸地區已
有多種台灣兒童文學的選本：

《台灣兒童詩選》　達應麟、石四維編　少年兒童出版社
　　1987.11
《台灣兒童詩選（上、下冊）》　藍海文編　湖南文藝
　　出版社　1988.8

《台灣兒童文學佳作選》　黃慶雲、周蜜蜜選編　新世紀
　　出版社　1989.9

《台灣兒童文學》　洪汛濤主編　安徽少年兒童出版社
　　1990.7

　　九十年代以來，大陸兒童文學從業者在論述中已時常提及台灣的兒童文學。目前，就大陸已出版兒童文學史中，論及台灣者如下：

(1)《二十世紀中國兒童文學導論》　孫建江著　江蘇少年兒童出版社　1995 年 2 月

　　全書共分五編，第五編專門介紹臺港兒童文學，並說明：大陸與香港、台灣之間其實隔絕已久（尤其是台灣），在彼此了解上十分有限，但基於大中華文化合一的立場，不加以介紹會形成一種缺憾，故以第五編作為一附編（外編）形式加以說明。第一章介紹台灣兒童文學部分，全章分二節。第一節台灣兒童文學整體觀，也是依時間分期略述各時期大事，其分為：一九四五年以前、四十年代末～六〇年代中期為萌芽期、六〇年代中期～八〇年代初期為成長期、八〇年代中期以後為全面發展期。第二節介紹作者以為應該著重提到之作家及作品，介紹較多的有：楊喚、蓉子、林良、林煥彰、謝武彰、黃海、李潼、桂文亞、陳木城、林鍾隆、林武憲、林海音、潘人木、嚴友梅、馬景賢、黃基博、杜榮琛、邱傑、木子、陳玉珠、夏婉雲、方素珍、管家琪、孫晴峰等人。

(2)《中華文學通史第八卷》，當代文學編　張炯、鄭紹基、樊駿主編　華藝出版社　1997 年 9 月

《當代文學編》包括兒童文學與詩歌兩部分，全書計四百六十二頁。當代兒童文學有一百六十三頁，第一章由張錦貽執筆，第二章、第三章、第四章由樊發稼執筆。

第一章〈當代兒童文學的發展概貌〉中的第一節〈不同地區對兒童文學發展的重視〉對台灣兒童文學發展做了概括的描述，以台灣兒童文學為「中國當代兒童文學組成部分」，將台灣的兒童文學視為是中國兒童文學的一個支流，而非獨立的個體。其後各章節的排列順序，大都是先介紹大陸發展概況及作家，最後才將台灣與港澳併為一節介紹的模式。

第二章〈兒歌與兒童詩〉第六節〈台灣地區的兒童詩創作〉：介紹林煥彰、林良兩人。

第三章〈童話與兒童小說的創作〉第七節〈臺港地區的兒童小說與童話〉：介紹作家有，少年小說（大陸稱兒童小說）——李潼、潘人木、陳玉珠；童話——馬景賢、林鍾隆、黃基博、木子、孫晴峰。

第四章〈兒童戲劇與科學文藝〉第五節〈台灣兒童戲劇與張系國、衛斯理等的科幻小說〉：分別介紹，兒童戲劇（以為兒童戲劇的創作是較薄弱的一個環節）——林良的娃娃劇團、李曼瑰的小劇場運動、兒童戲劇研習班及劇本評選活動。科幻小說——張曉風、張系國、黃海。

(3)《中國兒童文學史》　蔣風、韓進著　安徽教育出版社 1998 年 10 月

第四編〈中國兒童文學發展（二上）（1949～1994）〉的第三章為臺港兒童文學概觀。全書除序論外共分五編，第四編〈中國兒童文學發展（二上）（1949～1994）〉中，獨立一章（第三章）介紹臺港兒童文學概觀，書中亦將台灣兒童文學視為中國一部分，於篇首提到「台灣為我國領土不可分割的一部分」。篇中重點大致可分兩部分，第一部分，依邱各容先生《兒童文學談叢》中對台灣兒童文學的分期，將台灣兒童文學史分為：一九四五～四九是濫觴期、一九五〇～六〇年代初為播種期、六〇年代中期～七〇年代中期為生長期、七〇年代後期～八〇年代末是茁壯期、九〇年代進入繁榮期。以此分期為基礎，依時間順序，逐一介紹台灣兒童文學的各時期發展特色及重要事件。第二部分是介紹作者認為重要的幾位台灣兒童文學作家，分別是：林良、林煥彰、林海音、黃海、傅林統等人，作較深入的介紹。

又有：《中國當代文學作品精選・兒童文學卷》，冰心、樊發稼主編，北京十月文藝出版社，1999 年 9 月。

這套書是為慶祝中華人民共和國五十周年編輯出版。全套計有《短編小說卷》（上下）《中篇小說卷》（上、中、下）《報告文學卷》（上、下）《兒童文學卷》、《詩歌卷）、《散文卷》、《雜文卷》、《戲劇卷》。

在《台灣兒童文學卷》中，收錄台灣作品部分：小說有李潼，童話有方素珍、木子、林良，詩歌有楊喚、林煥彰，散文有謝武彰、桂文亞，附錄〈部分優秀中長篇兒童文學作品存目〉有李潼

兩本。

　　大陸學者的書寫，無視兩岸百年來隔離的事實，其心態正似陳芳明於《台灣新文學史》第一章〈台灣新文學史的建構與分期〉中所云：

　　　　中華人民共和國學者在最近十餘年來已出版了數冊有關台灣文學史的專書；例如，白少帆等著的〈現代台灣文學史〉（遼寧大學，1987），古繼堂的〈靜聽那心底的旋律──台灣文學論〉，黃重添的《台灣文學概觀（上）（下）》（鷺江，1986），及劉登翰的《台灣文學史（上）（下）》（海峽文藝，1991）。這些著作的共同特色，就是持續把台灣文學邊緣化、靜態化、陰性化。他們使用邊緣化的策略，把北京政府主導下的文學解釋膨脹為主流，認為台灣文學是中國文學不可分割的一環，把台灣文學視為一種固定不變的存在，甚至認為台灣作家永遠都在期待並憧憬「祖國」。這種解釋，完全無視台灣文學的內容在不同的歷史階段不斷成長擴充。僵硬的、教條的歷史解釋，可以說相當徹底地扭曲並誤解台灣文學有其自主性的發展。從中國學者的論述可以發現，他們根本沒有實際的台灣歷史經驗，也沒有真正生活的社會經濟基礎。台灣只是存在於他們虛構的想像之中，只是北京霸權論述的餘緒。他們的想像，與從前荷蘭、日本殖民論述裡的台灣圖像，可謂毫無二致。因此，中國學者的台灣文學史書寫，其實是一種變相的新殖民主義。（見《聯合文學》180 期第 15

卷第十期，頁 172，1999 年 8 月）

四、台灣兒童文學史的分期

在前述有關台灣兒童文學史論述裡，除許義宗《我國兒童文學的演進與展望》，因有關台灣部分嫌短少不論外，可見涉及分期且較為重要者有：

〈從種子長成樹──兒童節談我國兒童文學的發展〉　林良　見《華文世界》25 期，頁 17～23，1981 年 11 月。

〈四十年來台灣地區兒童讀物發展概況〉　邱各容　見《文學界》28 期，頁 151～196，1989 年 2 月。

〈四十年來台灣地區兒童讀物發展概況〉　邱各容　見《幼兒讀物研究》第九期，頁 45～63，1989 年 6 月。

〈台灣兒童文學發展簡史〉　陳木城　見《大陸兒童文學研究會會刊》第三期，頁 1～5，1989 年 8 月。

〈台灣地區四十五年來的兒童文學發展（1945～1990）〉林良　見《華文兒童文學小史（1945～1990）》，頁 1～4，1991 年 5 月。

〈1945 年～1999 年兒童文學發展歷史分期〉　洪文瓊　見《台灣兒童文學手冊》，頁 49～66，1999 年 8 月。

邱氏兩篇後來皆收錄於《兒童文學史料（1945～1989 年）初稿》一書。試將各家分期表列如下：

姓名＼年代	林良 1981	邱各容 1989.2	陳木城 1989.8	洪文瓊 1999.8	林文寶 2001.8
西元	1945 轉口輸入懷舊時期 再播種改寫時期	1945 萌芽時期 1949	1945.10.25 以台灣光復為出發點	1945 停滯期	1945 萌芽期
		1950 發展時期			
	1961				
	1962 再吸收的翻譯時期				
	1963	1963	1963	1963	1963
	1964	1964 茁壯時期	1964.6 以教育廳兒童讀物編輯讀物為躍昇點	1964 萌芽期	1964 成長期
				1970	
	1971			1971 成長期	
	1972 再生長的創作時期				
			1973		
			1974.4.4 洪建全兒童文學獎為轉捩點		
	1974	1974		1979	1979
		1975 蓬勃時期		1980 爭鳴期	1980 發展期
			1983		
			1984.12 中華民國兒童文學學會的成立為最高點		
				1987	1987
				1988 崢嶸期	1988 多元共生期

　　在兒童文學史料的整理與撰寫，邱各容與洪文瓊可說是真積力久者，尤其是洪文瓊更是與時俱進，其「觀察視點」自是無人所能比擬，所以他能看到台灣兒童文學的本土化運動，是對歷史分期，亦能有合理的解釋。而本文分期是以洪氏分期為依據，並以「後殖民論述」觀點視之，亦即是以「發現台灣」的「台灣意識」作為論述觀點。

　　台灣的兒童文學本屬於台灣文學的內容，而台灣文學的內容，是隨著歷史階段的變化而不斷成長擴充，以後殖民論述視之，則台灣的兒童文學可分為三大歷史階段，亦即是日據的殖民時期，戰後的再殖民時期，以及解嚴迄今的後殖民時期。日據時期的台灣兒童文學，仍屬有待開發的處女地帶，是以論者皆始於一九四五年。今以表格方式揭示分期，並與陳芳明的台灣新文學史的分期對照之：

類　　　　　　殖民期	台灣新文學	台灣兒童文學
日據： 殖民時期	1. 啟蒙實驗期（1921 ～ 1931） 2. 聯合陣線期（1932 ～ 1937） 3. 皇民運動期（1937 ～ 1945）	
戰後： 再殖民時期	4. 歷史過渡期（1945 ～ 1949）	
	5. 反共文學期（1949 ～ 1960）	萌芽期 （1945 ～ 1963）
	6. 現代主義期（1960 ～ 1970） 7. 鄉土文學期（1970 ～ 1979）	成長期 （1964 ～ 1979）
	8. 思想解放期（1979 ～ 1987）	發展期 （1980 ～ 1987）
解嚴： 後殖民時期	9. 多元蓬勃期（1987 ～　　）	多元共生期 （1988 ～）

　　從分期對照中，可知台灣的兒童文學是屬於弱勢且平和的一支。至於台灣的新文學從最初的荒蕪未闢到今日蓬勃繁榮，台灣新文學經歷了戰前日文書寫與戰後中文書寫的兩大歷史階段。在這兩個階段，由於政治權力的干預，以及語言政策的阻撓，使得台灣新文學的成長較諸其他地區的文學來得艱難。考察每一個歷史階段的台灣作家，都可以發現他們的作品留下被損害的傷痕，也可以發現作品中暗藏了抵抗精神。相對於弱勢的台灣兒童文學，回首眺望兒童文學史的流變軌跡，雖然沒有台灣新文學的悲情，卻仍然不失為被殖民與政治下的產物。從殖民地文學來定位台灣的兒童文學，可以清楚看到它的流變過程，為使台灣兒童文學史的敘述有較為清楚的結構。試將分期略加說明。

　　「日據殖民時期」的台灣兒童文學，目前是屬於未開發地帶，日文有游珮芸《殖民地台灣的兒童文化》（一九九九年二月，明石書店）書中所論之雜誌作品皆屬日文書寫；趙天儀有〈戰前台灣兒童文學初探〉（見《兒童文學與美感教育》，富春文化事業股份有限公司，頁 194～198，1999 年 1 月）一文，所討論的作品，亦是以日文書寫為主，其間，僅有李獻章編著的《台灣民間文學集》（1936，昭和 11 年）是為中文書寫。是以本文將日據時期闕而不論，亦即是以台灣光復作為分期的起點。

1. 萌芽期（一九四五～一九六三）

　　從台灣光復（一九四五年十月二十五日）到台灣經濟起飛前一年。

　　台灣兒童文學的起點，一般皆以光復為標準。台灣重回中

國，最大的改變，就政治而言，是主權歸屬。就文化而言，是語言文學。

戰後的台灣猶如一片文化沙漠。有關政治、經濟、文化，皆以中央為主導。若論台灣兒童讀物的發展，應以一九四五年十二月創立的東方出版社為濫觴。

一九四五年十二月國民黨政府撤退到台灣，當時知識界渡海到台灣來的很多，且多參與兒童文學的寫作，並有「促成兒童文學復甦」的理念，其中最著名者，當屬楊喚。

由於政權交替，國民黨政府偏安，再加上二二八事件（1947）的影響，此時的新統治階層帶來的是抗日、抗共、抗俄大中國文化。

這個時期的兒童文學，是以官方系統為主導。尤其是一九六〇年八月台灣省師範學校陸續改制為師專，在師專國校師資科語文組開始有了「兒童文學」的課程。

這個時期的兒童文學，由於特殊的環境與局勢。一方面是日本「轉口輸入」，另一方面則是「懷舊與改寫」。因此，較多的作品是民間故事或古籍改寫，以及教訓意味頗濃的生活故事性童話。

2. 成長期（一九六四～一九七九）

始於台灣經濟起飛的第一年，止於台灣各縣市正式開始進行籌建文化中心。

一九六四年，台灣經濟開始起飛，亦即是外銷工業萌芽時的生財體系，落實的說法是：勞力密集工業。這一年，台灣省教育

廳在聯合國兒童基金會支持贊助下設立「兒童讀物編輯小組」，這是台灣兒童文學邁向成長期的重要指標。兒童讀物編輯小組第一期、第二期計畫推出的中華兒童叢書和中華幼兒叢書，可視為成長早期的代表作品。

成長後期的七〇年代，是自我覺醒的時期，其關鍵是緣於政治性的衝擊：

一九七〇年十一月的釣魚臺事件。

一九七一年十月，政府宣布退出聯合國。十二月，台灣長老教會發表國是聲明，希望台灣變成「新而獨立」的國家。

一九七二年二月，尼克森和周恩來發表〈上海公報〉。

一九七二年九月，日本承認中共，同時廢除中日和平條約。

一九七五年四月五日，總統蔣介石去世。

一九七八年，中美斷交。

一九七九年十二月發生高雄事件。

這些衝擊有的是足以動搖國本的毀滅性衝擊，使國人提高了反省的層次，也使得社會上層建築的文化掀起了壯大的覺醒運動。在這覺醒過程中，就文學而言有三件大事：

(1) 唐文標事件

時間是六十一年至六十二年。最初是（六十一年二月二十八日、二十九日）關傑明在中國時報發表了〈中國現代詩的困境〉，與〈中國現代詩的幻境〉（同年九月十日、十一日）兩篇文章，而後引發詩壇熱烈的反映；但震撼文壇的是唐文標連續發表的四篇文章：

〈什麼時代什麼地方什麼人〉《龍族》九期評論專號，

頁.217～228，1973 年 7 月。

〈僵斃的現代詩〉《中外文學》二卷期，頁.18～20，
　　1973 年 8 月。

〈詩的沒落〉《文季》期，頁.12～42，1973 年 8 月。

〈日之夕矣──《平原極目》序〉《中外文學》二卷四期，
　　頁.86～98，1973 年 9 月。

　　這四篇文章像一顆炸彈，落在已經爭爭吵吵的詩壇；顏元叔
稱之為「唐文標事件」（見《中外文學》二卷五期，1973 年 10
月）。這一回，與其說是一場現代詩的論戰，不如當它是對現代
文學的本質與意義的考察。

　　(2) 報導文學

　　一九七五年，高信疆在他主編的中國時報「人間」副刊推
出「現實的邊緣」專欄之後，「報導文學」這個名詞才開始出現
在台灣文壇；並且逐漸受到矚目，報導文學是從社會關懷出發的。

　　(3) 鄉土文學論戰

　　大約開始於一九七六年前半年，一直到一九七九年底王拓
和楊青矗雙雙因高雄事件被捕繫獄為止。其中，導火線的關鍵性
文章是一九七七年五月，葉石濤在《夏潮》發表的〈台灣鄉土文
學史導論〉一文（《夏潮》第十四期，1977 年 5 月）。當時《大
學雜誌》、《書評書目》、《中外文學》、《夏潮》等刊物，都
先後展開有關台灣文學傳統與特質的座談和討論，終至引爆了一
場規模巨大的鄉土文學論戰。

　　就台灣的兒童文學來說，此期的發展亦顯現政府、民間都

努力在追求自我成長。如省教育廳國校教師研習會舉辦兒童文學
寫作班（1971）、洪建全教育文化基金會設立兒童文學創作獎
（1974）與設立示範圖書館（1975）等，在在反映出此時期台灣
兒童文學界在追求自我成長。尤其是七〇年代所形成的兒童詩創
作熱潮，可說是台灣文學最早較具「軍容」者。

　　此外，最值得重視的是戰後在台灣受到完整教育的年輕一
代，開始成為兒童文學創作、編輯的第一線尖兵，他們不但是現
代台灣兒童文學的開拓者；同時也是台灣新文化的傳遞者。

3. 發展期（一九八〇～一九八七）

　　本期始於一九八〇年高雄市兒童文學寫作學會正式成立這
一年，止於一九八七年七月十五日零時起宣布解除戒嚴，實施國
安法，十月十五日內政部公布〈赴大陸探親實施細則〉，十二月
一日宣布自明年元月起接受新報紙之登記，解除了三十六年的報
禁。

　　這個時期的台灣兒童文學，展現出爭鳴與分化的發展態勢，
而其主力來自民間的發展態勢顯示在四方面：

　　（1）兒童文學社團紛紛成立。

　　（2）理論性刊物開始出現。

　　（3）幼兒文學呈現蓬勃氣象。

　　（4）民間專業兒童劇團開始萌芽。（見洪文瓊《台灣兒童
　　文學手冊》，頁 57）

4. 多元共生期（一九八八～至今）

　　一九八七年台灣解除戒嚴，並開放大陸探親，一九八八年報禁解除，一九八九年由李登輝當選總統，可說是台灣正式告別舊社會的里程碑，也是社會體制重構的時代。對兒童文學而言，是多元共生，且是眾聲喧嘩的時期。

　　申言之，台灣舊體制解體與新價值重建，洪文瓊認為基本上可從內外兩方面來觀察，他說：

　　　　一九八七年台灣解除戒嚴並開放大陸探親，一九八八年報禁解除，以及一九九〇年由本土人士李登輝當選總統，可以說是台灣正式告別舊社會的里程碑。由於時序正好是九〇年代的開始，因此，九〇年代對台灣來說，其實是社會體制重構的時代。舊制度的解體，新價值體系建立，當然不是短期間的事。台灣舊體制解體與新價值重建，基本上可以從內外兩方面來觀察。在內部，它意謂威權時代結束，民主政治獲得更穩健發展，不但促使結社（包括組政黨）、出版自由進一步落實，而且促成經濟鬆綁、教育鬆綁，以及環保意識、本土文化意識、原住民文化意識抬頭，使得社會呈現多元價值奔騰競逐的局面；對外方面，台灣正式放棄以往「漢賊不兩立」的僵硬政策，不但跟中國大陸展開交流、接觸，也跟其他共產國家積極往來，使「國際化」成為台灣重要的基底政策之一。這些內外環境的改變，需要新的價值體系以為適應，同時也影響到文化出版的走向。九〇年代中後期，台灣童書出版展現出多元化、

分工化、國際化、本土化、視聽化與學術化的色彩，基本
上即是受到台灣內外社會大環境的影響。而多元化、分工
化、國際化、本土化、視聽化與學術化，也正是本崢嶸期
台灣兒童所反映的特色。（見《台灣兒童文學手冊》，頁
59～60）

五、台灣兒童文學史的建構

台灣的兒童文學至今仍未有完整的文學史，其主要原因或許
可歸因於殖民地性格，是以台灣兒童文學的主體性與自主性不斷
受到抵制。特別是日本統治時代的五十年和光復後的四十年間，
在跟大陸完全隔離的狀態下接受現代化的洗禮，於是又淪入另一
種的再殖民時期。

而海峽兩岸關係，更是長期以來政治認同上的抗爭論述。
一九四九年以來，海峽兩岸關係，大致可分為三個階段：

第一個階段為軍事衝突時期，從民國三十八年到民國六十
年代中期。

第二個階段為和平對峙時期，從民國六十年代中期到民國
七十年代後期。

第三個階段為交流互動時期，從民國七十年代後期迄今，
惟此一階段仍止於民間層次。（以上詳見《兩岸文化交流服務手
冊》　海峽兩岸交流基金會，頁8，1993年5月）

其間，一九八七是關鍵的一年，至今，兩岸仍處於流而不

交的膠著局面。

　　對台灣而言，外有全球化與中國大陸的壓力；內有族群與性別的兩大議題。就台灣的兒童文學而言，亦是難逃此命題。而其建構之道在於主體性與自主性的建立。

　　所謂台灣兒童文學史，並非只是由史料或史實的累積或堆砌。在歷史敘述中，作者是引導整個敘述活動的主體，作者平時素養，關係著實錄的實踐。唐朝劉知幾有「史才三長」說，認為史家必須有才、學、識三種能力，三者是史家從事歷史敘述時不可或缺的條件。《唐會要》卷六十四〈修史官〉條下記載劉知幾回答鄭惟忠問史才難求的原因時云：

> 史才須有三長，謂才也、學也、識也。夫有學而無才，猶有良田百頃，黃金滿籯，而使愚者營生，終不能致貨殖矣。如有才而無學，猶思兼匠石，巧若公諭，而家無梗柟斧斤，終不能成其宮室矣。猶須好是正直，善惡必書，使驕主賊臣，所以知懼，此則為虎傳翼，善無可加，所向無敵矣。

　　從劉知幾的比喻，我們認為：「才」是指史家的敘述能力和技巧；「學」是指史家豐富的知識和史料；「識」是指公平正直的敘述態度，及分辨善惡真偽的判斷力。

　　在劉知幾眼中，才、學、識三長之中以備識為最難。備識有如虎添翼，在歷史敘述中能發揮所向無敵的威力。

　　所謂的史識，即是史學方法裡的解釋，也包括批評在內。

我們知道，歷史考證的工作，只是在於求得史料的真實，至於歷史的意義和價值，則有待於史家裁斷或解釋。歷史解釋是西方的用詞，我國古人稱之為「史論」、「史識」，日本人稱之為「史觀」。

如何看待一九四五以來的台灣兒童文學，如何解釋一九四五年以來的台灣兒童文學，個人擬以後殖民論述之，並立足於「台灣意識」和「文化中國」企圖重視主體性與自主性。

嚴格說來，解嚴以來台灣地區的兒童文學，已朝向多元共生的時代，且已邁向更自由、寬容、多元化的途徑，所謂的鄉土文學名稱已被揚棄。

當代台灣兒童文學的首要課題，即是在於主體性與自主性的建立，只有重建主體性與自主性，才可能出現具有「台灣意識」及世界性觀點的兒童文學。或許宋朝黃伯思〈翼騷序〉仍可借鏡，其序云：

　　　　屈宋諸騷，皆書楚語，作楚聲，紀楚地，名楚物，故可謂之楚辭。（陳振孫《直齋書錄解題》卷十五引）

只有從自己最熟悉、最關心或最好奇的範圍入手，方能落實與關懷。邱貴芬於〈「發現台灣」：建構台灣後殖民論述〉一文中說：

　　　　Bill Ashcroft（1989，頁36）等人談論殖民社會，認為「後殖民社會是個從文化對立轉為以平等地位對待並接受彼此文化差異的世界。文學理論家和文化歷史學

者逐漸意識到，建設和穩定後殖民世界的基礎在於『跨文化性』；對跨文化性的共識可能終止人類被『純種』迷思所惑而造成的互相鬥爭歷史」。台灣從殖民進入後殖民時代，必須達成「台灣文化即是跨文化」的共識，藉以超越殖民／被殖民的惡質政治思考模式。兼容並蓄才能讓我們真正擺脫被殖民的夢魘。有此共識，則台灣語是揉合了中文、福佬話、日語、英語、客家語及其他所有流行於台灣社會的語文，而台灣文學以葉石濤定義，是「不受膚色和語言等的束縛……是以『台灣為中心』寫出來的作品。」（見《仲介台灣 · 女人：後殖民女性觀點的台灣閱讀》，頁 162）

六、結語與展望

台灣自一九八七年解除戒嚴法，使台灣從此走向一條多元開放的道路。但就兒童文學而言，仍有本土化與國際化之爭。這種爭執主要是對殖民文化的反動，因此，它也是一種自然的趨勢。每個人都將成為世界公民，但在同時又不能失去對源頭的認同，每個人都必須在所屬的國家與社區扮演積極參與的角色。我們雖然要邁入國際化，但相對的，地方化、區域化的觀念愈來愈受到重視。國際化和地方本土化到底如何化除緊張，亦是不可避免的事實。吉妮特 · 佛斯（Jeannette Vos）、高頓 · 戴頓（Gordon Dryden）於《學習革命》（*The Learning Revolution*）中認為塑造明日世界有十五個大趨勢，其中之十是「文化國家主義」，他們說：

當全球愈來愈成為一個單一經濟體，當我們的生活方式

愈來愈全球化，我們就愈來愈清楚的看到一個相反的運
動，奈斯比稱之為文化國家主義。

「當世界愈來愈像地球村，經濟也愈來愈互賴時」，他
說，「我們會愈來愈講求人性化，愈來愈強調彼此間的
差異，愈來愈堅持自己的母語，愈來愈想要堅守我們的
根及文化。」

「即使是歐洲由於經濟原因而結盟，我仍認為德國人會
愈來愈德國，法國人愈來法國。」

再一次的，這其中對於教育又有極為明顯的暗示。科技
愈發達，我們就會愈想要抓住原有的文化傳統──音樂、
舞蹈、語言、藝術及歷史。當個別的地區在追求教育的
新啟示時──尤其在所謂的少數民族地區，屬於當地的
文化創見將會開花結果，種族尊嚴會巨幅提升。（見《學
習革命》，林麗寬譯，中國生產力中心出版，頁.43～
44，1997.4）

本土化、國際化，皆不悖離多元化。而所謂多元化、本土
化的主張，不是口號，是趨勢。在歷經長期的努力，我們已經有
了對台灣與本土文化自然的情感。其實自從一九六〇年代末期，
有愈來愈多的作家、學者對另一種殖民作為──新殖民主義，尤
其是美國好來塢文化及其商品侵略──開始注意。針對新舊殖民
經驗，如何界定自己本土文化，珍視傳統文化再生的契機及其不
同之處。申言之，在多元化的弔詭中，我們看到的仍是殖民文學，
而非後殖民文學。後殖民文學的一個重要特色，便是作家已自覺

到要避開權力中心的操控。這種去中心的傾向，與後現代主義的去中心有異曲同工之處。因此，有人把解嚴後的台灣兒童文學的多元化現象，解釋為國際化或後現代狀況。不過，我們必須辨明的是後殖民與國際化或後現代狀況之間有一最大的分野，乃在於前者強調主體性；後者傾向於主體性的解構。國際化或後現代主義並不在意歷史記憶的重建，後殖民主義則非常重視歷史記憶的再建構。

　　展望台灣兒童文學，仍是多元共生與眾聲喧嘩。但在多元中，可見我們的記憶、歷史，更見我們的主體性與自主性。

參考書目

一、

書名	作者	出版地	出版社	出版日期
彩繪兒童又十年：台灣 1945 ～ 1998 兒童文學書目	林文寶策劃	臺北市	幼獅文化事業股份有限公司	2000.6
擺盪在感性與理性之間——兒童文學論述選集（1988 ～ 1998）	劉鳳芯主編	臺北市	幼獅文化事業股份有限公司	2000.6
台灣（1945 ～ 1998）兒童文學 100	林文寶主編	臺北市	行政院文化建設委員會	2000.3
台灣兒童文學 100 研討會論文集	林文寶主編	臺東市	臺東師院兒童文學研究所	2000.3
兒童文學	李慕如 羅雪瑤	高雄市	高雄復文圖書出版社	2000.2

台灣兒童文學手冊	洪文瓊	臺北市	傅文文化事業有限公司	1999.8
台灣、兒童、文學	林文寶主編	臺東市	臺東師院兒童文學研究所	1999.8
兒童文學與美感教育	趙天儀	臺北市	富春文化事業股份有限公司	1999.1
中國兒童文學史	蔣風、韓進	安徽	安徽教育出版社	1998.10
中國兒童文學史（現代部分）	張香還	浙江	浙江少年兒童出版社	1998.4
兒童文學	林文寶、徐守濤、陳正治、蔡尚志	臺北市	五南圖書出版有限公司	1996.9
現代兒童文學本體論	湯銳	江蘇	江蘇少年兒童出版社	1995.8
二十世紀中國兒童文學導論	孫建江	江蘇	江蘇少年兒童出版社	1995.2
兒童文學學術研討會論文集～兒童文學教育	臺東師院語教系編	臺東市	臺東師院語教系	1994.6
台灣兒童文學史	洪文瓊	臺北市	傅文文化事業有限公司	1994.6
西方兒童文學史	韋葦	湖北	湖北少年兒童出版社	1994.5
中國兒童文學理論批評史	方衛平	江蘇	江蘇少年兒童出版社	1993.6
中國現代兒童文學史稿	張之偉	上海市	華東師範大學出版社	
中國童話史	吳其南	河北	河北少年兒童出版社	1992.8

中國童話史	金燕玉	江蘇	江蘇少年兒童出版社	1992.7
中國童話史	韋葦	江蘇	江蘇少年兒童出版社	1991.12
中國當代兒童文學史	蔣風主編	河北	河北少年兒童出版社	1991.8
蘇聯兒童文學簡史	周忠和	河南	海燕出版社	1991.7
西元 1945 ～ 1990 年兒童文學大事紀要	中華民國兒童文學學會	臺北市	中華民國兒童文學學會	1991.6
西元 1945 ～ 1990 年華文兒童文學小史	中華民國兒童文學學會	臺北市	中華民國兒童文學學會	1991.5
中國當代兒童文學史	陳子君	山東	明天出版社	1991.2
兒童少年文學	林政華	臺北市	富春文化事業股份有限公司	1991.1
世界童話史	馬力	遼寧	遼寧少年兒童出版社	1990.12
兒童文學史料初稿	邱各容	臺北市	富春文化事業股份有限公司	1990.8
中華民國台灣地區民國三十八年～民國七十八年兒童期刊目錄彙編	中華民國兒童文學學會	臺北市	中華民國兒童文學學會	1989.12
兒童文學論述選集	林文寶主編	臺北市	幼獅文化事業公司	1989.5
世界兒童文學史概述	韋葦	浙江市	浙江少年兒童出版社	1988.3

現代兒童文學的先驅	王泉根	上海市	上海文藝出版社	1987.9
中國現代兒童文學史	蔣風主編	河北	河北少年兒童出版社	1986.6
兒童文學綜論	李慕如	高雄市	復文圖書出版社	1983.9
西洋兒童文學史	葉詠琍	臺北市	東大圖書公司	1982.12
晚清兒童文學鉤沉	胡從經	上海市	少年兒童出版社	1982.4
我國兒童文學的演進與展望	許義宗	臺北市	自印本	1976.12
師專・兒童文學研究（下）	華視教學部	臺北市	中華出版社	1973.5

二、

書名	作者	出版地	出版社	出版日期
二十世紀中國文學史論文精粹：文學史方法論卷	王鐘陵	河北	河北教育出版社	2001.1
台灣文學的國度：女性、本土、反殖民論述	陳玉玲	臺北市	博揚文化事業有限公司	2000.7
書寫台灣——文學史‧後殖民與後現代	周英雄劉紀蕙編	臺北市	麥田出版股份有限公司	2000.4
反觀與重構：文學史的研究與寫作	錢理群	上海市	上海教育出版社	2000.3
觀念的演進：20世紀中國文學史觀	魏崇新王同坤	北京市	西苑出版社	2000.3
主體建構政治與現代中國文學	譚國根	香港	牛津大學出版社	2000
1974～1949台灣文學問題論議集	陳映真曾健民編	臺北市	人間出版社	1999.9
文學史的形成與建構	陳平原	廣西	廣西教育出版社	1999.3
中國小說史學史長編	胡從經	香港	中華書局	1999.1
小說史：理論與實踐	陳平原	臺北市	淑馨出版社	1998.12
台灣文學與本土化運動	陳昭瑛	臺北市	正中書局	1998.4
中國現代文學史研究史論	許懷忠	廈門	廈門大學出版社	1997.10
仲介台灣‧女人：後殖民女性觀點的台灣閱讀	邱貴芬	臺北市	元尊文化企業股份有限公司	1997.9

台灣文學與「台灣文學」	周慶華	臺北市	生智文化事業有限公司	1997.8
主體思惟與文學史觀	朱德發	山東	山東教育出版社	1997.6
書寫文學的過去：文學史的思考	陳國球 王宏志 陳清僑編	臺北市	麥田出版股份有限公司	1997.3
台灣文學發展現象：50 年來台灣文學研討會論文集（二）	文訊雜誌社	臺北市	行政院文化建設委員會	1996.6
文學史方法論	鍾優良	吉林	時代文藝出版社	1996.2
中國新文學史編纂史	黃修己	北京市	北京大學出版社	1995.5
中國文學史之宏觀	陳伯海	北京市	中國社會科學出版社	1995.12
台灣文學探索	彭瑞金	臺北市	前衛出版社	1995.1
戰後台灣文學反思	李敏勇	臺北市	自立晚報社文化出版部	1994.6
文學史新方法論	王鐘陵	蘇州	蘇州大學出版社	1993.8
中國現代文學史學科論	曾瑞慶	臺北市	智燕出版社	1990.9
史學方法論	杜維運	臺北市	三民書局	1972.2

三、

書名	作者	出版地	出版社	出版日期
台灣意識與台灣文化	黃俊傑	臺北市	正中書局	2000.9
全球化：社會理論與全球化	羅蘭・羅伯森著，梁光嚴譯	上海市	上海人民出版社	2000.3
爭台灣的主權 過去 現在 未來	楊新一	臺北市	胡氏圖書出版社	2000.2
後殖民主義	陶東風	臺北市	揚智文化事業股份有限公司	2000.2
東方主義	Said, E. 著 傅大為等譯	臺北市	立緒文化事業有限公司	1999.9
中國意識與台灣意識論文集	夏潮基金會編	臺北市	海峽兩岸學術出版社	1999.6
後殖民主義文化理論	羅鋼、劉象愚主編	北京市	中國社會科學出版社	1999.4
全球化與後殖民批評	王寧、薛曉源	北京市	中央編譯出版社	1998.11
左翼台灣：殖民地文學運動史論	陳芳明	臺北市	麥田出版股份有限公司	1998.10
逆寫帝國：後殖民文學的理論與實踐	Ashcroft, B., Criffiths, G. & Tiffin H. 著劉自荃譯	臺北市	駱駝出版社	1998.6
當代文化論述：認同、差異、主體性	簡瑛瑛主編	臺北市	立緒文化事業有限公司	1997.11
帝國主義與文學生產	李有成編	臺北市	中央研究院歐美研究所	1997.10
文化民族主義	郭洪紀	臺北市	揚智文化事業股份有限公司	1997.9

文明衝突與世界秩序的重建	Huntington, S. 著，黃裕美譯	臺北市	聯經出版事業公司	1997.9
身分認同與公共文化：文化研究論文集	陳清僑	香港	牛津大學出版社	1997
剪不斷台灣情結	許永華	臺北市	前衛出版社	1996.1
台灣新思維：國民主義	蕭全政	臺北市	時英出版社	1995.9
台灣淪陷論文集	黃昭堂	臺北市	現代學術研究基金會	1994.11
台灣結與中國結：睪丸理論與自主、共生的構圖	戴國煇	臺北市	遠流出版事業股份有限公司	1994.5
當代文學的台灣意識	張文智	臺北市	自立晚報社文化出版部	1993.6
島國文化	陳偉	臺北市	揚智文化事業股份有限公司	1993.1
中國意識與台灣意識	黃國昌	臺北市	五南圖書出版有限公司	1992.12
探索台灣史觀	陳芳明	臺北市	自立晚報社文化出版部	1992.9
發現台灣（一六二〇～一九四五）上下兩冊	蕭綿綿 周慧菁編輯	臺北市	天下報導	1992.2
追尋自我定位的台灣	鄭欽仁	臺北市	稻鄉出版社	1991.7
認識西洋現代文化	鄧元忠	臺北市	幼獅文化事業公司	1991.1
台灣人的歷史與意識	陳芳明	臺北市	敦理出版社	1998.8
民族文學的再出發	故鄉出版社	臺北市	故鄉出版社	1979.3

四、

篇名	作者	出版地	出處	期數	時間	頁數	備註
台灣新文學史的建構與分期	陳芳明	臺北市	聯合文學	15 卷 第 10 期，總期數 178 期	1999.8	頁.162～173	
當代兒童文學	張炯 鄭紹基 樊駿主編	北京市	中國文學通史—第八卷・當代部分		1997.9	頁.3～163	華藝出版社
四十年來台灣地區兒童讀物發展概況	邱各容	北京市	幼兒讀物研究	第 9 期	1989.6	頁.45～63	
四十年來台灣地區兒童文學發展概況	邱各容	高雄市	文學界	28 期	1989.2	頁.151～196	
中國兒童文學七十年	邱各容	臺北市	當代文學史料研究叢刊	第一輯	1987.5	頁.101～126	大呂出版社

台灣兒童文學發展史的研究現況與課題

林文茜

壹、前言

在兒童文學的研究領域裡，兒童文學史料的蒐集、整理和正確的詮釋，是整個研究的基礎作業，亦是作為學術研究上不可或缺的重要工作，尤其是在回顧兒童文學的發展歷程時，這些史料不僅彌足珍貴，而且有助於展望兒童文學未來的發展動向。所以，兒童文學史料的彙整與兒童文學發展史的研究，有其必要性。

然而，關於近百年來台灣兒童文學發展的研究，尚未有系統且獲得普遍共識的說法，台灣兒童文學年表至今也仍未見蹤影，也就是說在學術研究上，尚未確立台灣兒童文學發展史。其發展史的研究，留下哪些研究課題？而這些研究課題又該如何克服呢？本論文試就二十世紀台灣兒童文學發展史的研究現況與課題，進行探討。

本研究著眼於台灣兒童文學近百年來的發展歷程，亦即以二十世紀在台灣發展的兒童文學為主要研究對象，包括日本統治台灣時期（1895 年～ 1945 年）及國民政府播遷來臺後（1945 年迄今）的兒童文學發展。本篇論文試著透過分析其研究現況與史料彙整的特色，來說明目前台灣兒童文學發展史的研究成果，再

試著指出其問題點及今後的研究課題，藉以具體掌握台灣兒童文學的發展軌跡，並展望其在華文兒童文學世界裡的發展。

貳、台灣兒童文學發展史的相關研究與史料彙整現況

　　根據筆者調查結果，單行本中收錄有關於研究台灣兒童文學發展的文章與史料的，共有四十六篇（請參照附錄），依研究對象分為九大類型：一、論述日本統治前至國民政府播遷來臺後的三、四百年間台灣兒童文學發展過程者計有一篇；二、論及中國兒童文學整體發展時，將國民政府播遷來臺區分為其中一個時期，以及彙整中國兒童文學史料時，收錄有台灣兒童文學發展之史料者計有四篇；三、以日本統治時期的台灣兒童文學發展為研究對象的史料有一篇；四、論述國民政府播遷來臺後台灣兒童文學發展的研究有五篇；五、以日本統治時期至今的一百年來台灣兒童文學發展為研究主體者有一篇；六、論述台灣某個區域的兒童文學史料者計有十七篇；七、論述台灣兒童文學中某一種創作體裁之發展情形的有十三篇；八、論述中國兒童文學某一種創作體裁的發展過程時，將國民政府播遷來臺的部分畫分為一個時期的二篇；九、論述一九四五年以後台灣兒童文學研究發展者有二篇。其研究現況分別敘述如下：

一、論述日本統治前至國民政府播遷來臺後的三、 四百年間台灣兒童文學發展過程者

　　目前，與此相關之論文僅見高明音的〈台灣の兒童文學〉。

此篇論文使用日文，於一九六八年十二月至一九六九年六月分七次在《台灣》同人雜誌上發表。論文中雖然將台灣兒童文學的發展過程分為日本統治前、日本統治時及日本統治後三個時期，但是主要論述的是台灣民間故事的分期，也就是尚未進入現代兒童文學時期的部分。論文中近二分之一的篇幅在闡明日本統治前台灣的民間故事的特徵，並將其分為開拓故事、反抗殖民地統治者的傳說故事、與原住民抗爭、和解、共存的故事，以及教育性質的故事四大類。

二、論及中國兒童文學整體發展時，將國民政府播遷來臺區分為其中一個時期，以及彙整中國兒童文學史料時，收錄有台灣兒童文學發展之史料者：

關於這個部分的文章，筆者僅就單行本中可得知的文章來分析，包括有許義宗的〈我國兒童文學演進的概述〉及李慕如的〈中國的兒童文學發展〉。

前者將我國兒童文學演進的歷史分為五個時期，而政府播遷來臺以後的台灣兒童文學發展為第五期，文章中詳述了當時台灣兒童文學的發展情形；後者則是先歸納中國兒童文學發展特點及中國古代教育兒童思想、清代以前中國兒童文學資料，再將清代以後兒童文學分為清末民初到抗戰時期，以及政府播遷來臺兩大時期。兩者都是以兒童讀物及兒童文學活動作為主體，敘述當時台灣兒童文學的發展情形，但並沒有進行更進一步的分期。

　　此外，邱各容曾撰寫〈中國兒童文學七十年〉一文，敘述自民國建立起至國民政府播遷來臺後的兒童文學史料，林政華也曾將中國大陸及台灣兩地兒童文學史料彙整成〈中國兒童文學發展百三十年大事譜及考察（1869～1989年）〉，兩份史料有助於學者掌握國民政府播遷來臺前，中國兒童文學的發展情形，以及國民政府播遷來臺後台灣兒童文學的發展。

三、以日本統治時期的台灣兒童文學發展為研究對象的史料

　　在台灣，有關於日本統治時期的台灣兒童文學，或是與兒童文學相關的兒童文化發展的研究並不多，僅有趙天儀的〈台灣光復前兒童文學初探〉、黃振原的〈台湾における児童文芸史（一）（二）〉及游珮芸的《植民地台湾の児童文化》共三份。趙天儀和黃振原的研究，主要是介紹當時兒童文藝界的書籍資料內容，並沒有清楚地分析當時台灣兒童文學的發展情形，因此不列入筆者討論的範圍。不過，游珮芸在《植民地台湾の児童文化》的附錄二中，整理了日本統治下台灣的兒童文化年表，值得學者參考。

　　此年表雖然有謬誤及需要增補之處（註1），但是，從年表中我們可以得知當時台灣兒童文學作品或期刊的創作年代；而書中詳細整理記錄了當時在台灣的兒童文學活動情形，並分析當時台灣和日本兒童文化界的互動關係，提供研究此時期台灣兒童文化發展的學人一個很好的資料。

四、論述國民政府播遷來臺後台灣兒童文學發展者

與此相關研究的文章有林良的「從種子長成樹——談我國兒童文學的發展」和「台灣地區四十五年來的兒童文學發展（1945～1990）」、邱各容的「四十年來台灣地區兒童文學發展概況」、陳木城的「台灣兒童文學發展簡史」，以及洪文瓊的「一九四五年～一九九三年台灣兒童文學發展走向」。

就內容而言，林良將台灣兒童文學的發展，以十年為一個時期，分為改寫、翻譯及創作時期，再於《華文兒童文學小史》一書中，簡述國民政府播遷來臺後台灣兒童文學的發展特點。邱各容將一九四五～一九八九年台灣兒童文學發展過程分為萌芽時期、發展時期、茁壯時期及蓬勃時期，介紹了各個時期主要的兒童文學機關團體、刊物與兒童文學相關之活動、兒童文學工作者等。陳木城將台灣兒童文學發展中的幾個大事作為「點」，再將「點」串連起來，說明整個發展歷程，闡明兒童文學活動情形。洪文瓊則將一九四五～一九九三年台灣兒童文學發展分為交替停滯期、現代兒童文學萌芽期、現代兒童文學成展期及現代兒童文學爭鳴期，除了論述各個時期主要的兒童文學活動及特色外，亦闡明各個時期的時代背景，並以簡表來記錄。簡表中雖然簡明扼要地道出台灣整個大環境下具代表性的兒童文學刊物及出版機構，但是卻沒有重要的兒童文學作品的記錄。

四位研究者雖然以一九四五年至九〇年代初台灣兒童文學

發展為觀察主體，但是在時代分期上，並不相同。另一個值得
注意的是，洪文瓊在論文的前言中明白表示，「要談論一個地
區的兒童文學發展狀況，不能光從作品創作的角度來觀察」（註
2），所以相較於其他三人，他更重視左右台灣兒童文學發展的
政治經濟方面的因素。

五、以日本統治時期至今的一百年來台灣兒童文學發展為
研究主體者

　　這個範疇裡的論文目前僅見林政華的〈台灣兒童少年文學
發展小史〉一篇。此篇文章的第一節，是先依創作體裁將台灣
兒童少年文學分為傳統童謠、創作性兒歌、兒童少年詩、兒童
少年文學散文、各類兒童少年故事及少年小說六大類，然後將
其知見書目按照創作年代的先後順序扼要說明。第二節中則敘
述各個創作體裁的研究情形。

　　雖然作者並未強調將日據時期台灣兒童少年文學的資料，
也納入研究調查中，是此篇文章的一大特色，但是，和其他論
述台灣兒童文學發展的文章相較，此乃此篇文章的特色之一。
而且，文章中完完全全以文學作品為記錄的對象，可以讓讀者
清楚地讀出不同年代裡兒童文學作品的異同。只是很可惜地，
正如此篇文章的標題所示，在內容上這不過是「發展小史」，
因為它並未將時代背景等也納入研究當中。

六、論述台灣某個區域的兒童文學史料者

相關文章計有十七篇，皆收錄於《台灣區域兒童文學概述》中。從這本書的序當中，我們可以得知，林文寶是這本書的催生者，主要是為了記錄台灣當地兒童文學發展及迎接一九九九年八月在台灣舉辦的第五屆亞洲兒童文學大會（註3）。

最先以台灣某個區域的兒童文學發展為題發表論文的是邱阿塗，他曾於一九九〇年九月發表過《宜蘭縣兒童文學史料初編》。之後，便是零星地在中華民國兒童文學會會訊發表文章。《台灣區域兒童文學概述》可說是第一本彙整台灣各個地區兒童文學發展情形的書。書的最後附錄有論文寫作格式等說明。在內容上，因為寫作格式被要求為「壹、前言；貳、發展概況（含過去、現在及發展過程中相關的人物、事件或機構、團體）；參、結語（發展的困境及未來的展望）；肆、附錄（編年記事）」，所以各篇皆記錄了各個地區兒童文學的重要活動。其中，邱阿塗、黃東永、徐守濤分別將宜蘭、澎湖、屏東地區兒童文學發展分為做了階段分期。

七、論述台灣兒童文學中某一種創作體裁之發展情形者

分述一九四五年後台灣兒童文學各種不同創作體裁發展情形的文章計有十三篇。其中，以兒童詩為觀察重點的最多，共有七篇，研究者分別是台灣的林煥彰、趙天儀、林文寶、杜榮琛、林武憲、徐錦成及大陸的陳子典、譚元亨。其他關於童謠、童話、少年小說、兒歌、兒童戲劇的發展研究則分別有林文寶、陳正治、洪文彥、吳宜婷、曾西霸、莊惠雅的論文。這些文章

除了論述各個創作體裁的主要作品外，也敘述了各個發展時期
的兒童文學活動。不少文章收錄於中華民國兒童文學學會史料
叢書（參）《華文兒童文學小史（1945 ～ 1990）》。

八、論述中國兒童文學某一種創作體裁的發展過程時，將 國民政府播遷來臺的部分畫分為一個時期者

雷僑雲在《中國兒童文學研究》一書中，曾就中國自古以
來的兒歌、童詩的發展，進行階段分期，而國民政府播遷來臺
為其中一期。論文中介紹了國民政府播遷來臺後重要的兒歌及
童詩作品。

九、論述一九四五年以後台灣兒童文學研究發展者

洪文瓊曾在《華文兒童文學小史》一書中，論述一九四五
年至一九九〇年台灣兒童文學研究發展概況，指出當時「台灣
兒童文學研究環境尚未孕育成熟（註4）」、「台灣的兒童文
學研究只有零星的點成果，尚未構成普遍成系統的面成果（註
5）」。此外，徐錦成在他的碩士論文《台灣兒童詩理論與批評
發展之研究（1945 ～ 2000）》中，除了探討台灣兒童詩的發展
歷程外，更以台灣兒童詩理論與批評發展的歷程為主，進行深
入的分析，為台灣兒童文學發展史的研究寫下嶄新的一頁。

由上述資料中，我們可以得知，目前有關於台灣兒童文學
發展之研究與史料之彙整，除了就年代論述發展情形外，也有
依照區域性及作品的體裁性質來論述的。若將筆者蒐集到的資

料，依標題或出處、研究對象、分期說法、發表年代及研究內容來分析台灣兒童文學發展研究現況之特質，可歸納出下列五點：

1. 發展史的研究與史料的彙整並未詳盡

標題或出處中，出現「初探」、「簡史」、「小史」之用詞者佔了 56.5%，半數以上的研究並未完整地論述台灣兒童文學發展，顯見發展史的研究與史料之彙整尚有不足之處。

2. 偏重國民政府播遷來臺後的兒童文學發展研究

以研究對象來看，針對一九四五年以後（國民政府播遷來臺後）之台灣兒童文學發展（不管是整體發展或是區域發展、創作體裁的發展）為研究對象的文章高達 76%，相對地，以日本統治台灣時期之台灣兒童文學發展為研究對象的文章卻只有8.7%，在發展史的研究比例上，呈現了很大的落差。

3. 分期說法多用譬喻法

以分期的說法來看，多將發展過程譬喻成一棵樹的成長歷程。

4. 發展史的研究與史料彙整的成果多出現於八〇年代末期以後

以發表年代來看，大多為一九八八年以後的作品，佔了百分之 84.8%，可以說，台灣兒童文學發展史的研究與史料彙整，近十年來才受到重視。

5. 關於台灣兒童文學發展之研究，六成以上的研究內容含括兒童文學活動的紀錄

就內容上而言，除去二十篇與史料彙整有關之文章、年表或大事譜（註6）不談，在台灣兒童文學發展的研究中，純粹以兒童文學作品為研究主體來論述者有百分之 38.5%，而包含兒童文學活動等則佔有百分之 61.5%。

參、台灣兒童文學發展研究的問題點

如同前一章中的調查結果所示，關於台灣兒童文學發展的研究，目前尚未有完整的論述專書，不過，在已有的研究基礎上，這項研究應該可以逐步構築完成。在進行這項研究時，有下列幾個問題點，值得深思、探討：

一、關於研究主體部分，應純粹以兒童文學作品為研究對象

一般而言，在論述文學史時，著眼的是文學作品本身的風格與特質，文學活動不在探討的領域裡。然而，在筆者所蒐集到的資料中，將近六成以上的論述文章，在探討兒童「文學」發展時，除了以兒童文學作品本身為觀察主體外，還包含了兒童文學活動的紀錄，造成研究上的盲點。

林政華在《瓶頸與突破──兒童少年文學觀念論集──》一書中，提到九〇年代間台灣的兒童少年文學研究的省思時，曾提出「純粹化的請求」，他認為「將圖書（純圖畫，不是圖畫故事書）、科學文章（不是科學文藝作品）等，視同兒童少

年文學作品加以研究、宣揚之外，就是混同文學讀物與一般讀物，海峽兩岸皆然（註7）」。

　　同樣的道理，個人認為，若要分析兒童文學的發展，應該純粹以兒童文學作品為研究之對象，探究作品本身的特質，才能進一步掌握各個時期作品的風格，具體且客觀地分析兒童文學發展。也就是說，研究的分析對象應歸為文學作品，不再與兒童文學活動等史料混為一談，而要純粹以作品的文學價值評斷它在兒童文學發展上的定位。

二、關於發展時期的部分，應強化日本統治時期台灣兒童文學之研究

　　二十世紀台灣兒童文學發展，可先分為兩大階段，一是日本統治時期（1895年～1945年）的發展，一是國民政府播遷來臺後迄今（1945年～）的發展。因為握有統治權的政府不同，兩個階段的兒童文學呈現了極為不同風貌，最重要的是語言表達上的不同，前者使用的是日文，後者則為中文。在前面也曾提過，後者的相關研究遠多於前者，顯見日本統治時期台灣兒童文學之研究更需要大家的關心。

　　或許限於資料的來源、複雜的政治因素（註8），及語言上的問題（註9），日本統治時期的台灣兒童文學研究不多，個人認為這個應該是今後的一個重要研究工作，而這個部分在研究上的問題點，包括有：1. 與當時的日本、中國兒童文學發展之關係；2. 研究史料之保存、日文資料之援用；3. 左右各個兒童

文學發展時期之因素。

1. 與當時的日本、中國兒童文學發展之關係

日本統治時期的台灣兒童文學雖然與當時日本兒童文學發展無法相提並論，但也受到一些影響。

當時的日本兒童文學不但出現了嚴谷小波、鈴木三重吉等重要的兒童文學工作者，也出現了小川未明、宮澤賢治、新美南吉等重要的兒童文學作家。然而，根據筆者初步的研究，日本統治時期的台灣兒童文學，因為受到日本「皇民化政策」的影響，成為日本對臺「國語教育」（即日本語教育）政策的一個輔助工具，除了日本首位獲得「國際安徒生獎」的童詩作家窗道雄外，並沒有誕生重要的兒童文學作家。

關於日本統治時期的台灣兒童文學發展歷程，個人認為可分為民間故事期、童謠期以及兒童散文三期。（關於這個部分的研究，將利用國家文化藝術基金會研究補助，以「日據時期的台灣兒童文學發展」為題，另外做詳細的研究報告）此外，當時的台灣兒童文學和中國兒童文學有何相互關係（註10），是一個值得探討的問題。

2. 研究史料之保存、日文資料援用的問題

關於日本統治時期台灣兒童文學的研究資料，主要珍藏於國立中央圖書館台灣分館，包括《兒童街》、《學友》、《童心》、《台灣少年讀本》、《世界童話大系（台灣篇）》、《台灣教育》、《台灣教育會雜誌》、《台灣的少女》、《推薦認定兒童青年讀物目錄》、《少年讀物選定目錄》等。另外，部

分相關資料收錄於當時的日本兒童文學研究書籍《童話研究》、雜誌《少年世界》等。援用這些日文資料，方可客觀地觀察台灣兒童文學發展的歷程。

不過，珍藏於國立中央圖書館台灣分館的資料，一直存在著很少受到重視的「保存」的問題，在此特別提出。

珍藏於此館的日文書籍資料，距今至多一百年之久，若以長遠的眼光來看，是一批需要作好預防性文物保存工作的資料。雖然館內已將部分重要文件作好妥善處理工作，不過，書籍在搬動、翻閱上等小細節上，仍留有許多令人憂心的保存問題，非常需要大家的重視。

3. 左右各個兒童文學發展時期之因素

影響日本統治時期台灣兒童文學發展的因素，個人認為包括有日本對臺的「國語教育」（即日本語教育）政策、台灣兒童識字（日文）率、日本兒童文學界的影響以及政治因素。分析這些因素，可從在台灣和日本現有的相關資料著手。

三、關於國民政府播遷來臺後台灣兒童文學發展之研究，應該進行更深入的分析探討。其問題點，個人認為有以下三點：

1. 強化圖畫書、童話、少年小說、兒童戲劇等其他兒童文學體裁發展歷程的研究

如前所述，以某一種兒童文學體裁的發展歷程為研究對象

的文章，除了兒童詩和兒歌有較深入的研究外，其他的創作體
裁並沒有那麼多的相關研究資料，值得強化。

2. 重視作品主題變遷史的研究

從兒童文學作品主題的變遷，可以進一步認識到兒童文學
的發展，然而，目前關於這一方面的研究，只限於某個時期作
品主題的研究，尚未達到變遷過程的研究（註11）。

3. 積極研究在台灣兒童文學各個發展時期中，具影響力之作家的作品特色、作家的兒童文學觀等。

由中華民國兒童文學學會主辦的「資深兒童文學作家作品
研討會」已連續三年討論過林海音先生、林良先生、林鍾隆先
生的作品。另外，關於台灣重要兒童文學作家的作品研究，也
有專論或散見於研究書籍、報章雜誌上的文章。積極研究代表
性作家在台灣兒童文學史上的定位，是刻不容緩的工作，除了
研究其作品的特色外，也應深入探討作家對於兒童文學的看法，
以及其作品在台灣兒童文學發展上的影響。

肆、今後之主要課題——確立台灣兒童文學發展史及其年表

基於以上筆者之觀察，我們可以知道，台灣兒童文學發展
史之研究與史料之彙整，雖然已經達到相當程度的成果，但是
也留下一些需要進一步強化及重視的問題。總的來說，今後主
要的研究課題有：

　　一、重視日本統治台灣時期兒童文學資料，以建立二十世紀台灣兒童文學發展史。

　　二、以年表方式去蕪存菁地記錄台灣兒童文學發展歷程。年表中除了台灣重要的兒童文學作品紀錄之外，還應包括和國際兒童文學重要大事之對照。

　　三、掌握台灣兒童文學在各個發展時期之特色及其影響因素。

　　四、積極研究在台灣兒童文學在各個發展時期中，具影響力之作家的作品特色、兒童文學觀等。

　　五、為台灣兒童文學的發展成果，在華文世界兒童文學中進行定位。

　　期待學者們發揮「共同研究」的精神，一起確立二十世紀台灣兒童文學發展史，以展望今後兒童文學的發展。

註釋

1. 年表中謬誤之處為「西元 1912 年窗道雄來臺」，正確應該是「西元 1919 年窗道雄 10 歲時來臺」；而需要增補的有「西元 1927 年 3 月《少年台灣》在北京出刊」。

2. 洪文瓊　《台灣兒童文學史》　傳文文化出版　1994 年 6 月　頁 1

3. 林文寶主編　《台灣區域兒童文學概述》　臺東師院兒童

文學研究所　　1999 年　　頁 3

4. 洪文瓊　〈台灣地區兒童文學研究發展概況〉《華文兒童文學小史》　中華兒童文學學會　1991 年 5 月　頁 105

5. 同上　頁 108

6. 包括收錄於《台灣區域兒童文學概述》中的 17 篇文章，以及邱各容的〈中國兒童文學七十年〉、林政華的〈中華兒童文學發展百三十年大事譜及考察（西元 1862 ～ 1989 年）〉、游珮芸的〈日本統治下の台湾の児童文化年表〉

7. 林政華　《瓶頸與突破──兒童少年文學概念論集──》富春文化公司　1994 年 2 月　頁 28

8. 關於台灣殖民地時期的相關研究，自 1987 年解除戒嚴令後才陸續在進行。

9. 研究日本統治時期的台灣兒童文學，需要讀得懂當時使用日文書寫的文字資料。

10. 民國十六年三月《少年台灣》曾在遊學北京的臺籍青年洪炎秋、張我軍等人的努力下創刊。

11. 游鎮維曾在《台灣一九六〇年代童話主題研究》中，針對六〇年代台灣童話的主題進行分析研究，其他年代的童話主題以及其他兒童文學體裁的主題若能以相同的方式來進行研究，則可串連成主題變遷史。

附錄

台灣兒童文學發展史相關研究資料

標題名	出處	作者	研究對象	分期說法	發表時間
台灣の兒童文學	台灣（第二卷第一二號～第三卷第六號）	高明音	自日本統治前至國民政府播遷來臺，台灣兒童文學的發展過程（以民間故事為主）	1.日本統治前 2.日本統治時 3.日本統治後	1968.12～1969.06
我國兒童文學的演進與展望	兒童文學論	許義宗	中國兒童文學整體發展	1.孕育期 2.萌芽期 3.幼苗期 4.不振期 5.陽春期	1976.12
從種子長成樹──談我國兒童文學的發展	兒童文學週刊第四輯序	林良	1945 年以後台灣兒童文學的分期	1.改寫時期 2.翻譯時期 3.創作時期	1981.12
台灣兒童詩的回顧──三十九年～七十一年	中外文學十卷十二期	林煥彰	1950～1982 年以後台灣兒童詩的發展	1.播種時期 2.萌芽時期 3.成長時期 4.推廣時期	1982.05
中國的兒童文學發展	兒童文學綜論	李慕如	中國兒童文學整體發展	僅就清末以後中華民國兒童文學做分期 1.清末民初到抗戰 2.政府播遷來臺以後	1983.09
兒童詩的回顧與展望	國立編輯館館刊十二卷二期	趙天儀	1945 年以後台灣兒童詩的發展	1.接觸時期 2.播種時期 3.成長時期 4.覺醒時期	1983.12
中國兒童文學七十年	當代文學史料研究叢刊第一輯	邱各容	民國創建以來兒童文學整體發展史料	無分期	1987.05
兒童詩歌的發展	兒童詩歌研究	林文寶	五四運動（1919 年）起，迄今的兒童詩歌發展	1.萌芽期 2.幼苗期 3.成長期	1988.08
兒歌的源流	中國兒童文學研究	雷僑雲	中國自古以來的兒歌發展	1.帝堯至清初 2.清末民初 3.戰後至今日	1988.09
童詩的源流	中國兒童文學研究	雷僑雲	中國自古以來的童詩發展	1.探源 2.唐宋至清末 3.民國以後	1988.09

四十年來台灣地區兒童文學發展概況	兒童文學史料初稿 1945～1989	邱各容	1945 年後台灣兒童文學整體發展	1. 萌芽時期 2. 發展時期 3. 茁壯時期 4. 蓬勃時期	1989.02
台灣兒童文學發展簡史	大陸兒童文學研究會刊第三期	陳木城	1945 年以後台灣兒童文學的發展	無明顯分期	1989.08
台灣兒童詩歌回顧與前瞻	大陸兒童文學研究會刊第三期	杜榮琛	近期（即 1971 年後）台灣兒童詩的發展	1. 初期 2. 中期 3. 近期	1989.08
台灣兒童戲劇發展概述	大陸兒童文學研究會刊第三期	曾西霸	1945 年以後台灣兒童戲劇的發展	無明顯分期	1989.08
一九四五年～一九九三年台灣兒童文學發展走向	台灣兒童文學史——出版觀點的解析，一九四五～一九九三	洪文瓊	1945 年後台灣兒童文學整體發展	1. 交替停滯期 2. 現代兒童文學萌芽期 3. 現代兒童文學成展期 4. 現代兒童文學爭鳴期	1990.08 及 1993.增補
宜蘭縣兒童文學史料初編	宜蘭縣兒童文學史料初編	邱阿塗	1945 年以後宜蘭縣兒童文學發展	1. 拓荒時期 2. 播種時期 3. 萌芽時期 4. 茁壯時期 5. 收穫時期	1990.09
中國兒童文學發展百三十年大事譜及考察（西元一八六二～一九八九年）	兒童少年文學	林政華	1862～1989 年中國兒童文學發展史料	無分期	1991.01
台灣地區四十五年來的兒童文學發展（一九四五～一九九〇）	華文兒童文學小史	林良	1945～1990 年台灣兒童文學發展	無分期	1991.05
從播種到豐收——台灣兒童詩四十年	華文兒童文學小史	林武憲	1945 年台灣兒童詩的分期	1. 播種期 2. 生長期 3. 成熟期	1991.05
談台灣地區四十年來的童話發展	華文兒童文學小史	陳正治	1945 年台灣童話的分期	1. 幼苗期 2. 成長期 3. 開花期	1991.05
一九四五年以至一九九〇年台灣地區少年小說的發展趨勢	華文兒童文學小史	洪文珍	1945 年以後台灣少年小說的分期	1. 開創期 2. 蓬勃期 3. 拓展期	1991.05
台灣地區兒童文學研究發展概況	華文兒童文學小史	洪文瓊	1945 年以後台灣兒童文學研究發展	無分期	1991.05

台灣現代兒童詩歌的發展	台灣兒童文學・詩歌論	陳子典 譚元亨	1945 年以後台灣兒童詩歌的分期	1. 萌發時期 2. 成長時期 3. 壯大時期 4. 繁榮時期	1994.04
台灣童謠的時期	兒童詩歌論集	林文寶	日據以前至今的台灣童謠的分期	1. 日據以前 2. 日據時代 3. 光復以後	1995.11
日本統治下的台灣の兒童文化年表	植民地台灣の兒童文化	游珮芸	日本統治時期台灣的兒童文化	無分期	1996.03 及 1999 增補
台灣當代兒歌的作品分期及特色	台灣當代兒歌研究（1945～1995）	吳宜婷	1945 年以後台灣兒歌的分期	1. 播種期 2. 萌芽期 3. 成長期	1996.0
台灣兒童少年文學發展小史	台灣兒童少年文學	林政華	自日據時代至今台灣兒童文學整體發展	無明顯分期	1997.07
山城兒童文學初探——苗栗縣兒童文學的現況	台灣區域兒童文學概述	杜榮琛	1945 年以後苗栗縣兒童文學發展	無分期	1998.03
新竹縣兒童文學初探	台灣區域兒童文學概述	吳聲淼	1945 年以後新竹縣兒童文學發展	無分期	1998.09
兒童文學在雲林	台灣區域兒童文學概述	許細妹	1945 年以後雲林縣兒童文學發展	無分期	1998.09
屏東縣兒童文學概況	台灣區域兒童文學概述	徐守濤	1945 年以後屏東縣兒童文學發展	1. 草創期 2. 發展期 3. 收穫期	1998.11
話說桃園縣兒童文學	台灣區域兒童文學概述	傅林統	1945 年以後桃園縣兒童文學發展	無分期	1999.01
臺東兒童文學史初稿	台灣區域兒童文學概述	吳當	1945 年以後臺東縣兒童文學發展	無分期	1999.03
臺南縣兒童文學發展小史——南瀛有夢	台灣區域兒童文學概述	陳玉珠	1945 年以後臺南縣兒童文學發展	無分期	1999.04
後山的兒童文學花園	台灣區域兒童文學概述	黃木蘭	1945 年以後花蓮縣兒童文學發展	無分期	1999.06
臺北縣兒童文學發展概況	台灣區域兒童文學概述	朱錫林 顏福南	1945 年以後臺北縣兒童文學發展	無分期	1999.06
臺北市兒童文學概述初稿	台灣區域兒童文學概述	林淑英	1945 年以後臺北市兒童文學發展	無分期	1999.06
臺中市兒童文學發展概況	台灣區域兒童文學概述	洪志明	1945 年以後臺中市兒童文學發展	無分期	1999.06
南投兒童文學史初稿	台灣區域兒童文學概述	郁化清	1945 年以後南投縣兒童文學發展	無分期	1999.06
臺南市兒童文學史料初稿	台灣區域兒童文學概述	張清榮	1945 年以後臺南市兒童文學發展	無分期	1999.06
高雄市兒童文學史初稿	台灣區域兒童文學概述	蔡清波	1945 年以後高雄市兒童文學發展	無分期	1999.06

澎湖縣兒童文學發展概況	台灣區域兒童文學概述	黃東永	1945年以後澎湖縣兒童文學發展	1.醞釀期 2.「綠天詩刊」期 3.全縣教師參與期 4.全民參與期	1999.06
彰化兒童文學的天空	台灣區域兒童文學概述	林武憲	1945年以後彰化縣兒童文學發展	無分期	1999.06
台灣兒童詩的發展歷程	台灣兒童詩理論與批評發展之研究(1945～2000)	徐錦成	1945年後台灣兒童詩的發展	1.播種期 2.黃金期 3.盤整期	2001.06
台灣兒童詩理論與批評的發展	台灣兒童詩理論與批評發展之研究(1945～2000)	徐錦成	1945年後台灣兒童詩理論與批評的發展	1.醞釀期 2.奠基期 3.蓬勃期 4.停滯期	2001.06
台灣兒童戲劇的發展	台灣兒童戲劇發展之研究(1945～2000)	莊惠雅	1945年後台灣兒童戲劇的發展	1.源起 2.開拓期 3.初盛期 4.多元發展時期	2001.06

台灣當代兒童文學開步走—

談洪建全兒童文學創作獎(1974-1992)

李畹琪

壹、前言

　　1974 年「洪建全兒童文學創作獎」創立,在台灣兒童文學史上是一項相當重要的大事。這項由洪建全教育文化基金會所主辦之文學獎一共舉行了十八屆,一度成為台灣兒童文學界最重要之年度盛事:對兒童文學創作有興趣的好手莫不昂首企盼每年徵獎辦法公布,孩子們等著好看的作品提供他們心靈的養分與快樂的時光,評論家也期待著寫作技巧與內容水準不斷提升的作品出現。洪文瓊在〈影響台灣近半世紀兒童文學發展的十三樁大事〉一文中選擇台灣兒童文學史上的指標性事件時,便將洪建全兒童文學創作獎之設立列入其中一項(頁 29),可見其重要性。因此本文將逐一收集與該文學獎相關之文獻資料,先做史料整理的工作,為這項文學獎保存即將湮沒於時代洪流中的點點滴滴;再從各類論述文章以及史料中,歸納出洪建全兒童文學創作獎對台灣兒童文學之貢獻。若要深入探究此獎為台灣兒童文學帶來何種影響,則需先從開風氣之先,起念創辦這個台灣第一個兒童文學獎的洪建全教育文化基金會談起;因此下面將先介紹洪建全教育文

化基金會的沿革、工作內容等，再續進探討洪建全兒童文學創
作獎的設立過程與貢獻。

洪建全教育文化基金會

一、沿革

　　創造知名品牌「國際牌」的企業家洪建全為了藉由舉辦教
育、文化、慈善等公益活動回饋社會、造福人群，因此秉持著
「弘揚『關懷、成長、和諧』之人文精神，以推展社會人文教
育和出版事業」的宗旨，與國際電化商品公司的股東們一起捐
獻出個人所得，於 1971 年 11 月創立了一個財團法人，也就是
洪建全教育文化基金會（Hong' s Foundation for Education
and Culture）。

　　基金會成立之後，抱持著「取之社會，用之社會」的使命
感，不但出錢同時也出力，一直以積極主動的態度，回應時代
潮流與社會需求。為了從事具前瞻性的播種和文化傳承、紮根
的工作，基金會一邊配合政府文化建設工作，一邊推展社會文
化教育及出版事業，希望幫助提升國民素質[1]。1986 年 9 月洪
建全過世，夫人洪游勉接任董事長，承續先生生前的理念，繼
續推行基金會各項業務及服務，回饋社會大眾。1990 年台灣
松下電器公司董事長洪敏隆過世，故基金會設立洪敏隆先生人

1 見洪網智慧集合網站 --「關於洪網」--「基金會介紹」網頁（http://www.hfec.org.tw/
newscenter/hfecintro.asp）。

文紀念講座，專門研究各項與人文教育有關之主題。創立至今，
洪建全教育文化基金會發展三十年來創辦過「學術界和文藝界
重視的《書評書目》，出版《楊弦的現代民歌》、《陳達的思
想起》等從來沒人做過的唱片」（賴西安　n. pag.），獎助學
校獎學金，推廣激勵方法研習活動，成立洪建全視聽圖書館，
更舉辦了「第一個推動兒童文學的獎──洪建全兒童文學創作
獎」（邱各容　頁 349）──這是台灣兒童文學界相當重要並
具有歷史意義的一個獎項。這一系列把重心放在文化紮根、長
期服務、回報社會的工作，在在都顯露出「洪建全先生的企業
良心，和執長［掌］基金會動向的簡靜惠女士的敏銳與寬厚」
（賴西安　n. pag.），使得社會各界一直不吝給予洪建全文教
基金會肯定及讚揚的掌聲。

二、現況

　　就王琇慧與李秀卿於 1997 年所做的基金會專訪可以看
出，目前基金會主要的工作內容大致可分成三個方向：推廣教
育、素直友會以及出版書籍（頁 5)。在推廣教育方面，基金會
透過各種如西方哲學、素直生活、藝術生活推廣等系列講座，
來推廣以「素直」[2] 為中心精神的人文教育。比如說，2000 年

---

[2] 「素直之心」是松下幸之助強調的生活價值，他認為不論面對任何事情，最重要的是
要能以超脫的素直之心思考、行動，如此必能看出事物的真相，洞悉事物的本質。那
麼，什麼該做，什麼不該做就能了然於胸，同時也會有勇氣去面對該做的事情。換言
之，素直之心可以讓人堅強、勇敢、更有智慧（洪建全文教基金會網站─「台灣 PHP
素直友會必讀書介紹」）。

3月10日時為追思洪敏隆逝世10週年，基金會重新啟用「敏隆講堂」，請各類人文領域的老師開班授課；2002年最新一期的課程，就涵括了史記導讀、英文短篇小說選讀、宗教哲學、音樂與生活等各式內容。素直友會³方面，則是繼續於能在民眾生活中培養、實踐素直精神的工作，定期舉辦讀書會領導人培訓班、文化志工培訓交流、發行素直季刊、成立讀書會等活動，以便將素直精神推廣到社會各層面。此外，即使書評書目出版社已不再運作，基金會也繼續出版書籍，主要的出版內容「以『人文叢書』為主，『經營叢書』為輔，並以『心智』為核心，呈現蛛網式系列叢書，推廣素直的人文精神」（王琇慧、李秀卿 頁5）。

　　近年來，洪建全教育文化基金會還做了幾個讓藝文界感佩、稱謝的決定：2000年3月時，基金會依據「民間指定捐款專案」捐贈200萬元予國家文化藝術基金會，遴選優劇場、伊通公園、廖瓊枝歌仔戲文教基金會與新故鄉文教基金會，各捐助50萬元，做為營運管理或辦理藝文活動的經費（楊莉玲，明日報）；這決定對於經濟不景氣時期的台灣藝文團體來說，不啻為一道寒冬中的暖流。2000年9月，在家族成員各自成家立業後，洪建全家族決定把建於淡水紅樹林畔的舊居改為「洪氏藝文之家」，交由洪建全教育文化基金會經營管理並提供給藝文團體使用（唐千雅，明日報）。從這些動作看來，可見基金會一直對藝文界投注相當大的精力與關愛，盡力想鼓

3 洪建全文教基金會所支持的讀書會團體。

勵、提升社會的藝文風氣，貢獻良多。2001 年 11 月適逢洪
建全教育文化基金會創會三十週年，基金會順應時代潮流，於
2001 年 5 月重整原本洪建全基金會網站為「洪網智慧社群網
站」，希望藉著結合實體與虛擬的多元設計，努力引導民眾學
習、體現人文價值，達成終身學習和成長；此為基金會今後將
持續推動的方向之一。

參、洪建全兒童文學創作獎之歷史

一、創辦過程

　　筆者曾於 2002 年 2 月 19 日訪問現任洪建全教育文化基
金會董事長的簡靜惠女士；當簡靜惠回憶起當初設立這個兒童
文學獎的動機時表示，當初自己和旅美作家簡宛（簡靜惠之姊）
的子女都還小，所以起念想要找兒童讀物給孩子看的時候，發
現國外的兒童文學作品相當不錯，但反觀國內的作家，好像都
沒有創作出特別寫給兒童看的作品，市場上多數為外國翻譯故
事。因此簡宛便提議請基金會辦一個兒童文學獎鼓勵國內作家
為兒童創作，而簡靜惠也開始邀請兒童文學工作者針對簡宛這
個想法提供意見，馬景賢便是受邀工作者中的一位。

　　馬景賢覺得洪建全兒童文學創作獎的設立是他接觸兒童文
學以來最難忘的事。他曾在〈最愉快的一次聚會〉一文中回憶
此獎的誕生過程，細節和簡靜惠敘述的稍微不同。馬景賢說，
1973 年 9 月間簡靜惠邀請林海音、林良、琦君、潘人木、華
霞菱、曹俊彥、趙國宗、鄭明進、蓉子、隱地和自己等人聚

會，向眾人說明洪建全教育文化基金會的成立情形及理想。由於「那時候唱片和錄音帶正是熱潮，有很大的市場潛力，…基金會是由國際電器贊助成立，便想到製作兒童錄音帶節目，同時也是為了配合公司的電器產品」，所以想針對這個計畫請教他們的意見。這些兒童文學工作者聽了之後一致認為，與其製作兒童錄音帶於市面販售，不如改為設立一個兒童文學獎來鼓勵兒童文學創作，會比製作錄音帶節目更有益於社會（頁59）。此外，這些兒童文學工作者也認為，兒童文學的世界裡不應只有白雪公主、米老鼠、馬克吐溫的湯姆而已，下一代閱讀的故事、圖畫、詩也應該有本土性及民族情懷的蘊涵（簡靜惠 n. pag.）。但是「在商言商，設兒童文學創作獎和製錄音帶，一個是可以立竿見影，一個卻是看不見長期文化的投資」（馬景賢 頁59），因此當時談了很久並沒有結論，之後也沒聽說有任何下文，所以這些兒童文學工作者們以為這件事就這麼「無疾而終」了[4]。

然而，兒童文學界認為無疾而終的事情，實際上卻慢慢在基金會內部醞釀、成長。舉辦一個兒童文學獎可以得到這些兒文界作家如此大的關注與重視，再加上簡宛幫忙收集國外兒童文學獎的資料中，在在顯示台灣應該擁有一個屬於自己的兒童文學獎之重要性與急迫性，於是這個結論增強了基金會舉辦

---

[4] 然而在筆者訪問中，簡靜惠否認最初的想法是從作兒童錄音帶開始。他表示，一開始就打算要辦文學獎。這一點，簡靜惠在自己自述、王仕圖撰寫的《變遷中的台灣企業贊助型基金會的發展》中也有提到：「洪建全基金會當時的執行長簡靜惠女士的胞姐簡宛女士，本身喜愛文學，並有感於國內有關兒童文學的作品不多見；加以當時簡女士的子女都處於孩提時期，所以才有設立『兒童文學獎』的構想」（王仕圖頁22）。

兒童文學獎的信心。基金會向當時的董事長洪建全提報計畫時，雖然仍有些擔心不被接受，但是幸虧思想開放的洪建全不但「很快地瞭解舉辦兒童文學獎的意義，也知道當時環境的需要」，因此不但欣然接受、大力支持，「更不時地提供好的意見參與其間」（簡靜惠 n. pag.）。

得到基金會董事長的首肯之後，確定設置兒童文學創作獎的消息便從當時書評書目的主編隱地口中傳到兒童文學界。馬景賢說：「為了公信力，林良先生主張由洪炎秋先生擔任主任委員」[5]。於是，「從[民國]六十三年四月展開徵稿、年底評審、年尾（農曆年尾）頒獎，而於六十四年的四月出版成書，形成一個循環及傳統。從此我們終於擁有國人創設的兒童文學獎，而『鼓勵及栽培我們本土的兒童文學作家、提高國內兒童讀物水準，讓國內的孩子有更好的讀物』也就是這個獎的設立宗旨」（簡靜惠 n. pag. ）。

二、歷屆徵稿辦法演變及文學獎歷史

舉辦洪建全兒童文學創作獎的十八年中，每一年的徵稿辦法多多少少都有修改，而從每一屆徵稿辦法的修改（詳見附錄）都可以看出當時輿論對這個文學創作獎的建議與批評，也可以看出基金會對於這些建議的態度；因此下面將從歷屆徵稿辦法

---

5 林良曾說明請洪炎秋擔任評審委員召集人的原因：「立法委員洪炎秋先生，跟『洪建全教育文化基金會』沒有絲毫關係。他老人家所以肯答應為評審的事情幫幫忙，主要的原因是他熱愛兒童文學，而且一直是誠摯的兒童文學工作者。他所譯所寫的兒童文學作品，累積起來已經有二十幾本。他是一位正直的讀書人，同時也是大家心目中『最像純真的孩子』的長輩」（國語日報 1975.01.19，三版）。引文見洪文瓊，p.29。

的演變管窺當時兒童文學工作者的想法，同時討論洪建全教育文化基金會試圖完成的目標。

　　洪建全兒童文學創作獎以培養國內兒童文學作家為宗旨，因此每一屆的徵稿辦法中都註明只接受國人自行創作的稿件，翻譯、改寫作品均不列入徵稿範圍內。該獎又為了促使更多更好的兒童讀物出現，以鼓勵參與兒童讀物創作為目的，因此也在徵稿辦法中說明不接受已出版的稿件參選。從徵稿類別來看，從第一屆到第五屆都是分圖畫故事、童話、少年小說、兒童詩等四大類來徵稿；簡靜惠說，這都是當初詢問林良、馬景賢等兒童文學專業人士的意見所得之結論。他同時強調，基金會一直非常中立，除了提供金錢和人力上的協助之外，一切信任專業，完全不預設立場。如果評審委員們在評審的過程中發現問題而提出修改的建議，基金會都會在下一屆的徵稿辦法中做修正。比如說，第一、二屆的評審委員認為創作兒童詩時使用到的字數較少，所以時常有許多參賽者寄了過多詩稿；因此基金會就在第三屆兒童詩類別的徵獎辦法上特別註明：「每人限投十首，不得超出或不足」。而第四屆、第五屆徵求圖畫故事稿件的時候，之所以改為由基金會準備文字故事部分，單獨徵求畫稿，也是因為當時許多兒童文學插畫家向基金會反映自己雖會畫畫，卻不會創作文字，很難符合徵稿的條件；當時的評審委員們認為可以模仿國外某些設獎單位準備好文字部分、單獨徵求畫稿的辦法，藉此培養國內插畫人才，基金會才做這樣的改變。由於評審委員的敬業與基金會對於輿論的尊重，洪

建全兒童文學創作獎才成為具有生命力、不易僵化的獎。

　　到了第六屆、第七屆，基金會改變想法，除了想「發掘新作家、好作品」之外，也很「期待已發表或已出版的好作品也能來參與」，所以將四類的範圍綜合歸納成「創作獎」與「推薦獎」兩種（林淑玫　頁 5）。簡靜惠解釋，從事兒童文學創作的人越來越多，但是很多水準不下於洪建全兒童文學獎的已出版作品並沒有得到獎金鼓勵，所以評審委員們建議設立「推薦獎」鼓勵已印行成書的出版品。另外由於前五年下來基金會每年平均收到每一文類的稿件並不很多，相對來說水準也不會很高；為了提高得獎作品的水準，於是委員們決定將原先四種文類綜合起來成為一個「創作獎」給獎。但是像這樣只依照出版、未出版的不同來分類參加比賽，同時將各種文類（詩、小說、圖畫書、劇本、漫畫等）的創作作品混雜在一起評審的方式，引起部分人士的批評。例如，劉錦得曾於國語日報上發表〈游泳與跳遠能混合比賽？〉一文，文中就質疑這種混合文類評審制度的公平性以及合理性，並且批評這種作法使得獎額減少，怎麼可能達到鼓勵眾人參加兒童文學創作的目的呢？劉錦得同時還於該文中建議主辦單位在「推薦獎」的部分，將條件改為可讓作者自由申請、自行推薦，以讓「真正的好作品有出頭的機會」[6]。這種混合文類審查的決定畢竟與當初的設獎宗旨相違背，因此第八屆徵獎的時候，基金會便從善如流，放棄以這種方式徵獎。

6 見劉錦得〈游泳與跳遠能混合比賽？〉。國語日報 1980.07.06，三版。

至於第八屆到第十五屆徵獎辦法的演變，文學獎負責人林淑玟在〈洪建全兒童文學獎〉一文中，曾做過一次整理：

> 民國七十年，洪建全教育文化基金會首度與大眾傳播媒體中央日報合辦兒童文學創作獎，同時改變徵文內容並提高獎金，擴大了第八屆[7]、第九屆的徵文：即一屆以一類為主的徵文……。如此歷經了二屆也引起許多的爭議，因此從第十屆起，再度恢復四類徵文，並提高獎金……。這樣的徵文辦法又沿用了三屆，……當然各方給予許多意見。於是從第十四屆開始，又將兒童詩歌區隔為兒童詩與兒歌，即共有五類分開徵文……。今年，第十五屆的開始，本獎又有些微的更動，就是各類再度提高獎金。（頁5）

提高獎金同時結合媒體宣傳的作法，不僅顯示基金會對洪建全兒童文學創作獎的重視，更加強創作者參加徵獎的誘因。至於上文中所提到的眾多爭議或輿論意見，很可惜目前留存的文獻都沒有提及，也因年代久遠，簡靜惠自己也記不起細節，所以無法得知詳細情形；但是筆者推測，第八、第九屆的徵獎之所以改為只徵一種文類，是因為歷屆以來兒童詩歌的投稿量以及品質都遠超出其他文類（這跟當時台灣兒童文學以童詩兒歌為主要文類發展有關），基金會為了改善這個情況而做的改

---

7 簡靜惠曾補充解釋，第八屆單只徵求少年小說是因為評審委員們認為少年小說太少了。

變—此一推論間接得到簡靜惠證實：她記得第八屆單只徵求少年小說是因為當時評審委員們認為少年小說太少了。但是這樣反而限制了其他文類創作者的創作意願———畢竟不可免的，有不少人並不是為了自我挑戰而創作，而是為了獎金才創作。所以可以想見徵文辦法更動時所引起之爭議。第十四屆時將兒童詩歌一項又分成兒童詩以及兒歌兩類，又是一項重大改變：長久以來台灣兒童文學界就對童詩與兒歌的定義爭論不已———究竟該分成兩種文類抑或合併為一種呢？第十四屆文學獎徵獎項目的改變，顯示兒童文學界已形成共識，兒歌與童詩的相異處於這個兒童文學獎中得到正名，結束了混淆曖昧不明的時期。

　　第十五屆（1988 年）文學獎決選評審會議當天，基金會執行長簡靜惠宣布：從 1989 年開始，洪建全教育文化基金會即將把工作重心放在「文經學苑」，因此所有的出版與活動都希望以「將人文精神與企業效能結合」當作未來的推展方向，而不再投注心力於兒童文學相關活動上。但是因為基金會割捨不下對「洪建全兒童文學創作獎」的情感，同時肯定這個創作獎帶給台灣兒童文學界的蓬勃創作風氣，所以堅持繼續辦獎———提出五十萬元，洽詢合適的單位合作（賴西安 n. pag.）。對於這項轉變，賴西安認為是基金會體認到已完成「拋磚引玉」、鼓勵兒童文學創作風氣的目的：

　　　　從基金會關心過的現代民歌、本土歌謠和書介評論一
　　　　些個工作，洪建全教育文化基金會總是準確的探索到社

會脈動和需要，這些工作又總在被社會注意，掀起熱潮之際，洪建全教育文化基金會便功成身退。洪建全教育文化基金會做的是引領風氣，開風氣之先的工作。（n. pag.）

但是洪文瓊卻認為這項舉動代表著基金會對兒童文學活動資助的熱潮不再，原因是支持兒童文學發展的洪建全已於1986年9月3日逝世（頁29）。總之，基金會在1989年結束兒童文學業務，改為與中華民國兒童文學學會簽約三年，委託學會從十六屆起辦理三屆洪建全兒童文學獎徵獎活動；並且將一千九百冊基金會收藏的兒童圖書及兒童文學剪報資料全部贈交學會管理（林麗娟，〈中華民國兒童文學學會第二屆第六次常務理事會議紀錄〉頁5）。

三、結束原因

1991年6月，基金會於中華民國兒童文學學會會訊上公佈第十八屆洪建全兒童文學獎的徵獎辦法時，特別公告周知：這是本獎最後一次頒發。至於停辦的理由，基金會做了以下的解釋：「欣見兒童文學已蓬勃發展，較之十八年前創設本獎時，無論在作品、創作人才或出版水準上都有長足的進步。在完成階段性任務後，願致力推動『洪建全文經學苑』，在慎重的考慮下決定結束這個獎」[8]。這個理由與第十六屆徵獎時改

8 見中華民國兒童文學學會會訊七卷三期之徵稿啟事〈十八屆洪建全兒童文學獎 分三類徵稿 歡迎踴躍投稿〉一文，頁46。

與中華民國兒童文學學會一起舉辦之理由相同，但是當初選擇
與學會簽約繼續辦獎，如今卻決定停辦的實際原因，簡靜惠承
認與當時基金會的財務產生一些狀況相關。除此之外，財團法
人信誼學前教育基金會於 1987 年開始舉辦信誼幼兒文學創作
獎，讓簡靜惠覺得「後繼有人」，也間接加強了停辦文學獎的
想法。雖然種種主客觀因素的影響導致台灣第一個兒童文學創
作獎的結束，有點遺憾；但是誠如馬景賢所說的：「十八年來
它所散佈出的兒童文學種仔，現在正漸漸開花結果，獎雖然停
辦了，但它對中國兒童文學的影響，也許才剛開始」（馬景賢
頁 59）。

肆、有關洪建全兒童文學創作獎之評論或建議

從 1974 年公布第一屆洪建全兒童文學創作獎的徵獎辦法
開始，就有不少兒童文學界的工作者紛紛於報章雜誌上發表對
這個獎的讚賞、鼓勵、期待或建議。旅居國外的作家簡宛曾經
詢問伊大兒童文學專家李察遜博士（Dr. Richardson, L）該怎麼發
展我們自己的兒童文學，當時得到的中肯建議是：「唯有多提
拔作家，多舉辦徵獎，多發揮自己的風格，才會有自己的文學
方向」。所以當簡宛聽到台灣已經創設第一個兒童文學獎時，
認為這是一個擺脫國外翻譯作品、建立自我風格的好機會，同
時此舉也能讓作家們受到社會的支持與禮遇，進而推動台灣兒
童文學發展（簡宛　頁 54）。所以她是相當欣然期待洪建全兒
童文學創作獎創設之後帶給台灣兒童文學界的改變。

　　1975 年第二屆徵獎時，林良先生發表了〈為一個高貴的念頭寫作〉，文中不僅感謝洪建全教育文化基金會肯撥出二十萬元預算鼓勵兒童文學創作，同時還提出一個觀點：「所有熱心提倡兒童文學的人，都應該每年盡心寫一部作品去『鼓勵』洪建全教育文化基金會，讓他能夠繼續把這個創作獎辦下去」[9]。林良之所以會提出這個呼籲，是因為前一年（第一屆）徵獎時，基金會收到的稿件並不多；而對於一個剛起步的文學獎（同時又是身處文學領域邊緣地帶的兒童文學）來說，這種情形若再繼續持續下去的話，很可能會導致這個獎舉辦幾屆就夭折了。林良為了打破一些小有名氣作家心中的防線，特地公開一些「幕後」消息，他說：

　　「安徒生」如果把自己的作品寄到評選委員會去應徵，結果是一位新人的作品得了獎，「安徒生」卻名列佳作怎麼辦？如果「安徒生」有這個考慮，他一點兒也不算過份。評選會也考慮到這個實際問題，所以在頒獎以前，他會寫信問「安徒生」接受不接受佳作獎。「安徒生」如果是不打算接受，他可以回信給評選委員會，表明自己的心跡：『只為寫作而寫作。我不打算接受這個獎，請貴會另贈他人。』[10]

---

9 見國語日報 1975.10.12，三版。
10 見林良〈為一個高貴的念頭寫作〉。國語日報 1975.10.12，三版。

　　從這段文字看得出來，這些從頭到尾參與文學獎創設過程的兒童文學界前輩們是多麼珍惜基金會提供的機會，想要為台灣兒童文學界多做一些事。林良的想法其實與知愚（馬景賢）、李潼（賴西安）等人相同──他們都認為大家應該把這個文學獎當作鞭策、激勵自己不斷創作的工具，而此獎的宗旨之一「鼓勵兒童文學創作」隱含的深意是「請繼續好好創作下去」的意思；如果有幸得獎，則只是表示自己的作品比較經得起考驗，並不表示自己是多優秀的兒童文學創作家 [11]。

　　文學獎舉辦了五屆之後，目谷（陳芳美）做了一次回顧與評論。針對當時的情形，她對洪建全兒童文學創作獎提出了一些建議，希望能讓這個獎的功能更為擴大：

1. 由基金會提供經費，（甚至成立研究訓練機構）從長訓練經發掘的有潛力的作者，而這些作者，每年為基金會寫出最好的兒童書兩本、參本……不等，這些作品歸基金會出版，乃是基金會的金字招牌。

2. 由培養的作家，負責帶領新進得獎的有潛力的作者，在共同指導、研究新作品，俾使作品達到最純練的境界後出版。

3. 建立「獎」的權威性與精神，使得獎人卻引此為

榮，並因此走上專業性兒童文學的工作崗位，
為下一代的以及我們這個時代寫下燦美的兒童文
學。（頁 26）

　　也許這三點建議只有第三點是洪建全兒童文學創作獎能夠
做到的，其他兩點都沒有辦法實現；但是我們可以看出這些建
議都是出自於培養兒童文學新興作家、注重新舊傳承的熱切希
望，即使是二十年後的今天，這些意見仍然具有可供各設獎單
位參考的價值。

　　經眾多評審委員建議，基金會決定從第十二屆（1986 年）
開始支付出版作品之作者版稅，此舉相當受到歡迎。夏婉雲於
〈理想的『兒童文學獎』〉中說：「洪建全兒童文學獎是當今
兒童文學的一顆閃亮鑽石，原因不在其獎額多少，主要是有《書
評書目》經營出版並給予版稅，而別的創作獎則少有此項機
會」[12]——可見有多少兒童文學創作者具有分享作品的願望，
卻找不到門路發表、出版。夏婉雲該文除了讚賞洪建全兒童文
學創作獎之外，同時也提出一些批評。她認為當時候的台灣應
該鼓勵成立幼兒讀物獎，因為當時學齡前兒童讀物方面「設在
兒童文學獎之下的只有兒歌類，是委身於『兒童詩』內，且較
難出人頭地，『洪建全』辦過十二屆從未給過兒歌首獎即是一
例」。這一點涉及到長久以來對兒歌及童詩的分類及定位問
題：究竟洪建全兒童文學創作獎的評審們在評審兒童詩歌類的

12 見國語日報 1986.06.29。

時候，有無將來稿作品細分為兒歌與童詩，並且刻意決定將首獎頒給「兒歌」或「童詩」呢？如果沒有，夏婉雲這樣的批評似乎就不太合理。此外，夏婉雲還認為台灣應該多多設置短篇童話獎，因為從短篇開始磨練再求發展長篇，可讓「童話成長的步伐更為扎實穩健」。比如當年民生報社童話類徵稿字數是六百至兩千字，時報文學獎的兒童文學童話類則徵求四千至一萬字，都「打破了『洪建全』長久以來的童話故事字數（三萬—五萬字）」[13]。言下之意似乎有不滿洪建全兒童文學創作獎從未考慮徵求短篇童話的意味。不知道是否這樣的呼籲起了效用，從目前掌握的資料看來（沒有收集到第十三、十四屆的徵獎辦法），第十五屆的童話類確實是將徵稿字數降為「五千字以上」，再一次顯示基金會為求工作更好更完善，一直用心傾聽輿論的批評與建議。

洪建全兒童文學創作獎從第十六屆開始改為基金會和中華民國兒童文學學會合辦之後，常可以在中華民國兒童文學學會會訊上看到籌備徵獎事宜或事後檢討的工作紀錄，其中便隱藏了許多兒童文學工作者對此獎的評論。比如說會訊七卷一期中就有一份〈洪建全兒童文學獎、中華兒童文學獎、優良兒童圖書金龍獎檢討評估會議紀錄〉（針對第十七屆的徵獎工作），其中出現了這樣的意見：

1. 徐守濤：將童詩類廿首改為十五首，獎勵時除特優外，

---

13 見夏婉雲〈理想的『兒童文學獎』〉。國語日報 1986.06.29，三版。

其餘以「詩」為單位，每首給予若干獎勵，以鼓勵更多新人參與。→<u>謝武彰</u>：鼓勵作品應該要看大部分的作品，辦法中訂二十首確實太多，建議恢復原實施辦法訂的十首。但以「詩」為單位過去該基金會辦理時即曾實施過，其後仍改回原辦法，可見原辦法仍較可行。

2. 李潼：考慮接受世界各地華文作家作品。

3. 李潼：與中廣、警廣、民生報社或電視兒童節目合辦，獲獎作品經作者同意，先在聲光媒體發表。

4. 趙國宗：本獎已行之有年，創獎宗旨應在鼓勵當時貧瘠的兒童文學創作、出版環境，現兒童文學已蓬勃發展，圖畫故事常徵不到突出的作品，建議改為獎勵已出版的優良作品。→<u>劉宗銘</u>：洪建全兒童文學獎舉辦多年，已培養了許多創作人才，建議將本獎改為撥經費給有潛力者創作的制度，接受申請、推薦後評選出值得培養的作者，使其創作優秀作品。

5. 陳木城：實施辦法原有六項獎，由本會每屆擇項辦理。現本會每屆僅辦三項，建議辦四項，圖畫故事、童話每年辦，散文、小說交互辦，兒歌、童詩交互辦。可以真正鼓勵各類作品之創作……。

6. 李雀美：近年洪建全兒童文學創作獎似乎已沒有往年有號召力，有形成「大拜拜」的感覺，建議學會如續辦，應投入更多心血，使其更具權威和影響力。（林麗娟，〈洪建全〉頁 33-34）

建議雖多，可惜由於學會只與基金會簽約三年，負責將文學獎舉辦至 1992 年第十八屆為止；於是會後只達成「務求今年辦理完善。往後如再續約，再考慮如何修訂或改善」（林麗娟，〈洪建全〉頁 34）的保守決議。從第十七屆及第十八屆的徵獎辦法看來，也的確都沒有採用上述建議，只是將徵獎類別的童詩類換為徵求兒歌類而已。之後又因為基金會決定轉移工作重心，第十八屆洪建全兒童文學創作獎舉行頒獎之後此獎便停辦，上述的建議便永遠沒有再次討論、甚至實行的機會了。不過從趙國宗與李雀美的意見來看，這個獎似乎已出現若干積習，影響到大眾對其之重視與信任。這一點是否成為停辦的原因之一，值得探究。

伍、洪建全兒童文學創作獎之貢獻

從洪建全兒童文學獎的創辦宗旨來看，可以很清楚地看出當初設獎的目的，以及十八年來努力的方向：獎勵創作、提高兒童讀物水準、培養國內兒童文學創作人才。當基金會認為此獎已經可以功成身退時，我們便可以用這三項宗旨回過頭來檢驗洪建全兒童文學創作獎對於台灣兒童文學界的貢獻。

一、鼓勵兒童文學創作風氣

由於洪建全兒童文學獎是創作獎，所以徵稿時聲明不接

受抄襲、翻譯、改寫或已發表的作品，並且鼓勵參選者同時參加多項類別徵獎，但是一類限投一稿。甚至為了避免造成某些才華洋溢的創作者獨霸名額，基金會有時候還在徵獎辦法上加註像是「曾獲前幾屆第一名之創作者不得再度參加獲獎組別之應徵」之類的規定。另外，簡靜惠也認為歷年來徵獎辦法不斷隨時代需求而調整、更動，主要也就想要借用各種不同的方式刺激兒童文學創作的風氣。於是，這個台灣第一個兒童文學獎便在台灣兒童文學界形成了一股創作風潮：任何一個對兒童文學創作有興趣的人沒有不想讓自己的作品參與這場年度盛會。根據第十二屆洪建全兒童文學創作獎執行秘書林淑玟的統計，該年（1985 年）「計收到稿件圖畫故事三十五件，兒童詩歌八十四件，童話十三件，少年小說十五件，件數比往年增加」[14]。也許在十二屆之前每一年的參獎作品沒有這麼多，但是如同林良先生在第十五屆洪建全兒童文學創作獎揭曉時所說，大概可以統計出「十五年來，因『洪建全兒童文學創作獎』而創作的作品超過千件」（林良，〈洪建全〉n. pag.）。從一開始社會大眾都不清楚什麼是兒童文學獎，一直到平均一年出現六十五件以上的兒童文學創作作品，甚至在洪建全兒童文學創作獎的得獎名單上可以看到成人文學作家嘗試寫作兒童文學的努力（如馮輝岳、詹冰、何光明、張曉風等等）———無怪洪文瓊會認為洪建全兒童文學創作獎的歷史意義之一就是「為台灣掀起兒童文學創作的熱潮」（頁 29）。

14 見〈洪建全創作獎截稿　預計十一月下旬揭曉〉。中華民國兒童文學學會會訊一卷五期，頁 17。

二、培養兒童文學創作者

　　洪建全兒童文學創作獎的評審方法是將所有作品上作者的資料除去或彌封，評審們完全就作品好壞討論給獎，所以無論是已有名氣的創作者或是兒童文學創作的新手都公平地站在同一條起跑點上，憑實力爭取榮譽。林良認為，像這樣只認參賽作品不認作者的「作品獎」，其贈獎者的功勞在於

> …為兒童文學樹人，是一種百年大業。……〔洪建全兒童文學獎〕十五年來培植了不少的兒童文學作家、兒童讀物畫家。今天台灣的兒童文學世界裡，較活躍的作家和畫家，大都出自「洪建全創作群」。……十五年來，……因「洪建全兒童文學獎」的鼓勵而活躍在兒童文學這一行的作家、畫家超過百人。（王琇慧、李秀卿　頁4）

　　如同林良所說的，曾獲得此獎因而踏入或活躍於兒童文學界的創作者不在少數，比如謝武彰、劉宗銘、賴西安（李潼）、陳玉珠、林方舟、林玉敏（林立）、張清榮、李雀美、曾妙容、黃炳煌（黃海）、徐素霞、陳啟淦、呂紹澄、陳肇宜、方素珍、洪志明、朱秀芳、陳月文、林傳宗、張嘉驊、仉桂芳等人，幾乎都是因為獲得洪建全兒童文學創作獎而進一步與兒童文學結緣的。探究其原因，可能是因為洪建全兒童文學創作獎是當時台灣唯一的兒童文學創作獎（一直到1987年才有信誼幼兒文

學獎以及東方少年小說獎出現），同時此獎具有權威性及公平性，深受兒童文學界重視，又保證獲獎作品可以出版，所以一直不斷有人投稿，而得獎者也因為此獎深受鼓舞，更加致力於兒童文學創作，或者常常因為獲獎而得到出版社邀稿創作的機會，得以繼續創作。

　　除了因獲獎而投身於兒童文學工作者行列的人之外，也有許多創作者是因為寄出作品參賽而進入兒童文學界的。曹俊彥在《洪建全兒童文學創作獎──十五年的回顧與展望》一書中便分享了以下的想法與經驗：

　　　　…參加洪建全兒童文學創作獎，等於表白了為孩子寫作、繪圖的意願，展示了自己創作的風格和興味所在。我和「中華兒童叢書」的總編輯潘人木女士參加過多次洪建全兒文獎的評審工作，除了慎重的選出最傑出的作品給獎之外，更用心的在參選的作品中找出創意不錯的作品、與作者重新討論，修改，並請畫家重新配圖，在中華兒童叢書發表。「誰偷吃了月亮」和「千分之一秒的靜悄悄」就是在這樣的情形下產生的。從應選的圖稿中，我們也找出不少優秀的畫家，兒童讀物的插畫也就越來越多彩多姿了。如今台灣兒童讀物的插畫能有如此蓬勃的景象，洪建全兒童文學創作獎的確是背後推動的大功臣。（n. pag.）

　　由此得知，不但獲得洪建全兒童文學創作獎的肯定是創作者們嶄露頭角的時機，連參加此獎的徵選也是條向資深兒童文學工作者自我推薦的門路，無怪乎參加此獎的徵選能夠成為兒童文學界的年度盛事。此外，基金會還在圖畫故事類得獎者領獎風光一時之後，進一步提供他們更多的工作機會──比如說，劉宗銘在第一屆得獎後，受邀為第三屆少年小說《飛向藍天》插畫；第五屆得獎者陳裕堂為第十三屆兒童詩歌《紫色的美麗》插畫；第十一屆得獎者王丁香和林傳宗分別為第十四屆的童詩《童詩三十》、童話《小郵筒》插畫；第十三屆得獎者何春桃為第十四屆兒歌《茄子的紫衣裳》插畫等一這些事實在在可以看出基金會想要在兒童文學的土地上深耕的努力。

　　洪建全兒童文學創作獎為社會培養出這麼多兒童文學創作者，那麼這些創作者是怎麼看待這個獎呢？從賴西安的話中我們可以看出這些創作者不但肯定該獎的貢獻，也因為出身於這個獎而深感驕傲：「我是洪建全兒童文學創作獎小心培植出來的兒童文學作家，我的寫作生涯若能長久，會更加深它的意義。在我的文學界朋友之間，那句『我是洪建全兒童文學創作獎培養出來的作家』，可以多說幾次」（賴西安　n. pag.）。這些創作者也許都和陳玉珠抱持著同樣的想法，感謝洪建全兒童文學創作獎給予他們機會能為兒童文學貢獻──「我想，對洪老先生唯一的報答，該是『永遠的為兒童文學創作而努力』吧！」（陳玉珠　n. pag.）。

三、提高兒童讀物水準

　　民國六十三年底兒文獎評選出來後，當時的評審委員們都認為：這些辛苦創作的心血結晶如果不印行成書給更多的孩子們看，那就失去當初設獎時「給孩子們好的讀物」的宗旨，因此在六十四年初趕緊物色編輯進行兒童書的出版。周浩正先生就在這樣緊急的情況下被徵召，於短短二個月時間內不負所託地把這四類的得獎作品印製出來。周先生為我們開立兒文作品出版的範例，讓兒童文學作品的出版成為本基金會出版的特色之一。而最重要的是，兒童們有更多的本土的作家讀物可看。（簡靜惠　n. pag.）

　　由上面這段簡靜惠的話可以知道，基金會最初舉辦兒童文學獎的時候，並沒有想到要出版得獎的作品。幸虧當時的評審委員（都是兒童文學界德高望重的人士）有遠見，知道「對於獲獎的人而言，除了得獎之外，更重要的是作品得到了出版的機會」（曹俊彥　n. pag.）。如此一來，不但本土創作之兒童讀物的出版增加，而且因為有眾多評審委員的把關，出版的都是水準很高的作品。1999 年評審、票選台灣（1945-1998）兒童文學一百時，洪建全兒童文學創作獎的作品便入選了七本：《齒痕的秘密》（第十屆童話第一名）、《奇異的航行》（第十屆少年小說第一名）、《再見天人菊》（第十三屆少年小說

第一名）、《兒童詩集：媽媽的心・春》（第一屆兒童詩歌第一名）、《太陽、蝴蝶、花》（收錄第五屆兒童詩歌第一名〈遊戲〉）、《娃娃的眼睛》（第十屆兒童詩歌第一名）、《心中的信》（第十二屆兒童詩歌第一名）、《妹妹的紅雨鞋》（收錄第一屆兒童詩歌佳作〈妹妹的紅雨鞋〉）。要不是評選兒童文學一百的時候，設有同一文類、同一世代（十年）中，同一作者最多只能入選一本的限制，可能會有更多得過洪建全兒童文學創作獎肯定的作品得以擠上台灣兒童文學一百的排行榜——可見這些得獎作品之價值深受社會以及歷史肯定。

四、開創企業資助兒童文學活動的先河

　　從 1974 年到 1987 年間，洪建全兒童文學創作獎是台灣唯一的兒童文學獎。洪文瓊認為，此獎具有一個重要的歷史意義——就是它「開創台灣大財團資助兒童文學活動的先河」（頁 29）。畢竟就洪建全教育文化基金會本身來說，設立之初並沒有想到要關注兒童文學，但由於簡宛和兒童文學資深工作者的強烈建議，才讓基金會開始考慮設立兒童文學獎的可能性。決定設置洪建全兒童文學創作獎後，基金會也才注意到台灣兒童文學的重要性及其不活躍的狀況，所以緊接著資助、舉辦各項兒童文學活動；這些活動並不侷限於單一方面，對於宣傳推廣台灣的兒童文學也有相當大的幫助。根據洪文瓊的觀察，基金會的貢獻：

　　　　不只是提供兒童文學創作獎金，最重要的是資助設立

「洪建全視聽圖書館」，附設有兒童閱覽室及資料室，不但購進許多國外兒童圖書及理論書籍，而且是長年定期邀請國內兒童文學專家講演，次數之多、範圍之廣，遠比［國立中央圖書館］台灣分館偏重國內兒童圖書更為生色；此外同屬洪建全企業旗下的「書評書目」雜誌也經常登一些有關兒童文學訊息與研究的文章，並出版了台灣第一本「兒童文學論著索引」（馬景賢編著，民64 年 1 月 25 日出版）。這些在在有助於台灣兒童文學創作水準的提昇與研究視野的拓廣。（頁 29）

除了設立洪建全視聽圖書館與書評書目雜誌的推波助瀾之外，基金會還舉辦了兒童夏令營以及一系列長期的「兒童文學講座」，不但邀請國外兒童文學專家演講，還舉行座談會與國內兒童文學工作者交換意見，以便加強國內兒童文學創作理論、推廣兒童文學教育。這一連串的努力，不但為洪建全教育文化基金會打出了名號，並且帶動了其他企業資助兒童文學的想法——例如財團法人信誼學前教育基金會於 1981 年創辦《小袋鼠》幼兒期刊、1987 年設立信誼幼兒文學創作獎、1988 年啟用「幼兒圖書館」等；鄭彥棻文教基金會於 1988 年設置中華兒童文學獎；親親文化事業公司於 1988 年設置楊喚兒童文學獎；九歌文教基金會於 1992 年創辦現代兒童文學創作獎；台灣英文雜誌社於 1993 年舉辦陳國政兒童文學獎；國語日報社於 1995 年設立國語日報兒童文學牧笛獎等等。這些

獎項及讀書會、研習營、講座等周邊相關活動至今仍持續舉辦，陸續提拔了不少有才華的作家、畫家，也提供了有志從事兒童文學工作的人很多發表作品的管道，讓台灣兒童文學愈趨蓬勃發展。

陸、結語

　　從上節歸納出的四項貢獻，我們可以看出洪建全兒童文學創作獎的影響並不僅限於當時，同時也影響後代深遠。從提醒社會大眾注意兒童文學這個文類、吸引眾人投入為兒童創作的行列，一直到培養出能長久創作優秀兒童文學作品的人才、出版優良兒童讀物造福孩子，甚至帶動其他企業資助、鼓勵兒童文學相關活動的風氣，這種種成就均可套用洪文瓊的一句話來肯定：「洪建全兒童文學創作獎的創設以及洪建全教育文化基金會所做諸多配合推廣活動，促成了台灣當代兒童文學開步走，它是劃分台灣當代兒童文學發展階段的一個分水嶺」（頁29）。

　　然而在蒐集文獻的過程中，筆者發現一種現象：國人還沒有完全瞭解到史料保存的迫切性和重要性，相當可惜。比如說，洪建全教育文化基金會在結束兒童文學業務之後，便將大部分的資料贈送給中華民國兒童文學學會收藏，又歷經多次搬遷會址，所以等到筆者前去探訪的時候，可查閱的資料並不多。歷屆洪建全兒童文學創作獎的首獎作品雖然都由基金會出版成書，但是似乎也沒有完整的一套副本留存在基金會裡；至於非

首獎的作品，除非當時受到其他的出版社眷顧而出版成冊，得以見到天日，否則基金會方面和許多作者們都表示，沒有留手稿下來。至於兒童文學學會方面，也表示沒有留存最後三屆文學獎的承辦記錄或相關資料，導致第十八屆的得獎名單一直未能補齊。希望筆者這次做的文獻收集和整理的工作，能夠讓塵封已久的珍貴資料重新受人重視，並且作為一塊小小墊腳石，讓往後有興趣研究這個台灣第一個兒童文學獎的人看得更高、更遠。

引述書目：

作者	日期	篇名	出處	頁數
王仕圖撰寫，簡靜惠口述	2001.11	基金會成長穩定期（1973-1983），《變遷中的台灣企業贊助型基金會的發展—以洪建全教育文化基金會為例》	台北市：洪建全基金會	頁 21-30
王琇慧、李秀卿	1997.06	洪建全教育文化基金會專訪	台北市立社會教育館館刊	第八卷 頁 4-6
目谷	1979.04.01	關於洪建全兒童文學獎	書評書目	第 72 期 頁 24-26
李潼	1988.12.25	期待有更有創意有人性關照的作品—第十五屆洪建全兒童文學創作獎少年小說評審記	國語日報	第八版
林良	1975.01.19	為孩子忙了一陣子—談第一屆洪建全兒童文學創作獎評選經過	國語日報	第三版
林良	1975.10.13	為一個高貴的念頭寫作—談洪建全兒童文學創作獎	國語日報	第三版
林良	1989.01	洪建全兒童文學創作獎的貢獻，《洪建全兒童文學創作獎—十五年的回顧與展望》	台北市：洪建全文教基金會	無頁碼
林淑玟	1988.02	洪建全兒童文學獎	中華民國兒童文學學會會訊	四卷一期 頁 5
林麗娟記錄	1989.02	中華民國兒童文學學會第二屆第六次常務理事會議記錄	中華民國兒童文學學會會訊	五卷一期 頁 5
林麗娟紀錄	1991.02	洪建全兒童文學獎、中華兒童文學獎、優良兒童圖書金龍獎檢討評估會議紀錄	中華民國兒童文學學會會訊	七卷一期 頁 33-35
知愚	1976.10.03	愛心一談獎	國語日報	第三版
邱各容	1990.08	第一個推動兒童文學的獎 -- 洪建全兒童文學創作獎，《兒童文學史料初稿 1945-1989》	台北市：富春文化事業股份有限公司	頁 349-351
洪文瓊	1994.06	影響台灣近半世紀兒童文學發展的十三樁大事，《台灣兒童文學史》	台北市：傳文文化事業有限公司	頁 29

唐千雅	2000.09.08	洪氏藝文之家啟動　民間閒置空間再活用	http://www.ttimes.com.tw 明日報—藝文帝國—藝文新聞	
夏婉雲	1986.06.29	理想的「兒童文學獎」	國語日報	第三版
馬景賢	1991.08	最愉快的一次聚會—記「洪建全兒童文學創作獎」的誕生	中華民國兒童文學學會會訊	七卷四期　頁 59
曹俊彥	1989.01	推動台灣兒童圖書插畫的手，《洪建全兒童文學創作獎—十五年的回顧與展望》	台北市：洪建全文教基金會	無頁碼
陳玉珠	1989.01	永恆的彩虹，《兒童文學創作獎—十五年的回顧與展望》	台北市：洪建全文教基金會	無頁碼
楊莉玲	2000.03.10	洪建全基金會扮藝文推手	http://www.ttimes.com.tw 明日報—藝文帝國—藝文新聞	*
劉錦得	1980.07.06	游泳與跳遠能混合比賽？-- 對洪建全兒童文學獎的建議	國語日報	第三版
賴西安	1989.01	一個美麗的深緣，《洪建全兒童文學創作獎—十五年的回顧與展望》	台北市：洪建全文教基金會	無頁碼
簡宛	1975.04.01	獎—喜聞兒童文學創作獎誕生	書評書目	第 24 期 頁 53-56
簡靜惠	1989.01	創辦源起，《洪建全兒童文學創作獎—十五年的回顧與展望》	台北市：洪建全文教基金會	無頁碼
未註明	1985.10	洪建全創作獎截稿　預計十一月下旬揭曉	中華民國兒童文學學會會訊	一卷五期　頁 17
未註明	1991.06	十八屆洪建全兒童文學獎　分三類徵稿歡迎踴躍投稿	中華民國兒童文學學會會訊	七卷三期　頁 46
網頁		洪建全教育文化基金會	http://www.hfec.org.tw 洪建全教育文化基金會	
網頁	2000.12.23	素直友會	http://www.hfec.org.tw/hfec/friends.htm 洪建全教育文化基金會—素直友會	
網頁	2000.12.23	《素直之道》	http://www.hfec.org.tw/hfec/friends6.htm 洪建全教育文化基金會—素直友會—必讀書介紹	
網站	2002.1.13	洪網智慧集合	http://www.hfec.org.tw	

編按：由於稿擠，原本此文附錄之洪建全兒童文學創作獎之相

關論述（不含得獎作品評論）、洪建全兒童文學創作獎歷屆得

獎名單、洪建全兒童文學創作獎得獎作品之出版列表、洪建全
文教基金會書評書目出版社之兒童文學相關出版品、洪建全兒
童文學創作獎徵稿辦法沿革等表格將轉置於台東師院兒童文學
研究所網站上，請至 http://www.ntttc.edu.tw/ice 查詢。

附錄

一、洪建全兒童文學創作獎之相關論述（不含得獎作品評論）

　　在筆者收集文獻之前，兒文所學長游鎮維已經做了相當多
的資料收集和整理工作；另外洪建全教育文化基金會的簡靜惠
董事長和陳玉珍小姐也非常熱心地協助筆者調查的工作、提供
可用的資料，在此一併致上謝意。此表「頁數」的欄位中若標
有＊記號，則是筆者添補上的文獻；若無，則為之前游鎮維收
集之資料。

作者	日期	篇名	出處	頁數
丁占鰲	1982.04.04	從「兒童文學獎作品集」談起	國語日報	第三版
王仕圖撰寫，簡靜惠口述	2001.11	基金會成長穩定期(1973-1983)，《變遷中的台灣企業贊助型基金會的發展—以洪建全教育文化基金會為例》	台北市：洪建全教育文化基金會	頁 21-30*
王琇慧、李秀卿	1997.06	洪建全教育文化基金會專訪	台北市立社會教育館館刊	第八卷頁 4-6
目谷	1979.04.01	關於洪建全兒童文學獎	書評書目	第 72 期頁 24-26
朱秀芳	1984.08.28	「歡唱在林野中」得獎後感	國語日報	第三版
李潼	1988.12.25	期待有更有創意有人性關照的作品—第十五屆洪建全兒童文學創作獎少年小說評審記	國語日報	第八版
李潼	1991.08	得獎—不是寫作唯一目的	中華民國兒童文學學會會訊	七卷四期頁 56-57*
林良	1975.02.01	為孩子忙了一陣子—談第一屆洪建全兒童文學創作獎評選經過	書評書目	第 22 期頁 6-12
林良	1975.01.19	為孩子忙了一陣子—談第一屆洪建全兒童文學創作獎評選經過	國語日報	第三版
林良	1975.10.13	為一個高貴的念頭寫作—談洪建全兒童文學創作獎	國語日報	第三版
林良	1976.01.04	第二年 -- 談洪建全兒童文學創作獎	國語日報	第三版
林良	1977.04.01	大家來給孩子寫東西—記第三屆洪建全兒童文學創作獎	書評書目	第 48 期頁 22-25
林良	1977.02.13	大家來給孩子寫東西—記第三屆洪建全兒童文學創作獎	國語日報	第三版
林良	1978.04.01	再接再厲再耕耘—談第四屆洪建全兒童文學創作獎	書評書目	第 60 期頁 25-30
林良	1978.01.29	再接再厲再耕耘—談第四屆洪建全兒童文學創作獎	國語日報	第三版
林良	1979.04.01	第五年 -- 談第五屆洪建全兒童文學創作獎	書評書目	第 72 期頁 27-30
林良	1979.03.11	第五年 -- 談第五屆洪建全兒童文學創作獎	國語日報	第三版
林良	1982.04.04	創作中國的童話，《洪建全兒童文學獎作品集（童話1）》	台北市：書評書目出版社	序
林良	1989.01	「洪建全兒童文學創作獎的貢獻」，《洪建全兒童文學創作獎—十五年的回顧與展望》	台北市：洪建全教育文化基金會	無頁碼

林良	1989.02.19	洪建全兒童文學創作獎的貢獻	國語日報	第八版
林淑玟	1988.02	洪建全兒童文學獎	中華民國兒童文學學會會訊	四卷一期頁 5
林煥彰	1982.04.04	推動兒童詩的獎及其作品，《洪建全兒童文學獎作品集(兒童詩 1)》	台北市：書評書目出版社	序
林麗娟紀錄	1991.02	洪建全兒童文學獎、中華兒童文學獎、優良兒童圖書金龍獎檢討評估會議紀錄	中華民國兒童文學學會會訊	七卷一期頁 33-35*
林麗娟記錄	1989.02	中華民國兒童文學學會第二屆第六次常務理事會議記錄	中華民國兒童文學學會會訊	五卷一期頁 5
林麗娟記錄	1989.10	本會第二屆第七次理監事聯席會議暨第十次常務理事會議記錄	中華民國兒童文學學會會訊	五卷五期頁 27
林麗娟記錄	1989.10	第十六屆洪建全兒童文學獎執行工作小組會議紀錄	中華民國兒童文學學會會訊	五卷五期頁 28
林麗娟記錄	1989.12	第二屆第八次理監事聯席會議暨第十一次常務理事會議紀錄	中華民國兒童文學學會會訊	五卷六期頁 37
林麗娟記錄	1989.12	本會第二屆第二次會員大會會議記錄	中華民國兒童文學學會會訊	五卷六期頁 1
林麗娟記錄	1989.12	第十六屆洪建全兒童文學獎評審紀實—圖畫故事、童話組、兒童散文組	中華民國兒童文學學會會訊	五卷六期頁 31-36
林麗娟記錄	1990.03	第十七屆洪建全兒童文學獎工作小組第一次會議記錄	中華民國兒童文學學會會訊	六卷一期頁 63
林麗娟記錄	1990.12	第十七屆洪建全兒童文學獎圖畫故事組評審會議紀錄	中華民國兒童文學學會會訊	六卷六期頁 67-70
林麗娟記錄	1990.12	第十七屆洪建全兒童文學獎童詩組評審會議紀錄	中華民國兒童文學學會會訊	六卷六期頁 71-74
林麗娟記錄	1990.12	第十七屆洪建全兒童文學獎童話組評審會議紀錄	中華民國兒童文學學會會訊	六卷六期頁 75-79
林麗娟記錄	1991.12	第十八屆洪建全兒童文學獎童話組評審會議記錄	中華民國兒童文學學會會訊	七卷六期頁 78
林麗娟記錄	1991.12	第十八屆洪建全兒童文學獎兒歌組評審會議記錄	中華民國兒童文學學會會訊	七卷六期頁 85
知愚	1976.10.03	愛心—談獎	國語日報	第三版
知愚	1980.03.02	獎—第六屆洪建全兒童文學創作獎評審紀實	國語日報	第三版
知愚	1980.04.01	獎—第六屆洪建全兒童文學創作獎評審紀實	書評書目	第 84 期頁 15-18
知愚	1981.01.25	豐收季—兒童文學獎評審紀實	國語日報	第三版

邱各容	1986.04.05	我國兒童讀物發展初探	大眾日報	第七版 *
邱各容	1990.08	第一個推動兒童文學的獎 -- 洪建全兒童文學創作獎，《兒童文學史料初稿1945-1989》	台北市：富春文化事業股份有限公司	頁 349-351
邱各容	1992.02	八十一年度兒童文學大事紀要	中華民國兒童文學學會會訊	八卷一期頁 14*
洪中周	1979.09.30	當愛心凝固的窮途—兼評洪建全第五屆童詩選	國語日報	第三版
洪文瓊	1991.06	中外重要兒童文學獎 -- 洪建全兒童文學創作獎：簡介、歷屆得獎名單，《西元1945-1990 兒童文學大事紀要》	台北市：中華民國兒童文學學會	頁 146-154
洪文瓊	1994.06	影響台灣近半世紀兒童文學發展的十五椿大事，《台灣兒童文學史》	台北市：傳文文化事業有限公司	頁 29
洪文瓊	1999.08	兒童文學大事記，《台灣兒童文學手冊》	台北市：傳文文化事業有限公司	頁 30-46*
洪文瓊	1999.08	影響台灣近半世紀兒童文學發展的十五椿大事，《台灣兒童文學手冊》	台北市：傳文文化事業有限公司	頁 74-75*
洪簡靜惠	1975.04.01	為兒童文學創作出版序	書評書目	第 24 期頁 49-51
洪簡靜惠	1978.04.01	永保童心	書評書目	第 60 期頁 25-26
洪簡靜惠	1980.04.01	第六年一序第六屆洪建全兒童文學創作獎得獎作品集	書評書目	第 84 期頁 12-14
胡澤民、趙國宗、潘元石	1979.04.01	欣見插畫藝術更上層樓—圖畫故事組評審感言	書評書目	第 72 期頁 36-38
夏婉雲	1986.06.29	理想的「兒童文學獎」	國語日報	第三版
馬景賢	1982.04.04	照亮少年的眼睛，《洪建全兒童文學獎作品集（少年小說 1）》	台北市：書評書目出版社	序
馬景賢	1983.03.13	洪建全兒童文學基金會新設「兒童文學講座」	國語日報	第三版 *
馬景賢	1986.04.06	富有童話精神的小說—序「順風耳的新香爐」	國語日報	第三版
馬景賢	1991.08	最愉快的一次聚會—記「洪建全兒童文學創作獎」的誕生	中華民國兒童文學學會會訊	七卷四期頁 59
張玲玲	1993.6.20	書香童年—兒童文學創作獎的設立，《洪建全育文化基金會二十一周年特刊》	台北市：洪建全教育文化基金會	頁 10-11*
張娟芬	1994.10.20	獎多多，人才也多多？ -- 國內兒童文學獎總探	中國時報	*

張耀煌	1974.04.14	談「兒童文學創作獎」的緣起	國語日報	第三版
曹俊彥	1987.01.18	圖好，故事還要更好！--記十三屆「洪建全兒童文學創作獎圖畫故事獎」的評審心得	國語日報	第八版
曹俊彥	1989.01	推動台灣兒童圖書插畫的手，《洪建全兒童文學創作獎—十五年的回顧與展望》	台北市：洪建全文教基金會	無頁碼
陳玉珠	1989.01	永恆的彩虹，《兒童文學創作獎—十五年的回顧與展望》	台北市：洪建全文教基金會	無頁碼
陳美兒主編	1989.01	《兒童文學創作獎—十五年的回顧與展望》	台北市：洪建全教育文化基金會	
稅素芃	1992.03.27	兒童文學獎 祇要你長大	中國時報	*
詩琴	1981.12.20	由兒童文學創作獎談起	國語日報	第三版
趙天儀	1979.04.01	創造兒童詩的新境界—兒童詩評選感言	書評書目	第 72 期 頁 32-35
劉正盛	1977.02.06	由「洪建全兒童文學創作獎」揭曉談起	國語日報	第三版
劉宗銘	1976.09.01	兒童文學插畫家的新世界	書評書目	第 41 期 頁 69-57
劉錦得	1980.07.06	游泳與跳遠能混合比賽？--對洪建全兒童文學獎的建議	國語日報	第三版
廣興	1980.05.11	我看「複審」的四篇劇作	國語日報	第三版
蔡美芳/陳淑媛記錄/采桑子整理	1981.01.01	第七屆洪建全兒童文學創作獎評審紀實	書評書目	第 93 期 頁 8-22
鄭明進	1982.04.04	一把智慧的鑰匙—圖畫書，《洪建全兒童文學獎作品集（圖畫故事 1)》	台北市：書評書目出版社	序
鄭明進	1991.12	十八屆洪建全兒童文學獎圖畫故事組	中華民國兒童文學學會會訊	七卷六期 頁 7
鄭清文	1988.12.18	感想與建議	國語日報	第八版
賴西安	1989.01	一個美麗的深緣，《洪建全兒童文學創作獎—十五年的回顧與展望》	台北市：洪建全文教基金會	無頁碼
嶺月	1982.02.27	給初試創作的朋友幾點小建議--洪建全兒童文學創作獎評審有感	國語日報	第三版
嶺月	1987.01.18	第十三屆洪建全兒童文學創作獎評審後記	國語日報	第三版
簡宛	1975.04.01	獎—喜聞兒童文學創作獎誕生	書評書目	第 24 期 頁 53-56
簡宛	1975.07.01	我對兒童文學得獎作品的感想	書評書目	第 27 期 頁 104- 106
簡靜惠	1977.04.01	為孩子們寫作	書評書目	第 48 期 頁 26-27

簡靜惠	1982.04.04	洪建全兒童文學獎作品集序，《洪建全兒童文學獎作品集（童話1）》	台北市：書評書目出版社	序
簡靜惠	1982.04.04	幼幼篇，《洪建全兒童文學獎作品集（童話1）》	台北市：書評書目出版社	序
簡靜惠	1982.04.04	為孩子們寫作，《洪建全兒童文學獎作品集（童話1）》	台北市：書評書目出版社	序
簡靜惠	1982.04.04	永保童心，《洪建全兒童文學獎作品集（童話1）》	台北市：書評書目出版社	序
簡靜惠	1982.04.04	為孩子們寫作，《洪建全兒童文學獎作品集（童話1）》	台北市：書評書目出版社	序
簡靜惠	1982.04.04	第六年，《洪建全兒童文學獎作品集（童話1）》	台北市：書評書目出版社	序
簡靜惠	1984.03.30	為兒童寫一本書	中央日報	*
簡靜惠	1989.01	創辦源起，《洪建全兒童文學創作獎—十五年的回顧與展望》	台北市：洪建全文教基金會	無頁碼
未註明	1974.10.01	第一屆洪建全兒童文學創作獎徵稿辦法	書評書目	第18期 頁1
未註明	1975.04.01	第二屆洪建全兒童文學創作獎徵稿辦法	書評書目	第24期 頁52
未註明	1976	第三屆洪建全兒童文學創作獎徵稿辦法	書評書目	第36期 封面底
未註明	1977.08.01	第四屆洪建全兒童文學創作獎徵稿辦法	書評書目	第52期 封底背
未註明	1978.08.01	第五屆洪建全兒童文學創作獎徵稿辦法	書評書目	第65期 頁1
未註明	1979.02.01	第五屆洪建全兒童文學創作獎得獎名單	書評書目	第70期 頁1
未註明	1979.08.01	第六屆洪建全兒童文學創作獎徵稿辦法	書評書目	第76期 頁60
未註明	1979.10.01	第六屆洪建全兒童文學創作獎徵稿辦法	書評書目	第78期 頁55
未註明	1980.04.01	第七屆洪建全兒童文學創作獎徵稿辦法	書評書目	第84期 頁19
未註明	1980.10.01	第七屆洪建全兒童文學創作獎徵稿辦法	書評書目	第90期 頁1
未註明	1980.03.16	洪建全兒童文學獎揭曉	國語日報	第三版
未註明	1981.01.01	第七屆洪建全兒童文學創作獎得獎名單揭曉	書評書目	第93期 頁7
未註明	1981.05.01	第八屆洪建全兒童文學創作獎徵稿辦法	書評書目	第96期 頁1
未註明	1982.05.23	文學活動--第九屆洪建全兒童文學創作獎開始徵稿	國語日報	第三版*
未註明	1983.04.03	洪建全基金會辦兒童文學週—展開多項特別活動	中央日報	*

未註明	1983.07.17	第十屆洪建全兒童文學創作獎開始徵稿	國語日報	第三版 *
未註明	1983.08.21	兒童文學獎徵文賽　即日開始收件　九月卅日截止	中央日報	*
未註明	1984.07.01	第十一屆洪建全兒童文學獎向您邀稿	國語日報	第三版
未註明	1984.09.16	洪建全兒童文學獎　九月三十日截稿	國語日報	第三版
未註明	1985.04	洪建全兒童文學獎	中華民國兒童文學學會會訊	一卷二期　頁14
未註明	1985.10	洪建全創作獎截稿　預計十一月下旬揭曉	中華民國兒童文學學會會訊	一卷五期　頁17
未註明	1985.12	洪建全兒童文學獎揭曉　出版得獎作品決予版稅	中華民國兒童文學學會會訊	一卷六期　頁29-30
未註明	1985.03.10	社團活動 -- 第九屆洪建全兒童文學創作獎　自即日起徵稿	國語日報	第三版
未註明	1986.06.22	第十三屆洪建全兒童文學獎開始邀稿	國語日報	第三版 *
未註明	1987	書評書目出版社，《洪建全教育文化基金會年報 74.1~75.12》	台北市：洪建全文教基金會	頁 1~2*
未註明	1987	洪建全兒童文學創作獎，《洪建全教育文化基金會年報 74.1~75.12》	台北市：洪建全文教基金會	頁 12~14*
未註明	1987	洪建全兒童文學創作獎，《洪建全教育文化基金會年報 72.1~73.12》	台北市：洪建全文教基金會	頁 11~13*
未註明	1987.06	提醒您！三項兒童文學獎！等您耕耘：洪建全兒童文學獎	中華民國兒童文學學會會訊	三卷三期　頁20*
未註明	1987.12	各組優勝成績評定	中華民國兒童文學學會會訊	三卷六期　頁47
未註明	1989	書評書目出版社，《洪建全教育文化基金會文經學苑年報 76.1~77.12》	台北市：洪建全文教基金會	頁 12~14*
未註明	1989	洪建全兒童文學創作獎，《洪建全教育文化基金會文經學苑年報 76.1~77.12》	台北市：洪建全文教基金會	頁 15~16*
未註明	1989	洪建全兒童文學創作獎，《洪建全教育文化基金會文經學苑年報 78.1~79.12》	台北市：洪建全文教基金會	頁 15~16*
未註明	1989.02	第十六屆洪建全兒童文學獎徵獎辦法	中華民國兒童文學學會會訊	五卷一期　頁29-30
未註明	1989.06	第十六屆洪建全兒童文學獎徵獎辦法	中華民國兒童文學學會會訊	五卷三期　封底
未註明	1989.08	第十六屆洪建全兒文獎　收件結束開始進入評審	中華民國兒童文學學會會訊	五卷四期　頁26
未註明	1989.05.21	第十六屆洪建全兒童文學獎邀稿辦法	國語日報	第八版
未註明	1990.02	第十七屆洪建全兒童文學獎徵獎辦法	中華民國兒童文學學會會訊	六卷一期　頁74
未註明	1990.06	17 屆洪建全兒童文學獎　八月起收件請踴躍投稿	中華民國兒童文學學會會訊	六卷三期　頁45

未註明	1991	第十八屆洪建全兒童文學獎徵獎辦法	中華民國兒童文學學會會訊	
未註明	1991.06	十八屆洪建全兒童文學獎　分三類徵稿歡迎踴躍投稿	中華民國兒童文學學會會訊	七卷三期頁46*
未註明	1996.11.01	洪建全兒童文學獎，《洪建全教育文化基金會二十五週年紀念特刊：關懷・成長・和諧》	台北市：洪建全文教基金會	頁17-18*
未註明	1996.11.01	中國兒童文學史上重要的里程碑―專訪馬景賢先生，《洪建全教育文化基金會二十五週年紀念特刊：關懷・成長・和諧》	台北市：洪建全文教基金會	頁19*
未註明	1996.11.01	回顧、懷念、感謝―專訪桂文亞小姐，《洪建全教育文化基金會二十五週年紀念特刊：關懷・成長・和諧》	台北市：洪建全文教基金會	頁20*
未註明	1996.11.01	開路先鋒，《洪建全教育文化基金會二十五週年紀念特刊：關懷・成長・和諧》	台北市：洪建全文教基金會	頁21*
未註明	1996.11.01	歷屆兒童文學獎得獎名單，《洪建全教育文化基金會二十五週年紀念特刊：關懷・成長・和諧》	台北市：洪建全文教基金會	頁54-55*

二、洪建全兒童文學創作獎歷屆得獎名單

屆別	頒發年份	獎名	獎次	得獎人	得獎作品
第一屆	1975	圖畫故事	第一名	劉宗銘	妹妹在哪裡？
			第一名	黃錦堂	奇奇貓
			佳作	鄔如美、鄭彩華、鄭彩仁	捉迷藏
		少年小說	第一名	林玉敏	山裡的日子
			佳作	陳啟淦	那一年夏天
			佳作	王玉蓮	路
		童話	佳作	王令嫻	黑仔的一天
			佳作	張世音	幽默的貓
		兒童詩歌	第一名	黃基博	媽媽的心
			第一名	謝武彰	春
			佳作	吳啟銘	姊姊頭髮上的蝴蝶
			佳作	曾妙容	漣漪
			佳作	黃雙春	樹葉的歌
			佳作	林煥彰	妹妹的紅雨鞋

第二屆	1976	圖畫故事	第一名	陳永秀	鳳凰與竹雞
			佳作	文夢霞	外婆家
			佳作	陳文龍、張清榮	小布咕種稻記
		少年小說	第一名	尤美松	金寶流浪記
			佳作	林敏惠	愛的旋律
		童話	第一名	簡宛	奇妙的紫貝殼
			第一名	郁斐斐	多出來的一天
			佳作	邱松木	誰偷吃了月亮
			佳作	劉宗銘	我是黑彩龍
		兒童詩歌	第一名	黃雙春	有翅膀的歌聲
			佳作	方素珍	屬於孩子們的歌
			佳作	詹朝立	爸爸是作家嗎？
			佳作	袁則難	快樂時光

第三屆	1977	圖畫故事	佳作	黃麗薇	比比與天空
			佳作	陳玉珠	小葫蘆的夢
		少年小說	第一名	曾妙容	飛向永恆的春天
			第一名	林敏惠	團圞月
			佳作	鄭石棟	老屋
		童話	第一名	張世音	缺嘴魚
			第一名	邱松木	小泥人
			佳作	張水金	不知名的蘆葦花
		兒童詩歌	第一名	陳玉珠	自己編的兒歌
			第一名	程悅君	影子
			第一名	朱邦彥	童年
			第一名	魏桂洲	枯樹
			第一名	梁定澎	春天來了
			第一名	張水金	水蒸氣
			第一名	黃文鶯	貪玩的太陽
			第一名	劉秀玲	稻草人
			第一名	鄭春華	爺爺的手
			第一名	張清榮	夢
			佳作	詹朝立	聽不到的聲音
			佳作	陳武雄	時間
			佳作	黃寶洲	月亮
			佳作	陳雪英	眼睛
			佳作	曾妙容	圓圈圈、樹葉的臉
			佳作	李國躍	鞋子
			佳作	趙淑真	交通警察
			佳作	張曉風	打翻了、雙十節的晚上
			佳作	馮俊明	爸爸
			佳作	林煥彰	樹之五月
			佳作	廖木坤	九重葛
			佳作	王楨文	皮鞋
			佳作	蘇對	雨
			佳作	鄭春華	時間
			佳作	楊御龍	小橋
			佳作	林武憲	滾鐵環

			第一名	許敏雄	小老鼠救獅記
第四屆	1978	圖畫故事	佳作	王純武、王靜芩	蒲公英與百花神
			佳作	雷驤	大池塘
		少年小說	第一名	陳玉珠	玻璃鳥
			佳作	傅林統	風雨同舟
			佳作	柯貴美	希望在明天
		童話	第一名	曾妙容	幻想世界
			第一名	張溪	小螞蟻歷險記
			佳作	謝新福	和龍辦家家
			佳作	衣霏	愚笨的黑猿
		兒童詩歌	第一名	邱雲忠	太陽公公要照相
			第一名	林美娥	等待
			第一名	方素珍	不學寫字有壞處
			第一名	林武憲	鞋、小樹、秋天的信
			第一名	尤增輝	山、靜靜的坐著
			第一名	張澄月	春天
			第一名	夏婉雲	休
			第一名	廖永來	畫春天
			佳作	洪淑惠	玉蜀黍
			佳作	張福原	阿姨，你感冒了嗎？
			佳作	李魁賢	捉鬼遊戲
			佳作	王楨文	足跡
			佳作	黃漢欽	遠足
			佳作	呂誠敏	水窪
			佳作	林煥彰	椰子樹
			佳作	劉明珠	到外婆家
			佳作	郁化清	微笑
			佳作	陳念慈	關不住的愛
			佳作	蔡慶賢	有一天晚上
			佳作	方素珍	妹妹像什麼？
			佳作	徐士欽	雨後
			佳作	林玲	穿紅鞋的人
			佳作	宋瓊娥	風鈴
			佳作	劉正盛	各種船
			佳作	廖木坤	挖土機與貨車
			佳作	李飛鵬	螞蟻
			佳作	蔡秀娟	爸爸的手
			佳作	王良行	希望

第五屆	1979	圖畫故事	第一名	董大山	數字遊戲
			第一名	陳裕堂	我有一隻狐狸狗
			佳作	蔡裕標	數字遊戲
			佳作	曾英棟	數字遊戲
			佳作	李長發	數字遊戲
		少年小說	第一名	曾妙容	小鎮春回
			佳作	黃玉幸	養魚的孩子
		童話	佳作	王令嫻	隱形手
			佳作	駱梵	小繡眼找媽媽
			佳作	張水金	稻浪上的晴空
		兒童詩歌	第一名	何光明	升旗
			第一名	陳玉珠	晾衣服
			第一名	朱邦彥	風和雨
			第一名	吳進得	畫老師
			第一名	馮輝岳	煙囪
			第一名	葉翠蘋	一家人
			第一名	詹益川	遊戲
			第一名	劉正盛	豆藤會寫字
			佳作	林春鶯	公共汽車
			佳作	蘇文湧	字典
			佳作	曾麗清	全世界都在對我微笑

			第一名	蔡裕標 （圖畫故事）	淘氣的鼠弟弟
			第一名	張水金 （兒童詩歌）	臺北一隻雞
			第一名	陳芳美 （兒童詩歌）	太陽公公會騙人
			佳作	林方舟 （少年小說）	嚴冬寒梅
			佳作	張福原 （兒童詩歌）	山的衣服
			佳作	林清泉 （兒童詩歌）	蓮
			佳作	李智勝 （兒童詩歌）	摘星星
			佳作	蔡慶賢 （兒童詩歌）	我的跛腳、上課
			佳作	淩俊嫻 （兒童詩歌）	奶奶的臉
第六屆	1980	創作獎	佳作	朱邦彥 （兒童詩歌）	打棒球
			佳作	朱秀芳 （兒童詩歌）	海浪
			佳作	陳宏銘 （兒童詩歌）	外星人
			佳作	李國躍 （兒童詩歌）	電線桿
			佳作	馮俊明 （兒童詩歌）	滑梯
			佳作	杜榮琛 （兒童詩歌）	比賽
			佳作	邱阿塗 （兒童詩歌）	爸爸的摩托車
			佳作	吳文雄 （兒童詩歌）	打瞌睡
			佳作	吳麗攖 （兒童詩歌）	電話響了

			佳作	劉正盛 （兒童詩歌）	雷公公愛拍照
			佳作	吳光興 （兒童詩歌）	脖子
			入選	謝武彰 （兒童詩歌）	朋友、小狗吉力、乖樓梯、電影演完的時候、小蜻蜓、錄音機、捉迷藏等七首
			入選	劉正盛 （兒童詩歌）	寫字、放風箏、旅行、鏡子、蝴蝶標本、上學了、老師更像母雞了等七首
			入選	方素珍 （兒童詩歌）	不敢認錯、母親節、夢、明天要遠足、數數看等五首
			入選	李國耀 （兒童詩歌）	紙牌、夜、菜圃、磁牌、我家的船等五首
			入選	林美娥 （兒童詩歌）	風箏、爸爸的瑜珈術、賭氣等三首
			入選	徐士欽 （兒童詩歌）	窗外、小流浪者等兩首
			入選	黃清波 （兒童詩歌）	影子
			入選	陳寬和 （漫畫）	愛心、我愛國旗、我的願望
		推薦獎	創作推薦獎	奚松	三個壞東西、桃花源記
			出版推薦獎	中華色研出版社	兒歌創作集
第七屆	1981	創作獎	第一名	陳亞南 （少年小說）	綠色的雲
			佳作	李春霞 （童話）	阿魯的魔術
			佳作	蕭奇元 （兒童劇本）	奇異的種子
			佳作	馮輝岳（兒童詩歌）	兒歌集
		推薦獎		謝武彰（兒童詩歌）	越搬越多
第八屆	1982	少年小說	第一名	陳肇宜	跑道
			第二名	蒙永麗	一家人
			佳作	許細妹	天使的歌聲
			佳作	毛威麟	珊瑚潭畔的夏天
第九屆	1983	童話	第一名	呂紹澄	石城天使
			第二名	林方舟	鯉魚跳龍門
			佳作	許細妹	南藍九號
			佳作	毛威麟	小魔鼓
第十屆	1984	圖畫故事	第一名	廖春美、林傳宗	小河愛唱歌
			佳作	陳玉珠、陳武鎮	青青草原
			佳作	洪志明、張瑟琴	月亮的孩子
		少年小說	第一名	黃炳煌	奇異的航行
			佳作	朱秀芳	歡唱在林野中
			佳作	陳玉珠	百安大廈
		童話	第一名	朱秀芳	齒痕的祕密
			佳作	許細妹	楓珠，請賜給我力量
			佳作	廖雪芳	小溫度計升空記
		兒童詩歌	第一名	方素珍	娃娃的眼睛
			佳作	蔡素珍	現代兒歌創作
			佳作	李國躍	鄉村等二十五首
第十一屆	1985	圖畫故事	第一名	王丁香	龍吐珠
			佳作	廖春美、林傳宗	山喜歡結交好朋友

屆次	年份	類別	獎項	作者	作品
			佳作	陳美玉	春天的故事
		少年小說	第一名	賴西安	電火溪風雲—天鷹翱翔
		童話	佳作	李春霞	快樂的故事
			佳作	呂紹澄	小黑炭和比比
			佳作	陳啟淦	娃娃世界
			佳作	張寧靜	新西遊記
		兒童詩歌	第一名	江怡榮	童言
			佳作	柯焕煌	桌與椅
			佳作	李國躍	家住大海邊
第十二屆	1986	圖畫故事	第一名	林峰奇	神秘怪客
			佳作	蔡良飛、郭淑瑩	變色的羽毛
			佳作	王家珠	夢
		少年小說	第一名	賴西安	順風耳的新香爐
			佳作	朱秀芳	尋寶
			佳作	張文哲	最快樂的歌
		童話	佳作	陳玉珠	魔鏡
			佳作	黃登漢	森林中的老精靈
			佳作	林方舟	小黃鳥和金蘋果
		兒童詩歌	第一名	陳木城	心中的信
			佳作	陳竹華	童詩一卷
			佳作	江怡榮	玩遊戲
			佳作	劉正盛	爸爸的奶嘴
			佳作	馮輝岳	小白鴿
第十三屆	1987	圖畫故事	首獎	何春桃	三隻頑皮貓
			佳作	徐素霞	家裡多了一個人
			佳作	郭淑瑩	噪音病
		少年小說	首獎	賴西安	再見天人菊
			佳作	黃素華	暑假作業
			佳作	陳玉珠	美麗的家園
		童話	首獎	李淑真	冰淇淋小蝸牛
			佳作	林玉敏	小泥團
		兒童詩歌	首獎	蕭秀芳	紫色的美麗
			佳作	黃登漢	兒歌一卷
第十四屆	1988	圖畫故事	首獎	陳妍君	你喜歡畫畫嗎？
			優等獎	林經寰	小狗死了
			優等獎	湯大純	奇奇的這一天
		少年小說	優等獎	駱梵	乘飛碟來的訪客
			優等獎	黃榮光	阿吉傳奇
			優等獎	賴金葉	我們都是這樣長大的
			優等獎	陳月文	神投小童
		童話	首獎	陳啟淦	小郵筒
			優等獎	呂紹澄	燃燒吧！火爐
		兒童詩	首獎	鄭文山	童詩三十
			優等獎	林顯文	小乘客
		兒歌	首獎	馮輝岳	茄子的紫衣裳
			優等獎	張蓓芬	水果兒歌集錦
第十五屆	1989	圖畫故事	優等獎	卓明珠	黑珠珠真奇妙
			優等獎	林正義	波尼幻想曲
		少年小說	優等獎	邱晞傑	智慧鳥
			優等獎	吳俊傑	遠方人
		童話	優等獎	陳月文	依亞族的貴賓
			優等獎	董怡蘭	我是一隻野狗
		兒童詩	首獎	顏惠玲	太陽花
			優等獎	魏桂洲	蟬聲高唱
		兒歌	優等獎	徐士欽	棒棒糖真棒

第十六屆	1990	圖畫故事	優等獎	黃淑英	吃雲的阿皮
			優等獎	張哲銘	月亮的黑衣裳
			評審委員獎	蔡慧如、廖鴻興	下雨的星期天
			評審委員獎	杜采蓉	吃夢的卡卡
			評審委員獎	王竹君	小丑東東的故事
		童話	首獎	蒙永麗	沒辦法先生
			優等獎	凌拂	木棉樹的噴嚏
			優等獎	謝素燕	七色鏡
			優等獎	王玉	花精
		兒童散文	首獎	邱傑	飛在水平線下
			優等獎	凌拂	沒有化過妝的美麗
			優等獎	管家琪	寫字的故事
			優等獎	李松德	掙扎在冬天裡的童年
第十七屆	1991	圖畫故事	優等獎	林正義	風箏遊記
			優等獎	王蘭、張哲銘	阿牛
			優等獎	郭桂玲	小河流經哪
			優等獎	仉桂芳	漁港的小孩
		童話	首獎	張嘉驊	小精靈諾諾
			優等獎	蘇紹連	風吹走的歲月
			優等獎	洪志明	安莉的手和樹的腳
			優等獎	賴曉珍	不能開花的鳳凰木
		童詩	首獎	張嘉驊	你肚子裡有沒有屈原
			優等獎	余金財	山地學童的日記
			優等獎	蘇紹連	媽媽眼中的孩子
			佳作	梁謙成	小蟬兒等
			佳作	陳文和	三隻小豬等
			佳作	魏桂洲	夏天的陽光等
			佳作	夏婉雲	坐在雲端的鵝等
第十八屆	1992	圖畫故事	首獎	王志民、蔡淑惠	魯班與阿奇
			優等獎	林鴻堯	老奶奶的木盒子
			優等獎	王蘭、張哲銘	快樂的小青蛙
		童話	首獎	汪薆芝	愛幻想的克利
			優等獎	缺	風找
			優等獎	缺	最好聽的故事
		兒歌	首獎	陳木城	搗蛋鬼
			優等獎	缺	蝴蝶飛飛
			優等獎	缺	吹牛，登山者的兒歌
			優等獎	缺	可愛的動物

三、洪建全兒童文學創作獎得獎作品之出版列表

書名後附加 * 號者，代表已查到實書核對出版項。

作品名稱	作者 // 繪者	出版社	出版日期	獎別
山裡的日子	林立 // 王庭玫	書評書目出版社	1975.04.04	第一屆少年小說第一名
妹妹在那裏？	劉宗銘 // 劉宗銘	書評書目出版社	1975.04.04	第一屆圖畫故事第一名
奇奇貓	黃錦堂 // 黃錦堂	書評書目出版社	1975.04.04	第一屆圖畫故事第一名
兒童詩集：媽媽的心‧春	黃基博 / 謝武彰 // 趙國宗	書評書目出版社	1975.04.04	第一屆兒童詩歌第一名
兒童詩集佳作選 *	景翔編選	書評書目出版社	1975.04.04	從第一屆兒童詩歌組應徵作品中遴選
黑仔的一天	王令嫻 // 陳永勝	台灣省政府教育廳	1975	第一屆童話佳作
妹妹的紅雨鞋	林煥彰 // 劉宗銘	純文學出版社	1976.12	收錄作者第一屆兒童詩歌佳作「妹妹的紅雨鞋」等
*	林煥彰 // 劉宗銘（Jerry L. Loveland 英譯）	富春文化事業（股）公司	1999	中英對照
有翅膀的歌聲（有翅膀的歌聲、屬於孩子們的歌、五線譜、快樂時光）*	風美村、袁則難、詹朝立、方素珍 // 趙國宗	書評書目出版社	1976.04.04	第二屆兒童詩第一名及佳作共四輯
金寶流浪記 *	尤美松 // 周浩中	書評書目出版社	1976.04.04	第二屆少年小說第一名
蝴蝶飛舞 *	景翔編選 // 趙國宗	書評書目出版社	1976.04.04	從第二屆兒童詩組應徵作品中遴選
鳳凰與竹雞	陳永秀 // 陳永秀	書評書目出版社	1976.04	第二屆圖畫故事第一名
外婆家	文夢霞 // 文夢霞	書評書目出版社	1976.04	第二屆圖畫故事佳作
小布咕種稻記	張清榮 // 陳文龍	書評書目出版社	1976.04	第二屆圖畫故事佳作
多出來的一天	郁斐斐 // 王庭玫	書評書目出版社	1976.04	第二屆童話第一名
奇妙的紫貝殼	簡宛 // 曹俊彥	書評書目出版社	1976.04	第二屆童話第一名
*	簡宛 // 朱美靜	三民書局	2000	
誰偷吃了月亮	邱松年 // 藍國賓	台灣省政府教育廳	1983	第二屆童話佳作
飛向藍天	曾妙容 // 劉宗銘	書評書目出版社	1977	第三屆少年小說第一名
團團月	林敏惠 // 林文義	書評書目出版社	1977	第三屆少年小說第一名
老屋 *	鄭石棟	水牛出版社	1984.03.10	第三屆少年小說佳作
缺嘴魚‧小泥人	張世音 / 邱松木 // 洪義男	書評書目出版社	1977	第三屆童話第一名
自己編的歌兒	陳玉珠等 26 位 // 鄭明進	書評書目出版社	1977	第三屆兒童詩第一名及佳作
快樂的蘆葦花	張水金 // 王定	台灣省政府教育廳	1978	第三屆童話佳作
玻璃鳥	陳玉珠 // 楊震夷	書評書目出版社	1978.04.04	第四屆少年小說第一名
風雨同舟 *	傅林統 // 敖又祥	水牛出版社	1984.03.10	第四屆少年小說佳作

幻想世界	曾妙容 // 胡澤民	書評書目出版社	1978.04.04	第四屆童話第一名
小螞蟻歷險記	張溪 // 楊正忠	書評書目出版社	1978.04.04	第四屆童話第一名
龍愛辦家家酒	謝新福	漢京文化	1979.07	第四屆童話佳作
秋天的信	林武憲等 27 位 // 王存武、王靜苓	書評書目出版社	1978.04.04	第四屆童詩
春天來到嘉和鎮	曾妙容 // 吳昊	書評書目出版社	1979.04.04	第五屆少年小說第一名
隱形手	王令嫻 // 董大山	台灣省政府教育廳	1983	第五屆童話佳作
升旗	何光明等 // 陳崎男等	書評書目出版社	1979.04.04	第五屆兒童詩第一名及佳作
我有一隻狐狸狗	林良 // 陳裕堂	書評書目出版社	1979.04.04	第五屆圖畫故事第一名
數字遊戲	林鍾隆 // 董大山	書評書目出版社	1979.04.04	第五屆圖畫故事第一名
太陽・蝴蝶・花	詹冰 // 張雲蓮	成文出版社	1981.03	收錄第五屆兒童詩第一名「遊戲」
淘氣的鼠弟弟	李雀美 // 蔡裕標	書評書目出版社	1980.04.04	第六屆創作獎第一名圖畫故事
寒梅	林方舟 // 林文義	書評書目出版社	1980.04.04	第六屆創作獎佳作少年小說
明天要遠足 *	方素珍等七位 // 王谷	書評書目出版社	1980.04.04	第六屆創作獎入選兒童詩
少年小說（1）：山裡的日子、到了城裡、金寶流浪記	林立等 // 王庭玫等	書評書目出版社	1982.04.04	洪建全兒童文學獎作品集
少年小說（2）：飛向藍天、團團月、春天來到嘉和鎮	曾妙容等	書評書目出版社	1982.04.04	洪建全兒童文學獎作品集
少年小說（3）：綠色的雲、跑道、天使的歌聲、珊瑚潭畔的夏天	陳亞南等	書評書目出版社	1982.04.04	洪建全兒童文學獎作品集
兒童詩（1）：媽媽的心、春、兒童詩集佳作選、有翅膀的歌聲、蝴蝶飛舞	黃基博等	書評書目出版社	1982.04.04	洪建全兒童文學獎作品集
兒童詩（2）：自己編的歌、秋天的信、升旗、明天要遠足	陳玉珠等	書評書目出版社	1982.04.04	洪建全兒童文學獎作品集
童話（1）：奇妙的紫貝殼、多出來的一天、小泥人、幻想世界	簡宛等	書評書目出版社	1982.04.04	洪建全兒童文學獎作品集
圖畫故事（1）：妹妹在哪裡、奇奇貓、鳳凰與竹雞、外婆家	劉宗銘等	書評書目出版社	1982.04.04	洪建全兒童文學獎作品集
圖畫故事（2）：小布咕種稻記、我有一隻狐狸狗、數字遊戲、淘氣的鼠弟弟	張清榮等	書評書目出版社	1982.04.04	洪建全兒童文學獎作品集

綠色的雲	陳亞南	書評書目出版社	1982.04.04	第七屆創作獎第一名少年小說
阿魯的魔術	李春霞	樹人出版社	1982.04.04	第七屆創作獎佳作童話
跑道	陳肇宜	書評書目出版社	1983	第八屆少年小說第一名
天使的歌聲	許細妹	書評書目出版社	1983	第八屆少年小說佳作
珊瑚潭畔的夏天	毛威麟	書評書目出版社	1983	第八屆少年小說佳作
石城天使 *	呂紹澄 // 龔雲鵬	書評書目出版社	1984.09	第九屆童話第一名
鯉魚跳龍門 *	林方舟 // 周于棟	書評書目出版社	1984.09	第九屆童話第二名
小河愛唱歌 *	廖春美 // 林傳宗	書評書目出版社	1984.09	第十屆圖畫故事第一名
月亮的孩子	洪志明 // 張瑟琴	聯經出版公司	1988.04	第十屆圖畫故事佳作
	洪志明 // 江零	民生報社	1988	
齒痕的秘密 *	朱秀芳 // 劉伯樂	書評書目出版社	1984.09	第十屆童話第一名
奇異的航行 *	黃海 // 蒙傑	書評書目出版社	1984.09	第十屆少年小說第一名
	黃海 // 龔雲鵬	民生報社	1993	
歡唱在林野中 *	朱秀芳 // 劉伯樂	九歌出版社	1988.02.10	第十屆少年小說佳作
百安大廈 *	陳玉珠 // 邱世球	富春文化出版公司	1991.04	第十屆少年小說佳作
娃娃的眼睛 *	方素珍 // 趙國宗	書評書目出版社	1984.09	第十屆兒童詩歌第一名
鄉村	李國躍 // 張哲銘	台灣省政府教育廳	1988.12.20	第十屆兒童詩歌佳作
龍吐珠 *	王丁香 // 王丁香	書評書目出版社	1985.02	第十一屆圖畫故事第一名
山喜歡找朋友	廖春美 // 林傳宗	理科出版社	1987	第十一屆圖畫故事佳作
童言 *	江恰榮 // 劉開	書評書目出版社	1985.02	第十一屆兒童詩歌第一名
	江恰榮	國語日報出版社	1995.1	
天鷹翱翔 *	李潼 // 蔡裕標	書評書目出版社	1986.01	第十一屆少年小說第一名
	李潼	民生報社	2001	
小黑炭和比比 *	呂紹澄 // 陳裕堂	九歌出版社	1990.02.10	第十一屆童話佳作
新西遊記 *	張寧靜 // 陳裕堂	九歌出版社	1987.02.10	第十一屆童話佳作
順風耳的新香爐 *	李潼 // 劉伯樂	書評書目出版社	1986.04	第十二屆少年小說第一名
	李潼 // 曹俊彥	自立晚報	1993	
	李潼	民生報社	2001	
最快樂的歌	張文哲 // 史玉琪	天衛文化	1993	第十二屆少年小說佳作
神秘怪客 *	林峰奇 // 林峰奇	書評書目出版社	1986.03	第十二屆圖畫故事第一名
心中的信 *	陳木城 // 龔雲鵬	書評書目出版社	1986.04	第十二屆兒童詩歌第一名
	陳木城	國語日報出版社	1994	
魔鏡 *	陳玉珠 // 李麗雯	九歌出版社	1992.2.10	第十二屆童話佳作

森林中的老精靈	黃登漢 // 陳瑞成	富春文化出版公司	2000	第十二屆童話佳作
三隻頑皮貓*	何春桃 // 何春桃	書評書目出版社	1987.05	第十三屆圖畫故事第一名
*	何春桃 // 何春桃	國語日報出版社	1994.05	
家裡多了一個人	徐素霞 // 徐素霞	理科出版社	1990.07	第十三屆圖畫故事佳作
紫色的美麗*	蕭秀芳 // 陳裕堂	書評書目出版社	1987.06	第十三屆兒童詩歌第一名
再見天人菊	李潼 // 翁國鈞	書評書目出版社	1987.11	第十三屆少年小說第一名
	李潼 // 何雲姿	自立晚報	1993	
	李潼 // 聞雲野鶴	民生報社	2000	
美麗的家園	陳玉珠 // 龔雲鵬	民生報社	1988	第十三屆少年小說佳作
冰淇淋小蝸牛*	李淑真 // 洪義男	書評書目出版社	1987.06	第十三屆童話第一名
你喜歡畫畫嗎？*	陳妍君 // 陳妍君	書評書目出版社	1988.04	第十四屆圖畫故事首獎
童詩三十*	鄭文山 // 王丁香	書評書目出版社	1988.06	第十四屆兒童詩首獎
小郵筒*	陳啟淦 // 林傳宗	書評書目出版社	1988.06	第十四屆童話首獎
茄子的紫衣裳*	馮輝岳 // 何春桃	書評書目出版社	1988.06	第十四屆兒歌首獎
黑珠珠真奇妙*	卓明珠 // 卓明珠	台灣省政府教育廳	1989.06.20	第十五屆圖畫故事優等獎
智慧鳥*	邱傑	民生報社	1990.10	第十五屆少年小說優等獎
月亮的黑衣裳	張哲銘	愛智圖書公司	1990.06.20	第十六屆圖畫故事優等獎
	王蘭 // 張哲銘（貝文翔英譯）	童書藝術	1998	
木棉樹的噴嚏	凌拂	皇冠	1993	第十六屆童話優等獎
阿牛	王蘭 // 張哲銘	京甫企業公司	1991.09.10	第十七屆圖畫故事優等獎
漁港的小孩	仉桂芳 // 仉桂芳	國語日報	2001	第十七屆圖畫故事優等獎
坐在雲端的鵝	夏婉雲 // 林純純	富春文化出版公司	1992	第十七屆童詩佳作獎
老奶奶的木盒子	林鴻堯 // 林鴻堯	台灣省政府教育廳	1992	第十八屆圖畫故事優等獎
快樂的小青蛙	王蘭 // 張哲銘（貝文翔英譯）	童話藝術	1998	第十八屆圖畫故事優等獎

四、洪建全文教基金會書評書目出版社之兒童文學相關出版品

此表列出的是除了洪建全兒童文學創作獎得獎作品之外的出版品。書名後附加＊號者，代表已查到實書核對出版項。

作品名稱	作者 // 繪者	出版日期	備註
兒童文學論著索引	馬景賢	1975.01.25	
魚就是魚	里奧‧李昂尼原著 / 簡宛譯 // 劉宗銘	1977.10.10	翻譯
牙醫叔叔 *	哈婁‧洛克威爾原著 / 鄧佩瑜譯 // 陳俊哲	1977.10.10	翻譯
信兒在雲端	石井桃子原著 / 林鍾隆譯 / 雷驤	1977	翻譯
簡易棒球手冊：怎麼樣做一個棒球手	約拿‧卡爾柏原著 / 張水金、陳錫恭譯 // 山迪‧柯華		翻譯
天下一家	羅珞珈 // 周浩中	1978	
到了城裡	林立	1982.05.04	
中國智慧的薪傳 *	嶺月等 // 吳昊等	1983.04.04	全套共六冊
360 個朋友 *	馬景賢等	1984.04.04	全套共八冊
一片葉子：生命的故事	巴士卡力原著 / 簡宛	1985	翻譯
不朽的科學家	蔡碧航、許細妹等 // 劉志華	1985.04	天文學、數學、應用科學、物理學、醫學、化學、生物學等
小動物大故事	李婯婯 // 何華仁	1985.11	
醫學童話	洪美惠 // 洪義男、曹俊彥、劉伯樂	1985.10	全集三冊
天南地北：老山羊，我問你	謝蜀芬編 // 林傳宗圖	1986.06	
果真如此	楊平世 // 楊平世	1986	上下兩冊
他們只有一個童年	簡宛	1986.09	
創意童話 *	朱秀芳等 // 何雲姿等（沈清松總策劃）	1987.04.10	全套十冊
兒童科幻系列：			全套三冊
1. 大鼻國歷險記 *	黃海 // 王平	1988.05	
2. 全自動暑假	黃素華 / 郭國書	1988.07	第十三屆少年小說佳作
3. 時空大逃亡 *	伊莉莎白‧勒維原著 / 揚歌譯 // 陳學建	1988.10	翻譯
七個聖誕故事	簡宛	1988	
兒童的語言世界	趙雲	1988.08	
天地漫談：小小科學問答	陳仁仲	1988.03	
現代寓言	洛貝爾 (Arnold Lobel)/ 簡宛譯	1988.03	翻譯
當代作家兒童文學之旅 *	林良等編輯 // 凌明聲	1983.10.10	全套六冊

五、洪建全兒童文學創作獎徵稿辦法沿革

屆數	徵稿類別	評審委員／要求	獎項	注意事項
第一屆		林海音、林良、林鍾隆、琦君、潘人木、華霞菱、華景疆、王蓉子、馬景賢、鄭明進、趙國宗、曹俊彥		不限體裁（科學、文學、趣味的創作均可），不接受已印行、已發表、全部或部分翻譯外國作品者
	圖畫故事	適合低年級及學齡前兒童閱讀，以圖畫為主，配以簡單文字。每冊十七幅以上。可自寫自畫或兩人合作。有文章無插圖者可參加文字部分徵稿。	得獎作品一名三萬元，佳作若干名各五千元。二人合作者，獎金按圖二文一分配。	
	童話	適合中年級兒童閱讀，篇數不拘，每件限五萬字以內。	得獎作品一名三萬元，佳作若干名各五千元。	
	少年小說	適合高年級兒童閱讀，篇數不拘，每件限七萬字以內。	得獎作品一名三萬元，佳作若干名各八千元。	
	兒童詩歌	不限閱讀年級，長短不拘，至少十首。	得獎作品一名三萬元，佳作若干名各五千元。	
第二屆		林良等		不限體裁（科學、文學、趣味的創作均可），不接受已印行、已發表、全部或部分翻譯外國作品、獲第一屆徵稿第一名者之作品。得獎作品出版權歸基金會所有，並得錄製成錄音帶，但付給作者版稅。
	圖畫故事	適合低年級及學齡前兒童閱讀，以圖畫為主，配以簡單文字，彩色或單色均可，廿開本。（不含封面封底）每冊十七幅以上。可自寫自畫或兩人合作。	得獎作品一名三萬元，佳作若干名各五千元。二人合作者，獎金按圖二文一分配。	
	童話	適合中年級兒童閱讀，每件限兩萬字以上。	得獎作品一名三萬元，佳作若干名各五千元。	
	少年小說	適合高年級兒童閱讀，每件限五萬字以上。	得獎作品一名三萬元，佳作若干名各五千元。	
	兒童詩	不限閱讀年級，長短不拘，至少十首。	得獎作品一名三萬元，佳作若干名各五千元。	

		林良等		不限體裁（科學、文學、趣味的創作均可），不接受已印行、已發表、全部或部分翻譯外國作品。獲第一、二屆徵稿第一名者，不得再參加獲獎組別之應徵。得獎作品出版權歸基金會所有，並得錄製成錄音帶。
第三屆	圖畫故事	適合低年級及學齡前兒童閱讀，以圖畫為主，配以簡單文字，彩色或單色均可，（不含封面封底）每冊十七幅以上。可自寫自畫或兩人合作。	得獎作品一名三萬元，佳作若干名各五千元。二人合作者，獎金按圖二文一分配。	
	童話	適合中年級兒童閱讀，每件限五千字以上。	得獎作品一名三萬元，佳作若干名各五千元。	
	少年小說	適合高年級兒童閱讀，每件限五萬字以上。	得獎作品一名三萬元，佳作若干名各八千元。	
	兒童詩	不限閱讀年級，長短不拘，每人十首，不得超出或不足。	得獎作品十首，各得三千元。另取佳作廿首，每首五百元。	
		林良等		不限體裁（科學、文學、趣味的創作均可），不接受已印行、已發表、全部或部分翻譯外國作品。曾獲各組第一名者，間隔一年可再參加獲獎組別之應徵。得獎作品出版權歸基金會所有，並得錄製成錄音帶。
第四屆	圖畫故事	適合低年級及學齡前兒童閱讀，以圖畫為主，主辦單位自備文字故事部分，配圖彩色或單色均可，廿開本。每冊不含封面封底需十七幅以上。	首獎一名，兩萬元。佳作若干名各五千元。	
	童話	適合中年級兒童閱讀，每件限五千字以上。	得獎作品一名三萬元，佳作若干名各五千元。	
	少年小說	適合高年級兒童閱讀，每件限五萬字以上。	得獎作品一名三萬元，佳作若干名各八千元。	
	兒童詩	不限閱讀年級，長短不拘，每人十首，不得超出或不足。	得獎作品十首，各得三千元。另取佳作廿首，每首五百元。	
		林良、趙天儀；胡澤民、趙國宗、潘元石等		
第五屆	圖畫故事			辦法完全同第四屆。
	童話			
	少年小說			
	兒童詩			
		馬景賢等		不接受已印行、已發表、全部或部分翻譯外國作品者之稿件。
第六屆	創作獎	不限題材（科學、文學、趣味的）、不分類別（圖畫故事、童話、戲劇、兒歌、童詩、少年小說、漫畫）等各類作品，自認能匯集成冊可供出版者。	第一名乙名五萬元及獎牌乙座，佳作三名各一萬元及獎狀乙軸。	
	推薦獎	最近兩年出版之兒童讀物，由主辦單位選拔、各兒童或教育、文教出版機構推薦參加評選者。	第一名乙名兩萬元以及獎牌乙座。	

第七屆		馬景賢、林守為、林煥彰、鄭清文、周浩正	
	創作獎	不限題材（科學、文學、趣味的）、不分類別（圖畫故事、童話、戲劇、兒歌、童詩、少年小說、漫畫）等各類作品，自認能匯集成冊可供出版者。童詩以 30-50 首為限。	第一名乙名五萬元及獎牌乙座，佳作三名各一萬元及獎狀乙軸。	不接受已印行、已發表、全部或部分翻譯外國作品者之稿件。膺選創作獎作品，主辦單位有優先取得出版及版權權利。
	推薦獎	最近兩年出版之兒童讀物，由主辦單位選拔、各兒童或教育、文教出版機構推薦參加評選者。	第一名乙名兩萬元以及獎牌乙座。	
第八屆		嶺月等		不接受已印行、已發表、全部或部分翻譯外國作品者之稿件。得獎作品由中央日報社出版。
	少年小說	主題正確、健康明朗、足可反應少年思想生活的題材、適合少年兒童閱讀者。限三萬字以上。	第一名乙名五萬元獎牌乙座，第二名乙名三萬元獎牌乙面，佳作兩名各一萬元獎牌乙面。	
第九屆		嶺月等	（缺）	（缺）
	童話	限兩萬字以上。（缺）		
第十屆	圖畫故事		（缺）	（缺）
	童話		（缺）	
	少年小說		（缺）	
	兒童詩歌		（缺）	
第十一屆	圖畫故事	適合低年級及學齡前兒童閱讀，以圖畫為主，配以簡單文字，彩色或單色均可，廿開本。每冊不含封面封底共十七幅以上。可自寫自畫或兩人合作。	第一名六萬元獎牌乙座，佳作若干名各三萬元獎牌乙面。獎金依圖二文一比例分配。	徵文體裁凡知識、科學、趣味、創作皆歡迎投稿。不接受已印行、已發表、全部或部分翻譯外國作品者之稿件。得獎作品版權歸主辦單位所有，在本會之刊物或出版社發表及出版，不另支稿費及版稅
	童話	適合中年級兒童閱讀，可單篇成冊或多篇成冊，限三至五萬字。	第一名六萬元獎牌乙座，佳作若干名各三萬元獎牌乙面。	
	少年小說	適合高年級兒童閱讀，可單篇成冊或兩至三篇成冊，四至六萬字以內。	第一名十萬元獎牌乙座，佳作若干名各五萬元獎牌乙面。	
	兒童詩歌	不限閱讀年級，可為童詩或兒歌（任選一項參加）長短不拘，廿五首成冊，限成人創作。	第一名（作品三分之二以上入選者）三萬元獎牌乙座，佳作若干名各一萬五千元獎牌乙面。	

第十二屆		林良、馬景賢、林文寶、張水金、陳正治、桂文亞、曹俊彥、董大山、劉開、藍祥雲、黃基博、謝武彰。		經評審委員建議，從本屆起凡得獎作品出版後給予百分之五版稅。
	圖畫故事	（缺）	第一名六萬元。	
	童話	（缺）	第一名六萬元。	
	少年小說	（缺）	第一名十萬元。	
	兒童詩歌	（缺）	第一名三萬元。	
第十三屆		嶺月、鄭雪玫、鄭清文等		同第十一屆。
	圖畫故事			
	童話			
	少年小說			
	兒童詩歌			
第十四屆		鄭清文、曹俊彥等		（缺）
	圖畫故事	（缺）	（缺）	
	童話	（缺）	（缺）	
	少年小說	（缺）	（缺）	
	兒童詩	（缺）	（缺）	
	兒歌	（缺）	（缺）	
第十五屆		林淑玫、李潼、鄭雪玫、桂文亞等		
	圖畫故事	適合低年級及學齡前兒童閱讀，以圖畫為主，配以適合文字，彩色或單色均可，廿開本。每冊不含封面封底卅四頁以內。可自寫自畫或兩人合作。	首獎八萬元獎牌乙座，優等獎四萬元獎牌乙面。	
	童話	適合中年級兒童閱讀，五千字以上。	首獎八萬元獎牌乙座，優等獎四萬元獎牌乙面。	
	少年小說	適合高年級兒童閱讀，一萬字以上。	首獎八萬元獎牌乙座，優等獎四萬元獎牌乙面。	
	兒童詩	不限閱讀年級，長短不拘，三十首成冊，限成人創作。	首獎四萬元獎牌乙座，優等獎兩萬元獎牌乙面。	
	兒歌	不限閱讀年級，長短不拘，三十首成冊，限成人創作。	首獎四萬元，優等獎兩萬元獎牌乙面。	

第十六屆		洪義男、曹俊彥、蘇振明；蘇尚耀、黃炳煌、鄭雪玫；林良、林煥彰、桂文亞		
	圖畫故事	廿開本，跨頁十五幅。兩人合作者以圖二文一分配獎金，獎牌各乙面。	首獎六萬元獎牌乙面，優等兩名各兩萬元獎牌乙面。	作品以未曾發表為限，以有格稿紙謄寫裝訂成冊，並附作者身份證影本和簡歷。需以原稿參選，可同時參加多項，但每項以一件為限。不得抄襲、翻譯、改寫。得獎作品版權歸作者所有，如經主辦單位介紹發表或出版，其稿費、版稅所有權亦同。
	童話	三千至五千字一篇。	首獎三萬元獎牌乙面，優等三名各一萬元獎牌乙面。	
	散文	三千至五千字，篇數不限。	首獎三萬元獎牌乙面，優等三名各一萬元獎牌乙面。	
第十七屆		趙國宗、林海音、劉伯樂；李魁賢、洪中周、徐守濤；邱阿塗、吳英長、傅林統		
	圖畫故事書	版本規格自訂，內頁至少跨頁十五幅，另附封面。	首獎六萬元獎牌乙面，優等兩名各三萬元獎牌乙面。	作品以未曾發表為限，以有格稿紙謄寫裝訂成冊，並附作者簡歷。需以原稿參選，可同時參加多項，但每項以一件為限。不得抄襲、翻譯、改寫。得獎作品版權歸作者所有，如經主辦單位介紹發表或出版，其稿費、版稅所有權亦同。
	童詩	廿首，作品應加編號並附目錄。	設首獎三萬獎牌乙面，優等三名各一萬元獎牌乙面。	
	童話	兩千五百字至五千字。	設首獎三萬元獎牌乙面，優等三名各一萬元獎牌乙面。	

第十八屆		劉宗銘、鄭明進、陳正治；林海音、馬景賢、林武憲；蘇尚耀、桂文亞、洪文瓊		作品以未曾發表為限，以有格稿紙謄寫裝訂成冊，並附作者簡歷。需以原稿參選，可同時參加多項，但每項以一件為限。不得抄襲、翻譯、改寫。得獎作品版權歸作者所有，如經主辦單位介紹發表或出版，其稿費、版稅所有權亦同。
	圖畫故事書	版本規格自訂，內頁至少跨頁十五幅，另附封面設計。可自寫自畫或兩人合作，獎金按圖二文一比例分配。	首獎六萬元獎牌乙面，優等兩名各三萬元獎牌乙面。	
	兒歌	二十首，行數不限。作品應加編號並附目錄。	設首獎三萬獎牌乙面，優等三名各一萬元獎牌乙面。	
	童話	三千至五千字一篇。	設首獎三萬獎牌乙面，優等三名各一萬元獎牌乙面。	

台灣兒童文學的制度面分析：

一項比較的觀點

杜明城

一、前言：學科發展的制度因素

　　終於開始有人質疑兒童文學的學術定位問題了。問題來得有點遲，其實早在兒童文學研究所成立之初，就該有深刻的探討了，而挑在博士班即將成立之前來談，顯然也不是事出偶然[1]。畢竟在碩士班的階段，學科的正當性比較不容易被質疑，而成立博士班就意味著這個學門已經有了充實的內涵，有豐富的研究課題，也有為數可觀的代表性人物。歸納種種論點，不外乎在關切兒童文學本身的學術潛力，究竟其理論化的可能性為何？其實，諸如此類的質疑，對多數新興的學科都在所不免。像社會學成立之初，孔德即為了學科的命名傷透腦筋，原先擬稱之為 Social Physics 因已經被別人先行採用於不同的意義而作罷（Collins & Makowsky, 1998）[2]。人類學則研究的課題涵蓋人類的所有一切，從史前到後現代，因此往往被譏評為「學術的帝國主義」。至於精神分析，

---

[1] 台東師院今年改制為台東大學之後，將成立兒童文學博士班，業經教育部核定，對兒童文學界而言，這是一項激勵，可以成為學校未來學術發展的重點。然這又涉及學術資源的分配。兒童文學研究，究竟能夠走得多深、多遠，也就成為一項值得論述的知識問題。本文係針對這項議題的一個回應。

[2] 請參閱 Randall Collins & Michael Makowsky (1998) The Discovery of Society. (6ed.) New York: Random House

長久以來都被排斥於心理學和醫學的主流之外，Freud 甚至必須發起歐洲的精神分析運動，爭取學術的正當性（Fromm, 1981; Gay, 1988）[3]。

當我們在界定一門學科時，往往意味著這學科有其演化的歷史，有其獨特的方法論，有其特殊的研究範疇，因此它是自成一格，不必依附在其它的學科，而能自成一項領域的。以社會科學中的人類學、心理學和社會學為例，人類學來自於自然歷史（natural history）與考古僻（antiquarianism）的傳統，心理學則源自心靈哲學（philosophy of mind），而社會學則脫胎於政治哲學與社會改良論（social meliorism）的意識形態（Murdock, 1954）[4]。自十九世紀以來，這些學科分別由幾位宗師奠定了知識的基礎，並由其後繼者拓展、豐富了學科的內涵，逐步精練各自的科學方法，因此，它能從哲學獨立出來，有了自己的清晰面貌。這些學科的代表性人物是呼之欲出的，提到人類學，自然就會浮現潘乃德（Benedict）、鮑亞士（Boas）、伊凡·普里查（Evan-Prichard）、李維·史陀（Levi-Strauss）、馬林諾夫斯基（Malinowski）、米德（Margaret Mead）、泰勒（Taylor）等人。至於社會學，則涂爾幹（Durkheim）、高夫曼（Goffman）、馬克思（Marx）、米德（G. H. Mead）、帕森思（Parsons）、韋伯（Weber）是大家公認的大師。而心理學，就有佛洛依德（Freud）、榮格（Jung）、皮亞傑（Piaget）、史金納（Skinner）、

3 請參閱 Erich Fromm 孟祥森 譯 弗洛依德的使命 台北：牧童出版社；Peter Gay (1988) Freud: A Life for Our Time. New York: W. W. Norton
4 請參閱 Randall Collins & Michael Makowsky (1998) The Discovery of Society. (6ed.) New York: Random House

維高斯基（Vygotsky）執其牛耳。再以大家更為熟悉的文學專業來看，我們甚至可以在眾多的理論家裡，區分出純學院派的和作家兼理論家，前者像巴特（Barth）、巴赫金（Batkin）、布魯姆（Bloom）、英迦登（Ingarden）、伊瑟(Iser)、李維斯（Leavis）和薩依德（Said），後者則有卡爾維諾（Calvino）、艾柯（Eco）、艾略特（T. S. Eliot）、佛斯特（Forster）、詹姆斯（James）、昆德拉（Kundera）、納布可夫（Nabokov）、威爾森（Wilson）、吳爾芙（Woolf）[5]。他們是學科的開創者，界定了學術研究的方向，同時在方法上也能推陳出新，讓追隨者得以擴充既有的疆域，開宗立派。

　　學科的形成當然也有其意識形態的基礎，像心理學就強烈的認同自然科學，而人類學的發展與早期歐洲的殖民主義是相輔相成的，至於社會學所探討的題材，則又與資本主義的轉型若合符節。學科的形成也涉及知識的權力關係，它不是與生俱來的，任何具有崇高地位的學科，在其形成之初皆不免受到質疑，連人類學、社會學和精神分析都不例外，是必須經過不斷的辯證過程，最後才能夠取得正當性（legitimacy）。這個步驟極為關鍵，因為有了學術的正當性，才能夠進一步取得制度化（institutionalization）的優勢，進一步掌握學術資源的分配。

---

5 這種簡單的二分法，只是就他們論述的風格，作粗略的比對，學院派的理論家比較強調論述的系統性，而作家談理論有時候是以演講或隨筆的形式出現，但像艾柯(Eco)在大學任教，小說創作的成就與符號學理論的貢獻，可以說平分秋色，這種分類就顯得牽強。又如巴特(Barth)，雖然往往被歸為學院派，但他的理論往往又以隨筆的形式出現。至於任教於哥倫比亞大學的薩依德(Said)雖然是不折不扣的學院中人，對於理論家所創造出的學術用語，又多所批判。

二、制度面分析的意涵

英文 institution 這個字有兩層涵義，一方面是制度，另一方面是機構，事實上制度與機構剛好互為表裡，制度認可機構的存在，而機構又強化制度的功能。制度與機構相生相成，影響了知識活動的走向。十九、二十世紀之交，包括經濟學、社會學、心理學、人類學等學術領域，都是經歷長久的努力，最後才在大學取得一席之地，而以學系的形式存在，藉由這種制度化的推波助瀾，不斷地界定學科的走向，造就成一個堅實的學術專業團體[6]（Ben-David,1984; Collins, 1994）。

學術制度本身會自然的產生階層化的效果，這可以分兩方面來談，首先，就一個學科本身而言，它在知識界的相對位階如何？它是否在學術上已經取得可觀的成就？舉足輕重的大學是否把它當作知識核心的科系？其次則是就該學科在一個機構而言，其相對地位為何。換句話說，在眾多相互競爭的科系中，它是否能脫穎而出，被學院策略性地選定為發展的重點。另一方面，制度裡頭的成員，不管是學者、作家、研究生、出版商，或者是教育工作人員，任何一個環節，都會影響到這門學科的性格，本文所謂制度面分析，就從這些環節談起。

三、兒童文學的制度面比較

---

6 請參閱 Erich Fromm 孟祥森 譯 弗洛依德的使命 台北：牧童出版社；Peter Gay (1988) Freud: A Life for Our Time. New York: W. W. Norton

　　台灣廣義的兒童文學工作者，可以大致分為三類：其一是大學的語言學系，特別是師範學院的語文教育系的教授；其二則是兒童刊物的編輯，以及各兒童圖書出版社的負責人，他們也往往身兼作者；其三則是小學老師，他們通常都受過師範學院兒童文學課程的洗禮，是兒童讀物基本的消費者也是兒童讀物的生產者。其它為數不多的自由作家，若仔細查閱其履歷，也大多是中小學老師出身[7]。兒童文學工作者同質性如此高，相對地在他們的作品中，就充分的反映出來，創作的取財往往就不脫學童生活經驗，校園故事內容則往往沾染著濃厚的教育色彩，以致兒童讀物與兒童文學常常被混為一談。從制度面的運作來看，兒童文學在早期的師專，就已經被認定是語文教育不可或缺的一環，師專改制為師範學院之後，這門學科甚至成為各校的共同必修課，因此各師院就必須具備足夠的師資，才能滿足課程的需要。不過語文教育系的教授，通常都是中文系出身，他們一般都較擅長於文言文、聲韻學、文字學或者是古詩詞之類的，兒童文學可以說是他們因應制度需要的衍生物。因此，在大部分的師範學院裡，兒童文學儘管有一席之地，卻很難被視為主流，彷彿掛上兒童兩個字就未免有點小兒科，不足以和其它的文學平起平坐。不過就師院生未來的工作而言，

---

7 George Murdock(1954) 'Sociology and Anthropology' in John Gillin (ed.) For Science of Social Man. MacMillan, New York (pp.15-31) Gillin 主編的這一本文集邀集各領域的社會科學家，探討學門與學門之間的關係，對學門的過度分化提出批判，強烈主張科際整合。Murdock 這一篇論文認為社會學與人類學在形成的階段，刻意與心理學劃清界線，雖是不得不然，但求異而不存同的結果，造成彼此無法汲取對方學術的成果。

兒童文學卻又是具有高度應用價值的，他們就很自然的因利乘便成為和這塊園地關係最為密切的群體。他們是兒童文學最主要的生產者、消費者和傳播者，由師院經由出版社再到教師的這個簡單流程，相當程度的界定了兒童文學作品的面貌。

　　台東師範學院能成立國內第一所兒童文學碩士班，有其主客觀條件。前者涉及師資的數量、領導人的偏向，以及對這門學科進取的態度。後者則是社會對兒童文學的普遍需求，使參與者的人數水漲船高，研究所的成立就變成水到渠成的事了。其實從知識位階的觀點來考量，兒童文學研究所設在師範學院，就學科的發展考量，並不是最有利的出路。因為師範學院在整個知識社群中處於邊陲的地位，加上師院本身的非理論化色彩，使它無法躋身於純學術之林。而台東師院又處於台灣學術界的邊陲。弔詭的是，唯其具備這種多重的邊陲性，始能造就出它的獨特地位。相對的，中國兒童文學專長最發達的學校，也不在北大、清華、浙大或者是北師大，而是在未列名國家重點大學的浙江師大，該校位於金華，不是省會也不是商業都市，同樣帶有一點邊垂性，主其事者的用心，使其突顯為學校發展之特色[8]，此與台東師院有相當程度的類似。

　　文學做為一種消費品，或者更精確的說，兒童文學做為一種文化工業的產物，其學術發展當然無法自外於市場的機制，英語世界與兒童文學有關的學術遠較其它地區發達，當然與這

---

8 蔣風於 1984 年起，擔任浙江師範大學校長，致力推動兒童文學學術。吳其南、王泉根、湯銳以及目前任教於該校的方衛平、韋葦、黃雲生、周曉波等人，皆其門生故舊，師資陣容最為整齊。

些國家龐大的童書發行量息息相關。學校與社區圖書館是這些作品固定和持久的消費者，英語又是最沒有國界的語言，廣大的市場需求，使專業創作成為可能。而書籍的選擇，必須建立在健全的書評制度之上，形形色色的童書獎，樹立了一些創作的標竿，長此以往，學術研究就不愁缺乏足夠的課題，可以說在英語的兒童文學界，作品的生產、消費與流通，每一個環節，都能緊緊相扣。反觀在華文世界，儘管有潛在的龐大消費群，但制度中的各個環節，似乎都是脫鉤的，社區圖書館未能形成書籍流通的樞紐，而書評與研究並沒有和出版品形成那麼緊密的呼應關係，作家充其量只能算是一項副業，理論的需求也就顯得並不迫切。

　　前面提到知識位階的問題，其實在西方國家，兒童文學的處境，與台灣頗為類似。在台灣，大學的中文系，一般是不開設兒童文學課程的，即使是外文系，也都只是偶有所聞，聊備一格而已。國科會的學術分類表中，它被歸到「其它」一欄，身分顯得相當曖昧。在中國，兒童文學的課程一般都開設在師範大學的中文系，而中文系的組織極為龐大，兒童文學通常是現當代文學組的一部分，師資極為有限。不過中國的大學中文系知識分工極為細膩[9]，研究生其實可以在相關的學科分組獲得較好的理論訓練。台東師院的兒童文學研究所和中國的類同之處，在於彼此都和教育有密切的關聯，幾所具有代表性的學

---

9 以北京師大為例中文系研究所就細分為九項專長分組，分別為文藝學、民俗學、新聞學、中國現當代文學、語言學與應用語言學、漢語言文字學、中國古典文獻學、中國古代文學和比較文學與世界文學。

校，都是師範大學，兒童文學在中文系，向來都不居於主流地
位，兩者最主要的差別在於，中國兒童文學的研究生導師，幾
乎清一色是中文系出身，學科的取向一目了然，而台東師院兒
文所的師資則除了中文系出身者外，有學哲學的、有攻社會學
的、有主修新聞的、也有讀大眾文化的，他們從各自的知識背
景，以兒童文學為幅輳，各自表述，研究生亦然，台東師院的
研究生固然讀中文、外文、教育者稍多，但來自森林系、海洋
系、美術系、經濟系、歷史系、社會學系、圖書館系者，比比
皆是，前者自有專精的好處，後者則貴在多元。這種制度面所
造成的差異，包括教師的晉用，入學資格的規定，乃至於學制
的因素，影響是可以預見的。研究生與教師的知識背景，指涉
了課程發展的方向，同時也決定了論文研究的取材。

　　在美國，兒童文學的課程通常設置在教育學院的課程與教
學系中，像 Simmons College 那樣自成一套研究所課程的學校，
極為罕見。英文系雖然也提供相關的學科，但通常也只是無足
輕重的選修課，英文系與教育學院儘管講授的課程名稱相似，
但選用的作品卻有不同的偏向，前者強調所謂的文學性，後者
則側重其啟蒙的作用。學術地位崇高的大學，儘管校園裡有龐
大的兒童文學收藏，但像 Ohio State University 或者是 University of
Minnesota 這種具有兒童文學聲望的並不多見。未曾聽說有任何
著名的兒童文學理論家在像 University of California 系統這種學術
重鎮任教，反而在沒有顯著聲望的 San Diego State University 或
是 California State University at Fresno 有一席之地。在英國以兒童

文學聞名的大學是 University of Reading 或 University of Surrey 而不是 Cambridge 或 Oxford University。同樣地，在加拿大或是澳洲，兒童文學的大本營也不是在 University of Toronto 或是 Australia National University，而是在 University of Winnipeg，或者是 Macquarie University。這些具備兒童文學聲望的大學，往往也只是有一兩位傑出的學者，像 Winnipeg 的 Nodelman 或 South Wales 的 Hunt，沒有一群志氣相投的同事來形成目標一致的知識社群，自然也就無由宣稱那是學校的主要學術指標。主要的英文兒童文學期刊編輯群也通常來自於非主流的大學，其中有一部分是來自早期師範學院改制的大學。在英語世界的學術機構裡，文學的學術分工是那麼的判然分明，各有各的區塊，頂尖的學府從事「純」理論研究，他們擔任的是上游的學術工作，而應用性的學科則由「次一等的」大學來擔綱。

四、學術制度與出版

然而，從學術出版的現象來看，兒童文學在一流大學的心目中，並非無足輕重，譬如像學術聲望最崇高的兒童文學期刊 Children's Literature，是由 Yale University Press 出版的。其它主要的大學出版社，像 Chicago、Harvard、Princeton、和 Oxford 在兒童文學理論書籍的出版都大有可觀，迭有佳構。1985 年以來 Children's Literature Association 設於 Purdue University 時邀請 Perry Nodelman 主編了一套試金石系列（Touchstones），集各家之說，

分別論列西方青少年兒童小說、童話、寓言、神話、詩歌以及
圖畫書的代表作，可視為西方學術界對兒童文學創作成就的初
步總結 [10]。Oxford University Press 和 Routledge Press 近些年來，發
行了數部兒童文學類的百科全書 [11]，從這些學術出版的現象觀
察，兒童文學的理論知識，不斷的在迅速擴增，論述的版圖，
也在持續加大，頗有一番山雨欲來的氣象。這意味著兒童文學
做為一門具有豐富內涵的學科，已經儼然成形。預示兒童文學
終將不再附庸於教育，也與成人文學形成相對的自主，擁有自
己的學術天地。

五、當代兒童文學理論發展的趨向

細考西方兒童文學作品論述的急遽變化，也不過是近二十
年間的事。西方自十七世紀以來，始有童年的概念，而長久以
來，兒童讀物的生產莫不與教養有關，無法想像兒童文學可以
擺脫教育的思考而單獨存在。其後，兒童文學作品則擴大考量
作品主題的社會功能性，兒童往往被自動的摒除在某些讀物之

---

10 這種簡單的二分法，只是就他們論述的風格，作粗略的比對，學院派的理論家比
　較強調論述的系統性，而作家談理論有時候是以演講或隨筆的形式出現，但像艾柯
　(Eco) 在大學任教，小說創作的成就與符號學理論的貢獻，可以說平分秋色，這種分
　類就顯得牽強。又如巴特 (Barth)，雖然往往被歸為學院派，但他的理論往往又以隨
　筆的形式出現。至於任教於哥倫比亞大學的薩依德 (Said) 雖然是不折不扣的學院中
　人，對於理論家所創造出的學術用語，又多所批判。
11 Randall Collins (1994) Four Sociological Traditions. (2ed.) New York: Oxford University
　Press (pp.3-46)Collins 在這本書的緒論中探討史學、經濟學、政治學、人類學、心理
　學等社會科學如何在高等教育體系取得一席之地的過程。而 Joseph Ben-David(1984)
　The Scientist' s Role in Society. Chicago: University of Chicago Press 一書則論述，歐美
　大學的形成與發展如何造成學術的專業化。

外。Nikolajeva（1996） 認為在 1980 年代以後，兒童文學作品才呈現眾聲喧嘩（Polyphone）的局面。各種文類皆能呈現遠較過去複雜的敘述模式，以及深刻的心理學洞見。藝術的手法更為精巧，語言豐富，構思與表達的手法層出不窮，不再以既有的文類畫地自限[12]。Nikolajeva 因此認為兒童文學已逐漸可以和成人文學等量齊觀了，乃樂觀而略帶保留的宣稱，兒童文學業已成年了。台灣的兒童文學創作，目前還沒有呈現類似的局面，儘管如此，大量的外國作品翻譯，卻大大的改變了童書出版的風貌，勢必對本地作家的創作產生巨大的衝擊。這種「文化的入侵」促成讀者對於本土創作之內容與形式的不滿，自然也帶動改良的契機。晚近的文化趨勢，帶來眾多兒童化的成人，所以童書的消費者，不再侷限於兒童，品質與需求相互拉抬，應該也是可以預見的。此外，兒童文學作品的主題日趨多樣之後，從不同觀點進行詮釋的可能自然也就大為擴充。

二十世紀後期文學理論的昌盛，對於兒童文學的研究也起推波助瀾的效用，與十九世紀崛起的學科大異其趣的是，後者為了尋求學科的獨立自主，必須在開疆闢地之後與鄰近的學科劃清界線，而前者正好相反，她必須與各種理論取向結盟，在學科的融合中尋求新的觀點。Culler（2000）認為理論即是理論，沒有所謂的文學理論[13]。他的意思是說文學研究者不能自外於其它領域的思想，譬如你不能對史學家傅柯（Foucault）或是心

---

12 請參閱 Maria Nikolajeva (1996) Children's Literature Comes of Age: Toward a New Aesthetic. New York: Garland Publishing, Inc. pp.2-11
13 請參閱 Jonathan Culler (2000) Literary Theory: A Very Short Introduction. New York: Oxford University Press

理學家榮格（Jung）、拉岡（Lacan）的作品視而不見，至於讀社會學的也不能對文學家薩依德（Said）、威廉斯（Williams）置若罔聞，因為過去幾十年來，人文、社會與自然學科理論的互通有無，早已蔚為風潮，越能與眾多學術思想結合的學科，似乎就越具備知識擴充的條件。徵諸 1990 年來兒童文學理論的百家齊放，我們有理由相信，兒童文學不但具備理論化的條件，而且可以走得既深又遠。

　　兒童文學理論化的嘗試不始於今，早在 1976 年 Bettleheim 就大量採用佛洛依德精神分析的觀點闡釋童話對兒童心理發展的意義，Bettleheim 的學說雖然飽受批評，但影響深遠，揭示兒童文學理論化的可能性 [14]。八０年代的兒童文學批評，大抵較不成系統，像 Nodelman 主編的 Touchstones 系列雖然全面地涵蓋了重要著作的評析，但作者大多沒有特別採用某種特定的理論觀點。1990 年代以後，兒童文學的理論書籍則呈現出完整的體系，有的作者強調各種文學批評取向在兒童文學的應用 [15]（Hunt, 1991; May, 1995; McGillis, 1996; Stephens, 1992），有的則著重分析各種理論流變的軌跡 [16]（Beckett, 1997），也有的直接擷取某種批評觀點，探討兒童文學的創作或改編，

14 請參閱 Bruno Bettleheim (1976) The Uses of Enchantment. New York: Vintage
15 請 參 閱 Peter Hunt (1992) Criticism, Theory, &, Children's Literature. Oxford, UK: Blackwell；Jill P. May (1995) Children's Literature and Critical Theory: Reading and Writing for Understanding；Roderick McGillis (1996) The Nimble Reader: Literary Theory and Children's Literature. New York: Twayne Publishers；John Stephens (1992) Language and Ideology in Children's Fiction. London: Longman
16 請 參 閱 Sandra L. Beckett (1997) Reflections of Change: Children's Literature Since 1945. Westport, Connecticut: Greenwood Press

如 Walker（1996）的《醜女與野獸》[17] 係採取女性主義論述，
Nikolajeva（1996）大量應用 Batkin 的學說，而 Zipes （1997）的
Happily Ever After[18] 則從法蘭克福學派的批判理論傳統評析兒
童文學如何變成文化工業。Hunt（1999）輯錄了 *International
Companion Encyclopedia of Children's Literature* 裡的理論性
文章，濃縮為一本 *Understanding Children's Literature*[19] 可
以算是對二十世紀兒童文學理論化嘗試的一個總結。Hunt 使
用 Understanding 一字，似乎意味著兒童文學的理解必須透過理
論的途徑。上述兒童文學理論家的著作，可以說只是對於當代
理論發展的整理與應用，所謂一家之言，仍言之過早，但是這
些成果已經充分的顯示出兒童文學已與主流的學說接軌，如果
說理論是對作品要素的歸納，而理論又可以對作品起指導的作
用，則當代兒童文學理論的發展已經具備了很好的起點。

六、影像文化與兒童文學研究的互動

　　影像文化的來臨，使兒童文學的發展增加一個廣大的面
向。二十世紀上半葉之前的文學所指涉的主要是與文字有關的

---

17 請參閱 林文寶 編 (2001) 兒童文學工作者訪問稿 台北：萬卷樓 以及 邱各容 (2002)
　　播種希望的人們：台灣兒童文學工作者群像 台北：富春文化事業（股）公司
18 Oxford University Press 分別於 1984 年和 2000 年出版了 The Oxford Companion
　　to Children's Literature (Humphrey Carpenter & Mara Prichard eds.) 和 The Oxford
　　Companion to Fairy Tales (Jack Zipes ed.) Routledge Press 則於 1996 年出版了規模取材
　　更龐大的 International Encyclopedia of Children's Literature (Peter Hunt ed.) 其中收錄
　　以兒童文學主題相關的論文九十餘篇，目前正籌畫再版中。
19 請參閱 Maria Nikolajeva (1996) Children's Literature Comes of Age: Toward a New
　　Aesthetic. New York: Garland Publishing, Inc. pp.2-11

作品，文字的閱讀促使讀者進行抽象的線性思考，影像時代的文學思考必須納入各種電子媒介所造成的閱讀差異。當代的兒童文化，早已浸染在聲光之中，當童話改編成電影，它所傳達的訊息是不是已經遭到充分的扭曲？兒童小說改編成電腦遊戲，是不是還能具有文學性？又如以視覺媒體為前導，是否可能激發兒童的文字閱讀？兒童文學作品以影像呈現，是不是更容易造成性別與種族的偏見？或者更廣義的說，傳統以文字為主的兒童文學，和新崛起的影像文化，究竟是相生相成的，還是互相牴觸的。新的時代帶來新的課題，這些都是未來兒童文學理論必須深究的區塊。從制度面來考量，這是兒童文學必須迫切加強的機制，不能再自囿於固有的文字美學，而應該在某種程度上，與影像文化合流，成為研究課程的一部分。

七、代結語

　　理論的探討，未必要造成今是昨非的結論，以上的討論，卻不免予讀者這樣的印象。本文開始時談到一項可敬的知識領域，往往必須要有眾多的代表性人物，而我們提到的若干理論家其實只是詮釋者，他們未必會成為我們將來研究的對象。但是兒童文學具有深化的條件，其實還有一項經常被忽略的要素，筆者認為，文學大師的鉅著仍然是有待進一步開採的寶礦。西方的作家自荷馬以來，就有許多老少咸宜的作品，可惜童年與成人的劃分，造成文學的人為切割，從柏拉圖以降，兒

童的文學早就受到思想的鉗制。將兒童視為同質性的群體，忽略了他們各取所需的可能，後現代社會的來臨，正好可以使這些受到禁制的經典重現生機。中國的經典像《水滸傳》、《紅樓夢》、《三國演義》甚至是《西廂記》、《拍案驚奇》如果兒童能樂在其中，誰曰不宜呢？跨界作家（cross - writer）中不乏大師級的人物，舉其大者，像布萊克（Blake）、波赫士（Borges）卡爾維諾（Calvino）、狄更斯（Dickens）、赫塞（Hesse）、吉卜林（Kipling）、辛格（Singer）、史蒂文生（Stevenson）、泰戈爾（Tagore）、托爾斯泰（Tolstoy）、馬克吐溫（Mark Twin）、王爾德（Wilde），他們的著作都有重新檢驗、研究和推廣的價值。兒童文學的理論化，正可以這些非典型的大作家為重要的憑藉。本文以此做結，期許對兒童文學的研究不但要密切注意文化的潮流，也要秉持文學史的深度，以兒童文學的至高典範為師。

台灣兒童文學史的書寫與建構

趙天儀

一、世界兒童文學史的導引

　　彼得・韓特（Peter Hant）所主編的《兒童文學：插以圖解的歷史》（*Children's Literature: History An Illustrated*）一書在1995年由牛津大學出版，共計378頁，圖畫超過240幀。日譯本由さくまゆみ、福本友美子、こだまともこ（作間由美子、福本友美子、小玉知子）三位翻譯，稱為《子どもの本の歷史》（兒童的書的歷史）。日譯本由芳賀啟為發行者，柏書房株式會社發行。共計479頁。

　　這本書的內容目次如下：

1. The beginnings of Children's Reading to c.1700

　　兒童的讀書的開始（～1700頃）

2. Pubilshing for Children（1700～1780）

　　為孩子們出版（1700～1780）

3. Morality and levity（1780～1820）

　　從教訓物語到歡樂的閱讀（1780～1820）

4. The Beginnings of Victorianism（C.1820～1850）

　　維多利亞時代的開始（1820～1850）

5. Children's literature in America from the Puritan Beginning's（～1870）

阿美利加兒童文學的黎明期（清教徒的移植～ 1870）

6. The Emergence of Form（1850 ～ 1890）

兒童文學的多樣化「英吉利」（1850 ～ 1890）

7. Transitions（1890 ～ 1914）

兒童觀與表現的變化「英吉利」（1890 ～ 1914）

8. Retreatism and Advance（1914 ～ 1945）

英吉利的現實退避傾向與世界大戰（1914 ～ 1945）

9. Children's literature in America（1870 ～ 1945）

朝向黃金時期的阿美利加兒童文學（1870 ～ 1945）

10. Internationalism, Fantasy, and Realism（1945 ～ 1970）

國際化、幻想文學與現實主義文學（1945 ～ 1970）

11. Contemporary Children's Literature（1970 ～現在）

當代（現代）的兒童文學（1970 ～現在）

12. Colonial and Post-Colonial Children's hiterature

澳洲、加拿大、紐西蘭的兒童文學

　　顯然地，從這本書的目次看來，這是以英語系為主的一部
英美兒童文學史。並未包括所有的拉丁語系、日耳曼語系、以
及斯拉夫語系。更不包括東方兒童文學，即伊斯蘭、印度、日
本、高麗、中國及香港、台灣等不同語系的東方文學史。以亞
洲兒童文學史來說，日本兒童文學史、韓國兒童文學史、中國
兒童文學史等等，都已有開拓性的兒童文學史書寫出版了。因
此，台灣兒童文學史的書寫與建構，便值得我們來省思。

二、台灣史的背景與關聯

　　史明的《台灣四百年史》（有日文本及中文本）所說的台灣史有四百年，是一種漢族中心主義的說法。台灣的原住民包括平埔族與高山族，都早於四百年。所謂的台灣史四百年，包括荷蘭（1624）、西班牙（1626）、鄭成功時期（1662）、清代（1683）、日治（1895）、國府（1945）及現在民進黨執政時期（2000）。這種以朝代變遷為主的歷史背景，是一種政治史的書寫方法。因此，台灣史的書寫，多半分為荷西時期、鄭氏王朝時期、清代時期、日治時期、國府時期以及民主時期。

　　加拿大的文學批評家弗萊（Norhrop Frye）著《現代百年》（*The Modern Century*），弗萊的演講是為了紀念加拿大獨立一百年，並且作為紀念他的《加拿大文學史：加拿大的英語文學》（*Literary History of Canada: Canada Literature and English 1965*）。這現代百年，正是世界史百年的現代化的過程。

　　台灣史的現代百年，似乎可以包括日治時期的五十年以及戰後國府時期至今的六十年。台灣現今有許多小學紛紛在慶祝創校一百年的紀念，也就是台灣史的現代百年，台灣開始現代化，台灣兒童開始接受現代化的教育。鄭氏王朝時期，清代時期、台灣的傳統教育，便是以傳統漢文化為中心的教育。日治時期到戰後國府時期至今的六十年，台灣的現代教育，便是以

世界文化為中心的教育的開始。

　　台灣兒童教育，從以漢文化為中心的啟蒙讀物到以世界文化為中心的兒童讀物，也許台灣的兒童文學便開始孕育、開始萌芽。因此，漢語讀物、日語讀物、英語讀物、甚至其他語言的讀物，便在台灣出版、流通。如果說台灣有所謂的台灣兒童文學及台灣兒童文學史，便是在這種流通的過程中，一點一滴地形成的。

三、台灣文學的版圖與台灣兒童文學的位置

　　台灣現代百年，如果從 1895 年日治時期開始，台灣也從移民社會，走入殖民社會。台灣社會一方面具有移民社會的性格，另一方面也具有殖民社會的性格。甲午日清戰爭，馬關條約，割讓台灣，使台灣淪為日本殖民地，成為亞細亞的孤兒。日本統治台灣，當然有其高壓政策，也有其懷柔政策。不過，台灣也在現代化過程中，與世界同步發展。台灣新文化運動是在日本統治台灣後半段逐漸形成的，因此，大約在 1920 年，所謂二〇年代，台灣新文學運動才逐漸地展開。在台灣新文學運動中，民間文學、原住民神話、傳說及歌謠、中國傳統文學中的啟蒙讀物，以及日本、西方兒童文學的逐漸輸入，因此，才有日治時期的台灣兒童文學。

　　日本尾崎秀樹著《舊殖民地文學的研究》便包括大東亞文學、滿州文學、台灣文學的歷史性的回顧與探討。這是日本較

早的有關台灣日治時期的新文學史的書寫與研究。

台灣文學大約可以包括：

1. 台灣原住民文學：從神話、傳說及歌謠到現代文學。

2. 台灣傳統漢文學：漢詩及遊記文學等。

3. 台灣日治時期新文學：台灣日治時期二〇、三〇、四〇年代台灣新文學的發展。

4. 台灣戰後現代文學：包括國府時期與民主時期的現代文學，即五〇年代、六〇年代、七〇年代、八〇年代、九〇年代直到現今。

5. 台灣戲劇文學：包括台灣傳統戲劇、現代戲劇及兒童戲劇。

6. 台灣兒童暨青少年文學：包括台灣幼兒文學、兒童文學、少年文學以及青少年文學。

顯然地，在這六大領域中，都有兒童文學的成份在其中萌芽茁壯。兒童文學在台灣，從政治史來看，大概可以分為日治時期台灣兒童文學以及戰後時期台灣兒童文學兩大時期。

四、台灣兒童文學史的書寫

台灣文學史的書寫，在戰後國府的時期，原是一種禁忌，自從反對運動崛起，才逐漸地打破了這個禁忌。一九七七年，陳少廷的《台灣新文學運動簡史》出版，算是一個突破。葉石濤的《台灣文學史綱》奠定了台灣文學史書寫的基本規模，成

為一種大學教本用書。彭瑞金的《台灣新文學運動 40 年》，
把戰後現代文學史繼續發展。因此，台灣兒童文學史的書寫，
便成為目前研究與教學上更迫切需要的一環。

　　我把台灣兒童文學史的書寫與建構，分成下列四種可能的
類型：

　　1. 當作兒童讀物史的台灣兒童文學史。

　　2. 當作兒童文化史的台灣兒童文學史。

　　3. 當作兒童文藝史的台灣兒童文學史。

　　4. 當作兒童精神史的台灣兒童文學史。

　　因此，我們把下列的幾本書稍稍地歸納分類：

　　1. 洪文瓊著《台灣兒童文學史——出版觀點的解析——
一九四五～一九九三》洪文瓊一口氣出版了三部書，事實上，
都是兒童讀物史。

　　2. 游珮芸著《日本統治下の台灣兒童文化》（日本統治時
期台灣的兒童文化），這一部著作，本人尚未見過，但是，相
信是一種兒童文化史的台灣文學史的書寫。

　　3. 林文茜撰《日據時期的台灣兒童文學發展研究》，這是
一篇學位論文。介於兒童讀物史與兒童文化史之間的作品。

　　4. 黃秋芳著《兒童文學的遊戲性—台灣兒童文學初旅》，
這是從她在台東大學兒童文學碩士論文《從遊戲性探討台灣兒
童文學的建構與演現》改寫而成。雖然她不全然是台灣兒童文
學史的書寫，卻略具兒童精神史的建構，值得一提。

　　5. 邱各容著《台灣兒童文學史》，邱各容從《兒童文學史

料初稿 1945 ～ 1989》、《播種希望的人們——台灣兒童文學工作者群像》及《兒童文學史料工作路迢迢》，已經證明了他是台灣兒童文學史料專家。因此，他的《台灣兒童文學史》是奠定在他那些豐富的史料上，具有兒童讀物史、兒童文化史與兒童文藝史的綜合性的整理。

其他各種台灣各地區的兒童文學史，或不同文類的兒童文學史，不再詳述。請參閱林文茜＜台灣兒童文學發展史的研究現況與課題＞一文及其附錄＜台灣兒童文學發展史的相關研究資料＞。

五、台灣兒童文學史的建構

中國現代文學批評家劉再復於唐小兵主編的《再讀解：大眾文藝與意識型態》一書中，發表了《序言：「重寫」歷史的神話與現實》，收集在他《放逐諸神》一書中，並加上一篇＜文學史悖論＞，討論文學史的意義，並在另寫文學史上加以討論。

台灣兒童文學史近來也有重寫台灣文學史的呼聲。在文學理論、文學批評與文學史之間，我們也需要來加以思考與反省。我們有三個問題或面相值得檢討。

1.兒童文學批評的弱勢：因為缺乏有批評性的銳利的批評，兒童文學批評居於弱勢，當代的兒童文學作品，幾乎沒有經過兒童文學批評的考驗，就自居經典作品的地位。

2. 兒童文學研究的跳級：在學院中，有關台灣兒童文學碩士論文、博士紛紛大量出籠的時候，沒有研究價值，缺乏兒童文學史的地位，或欠缺兒童文學價值的論文題目，也不乏有人問津，現在應該是有所節制的時候了。

3. 兒童文學外來思潮的氾濫：二十世紀是文學批評理論、文學思潮昂揚的時候，因此，理論先行，往往理論掌控了一切。台灣兒童文學研究也往往變成不務正業。

台灣兒童文學史的建構，面對這樣的情勢，我們如何來導正，並且如何來提昇我們研究水準？台灣兒童文學史的建構，便是一種典範的追求了。我們盼望，台灣兒童文學史的探討，史料更充實，閱讀更深刻，評論更有見地，這樣，也許離我們台灣兒童文學史的建構，越來越接近了。

因此，台灣兒童文學史的書寫與建構，只是一種開端，如何充實其內容，如何掌握更豐富的史料，如何把握更堅強的理論基礎，便值得我們大家來共同努力。

六、結語：台灣兒童文學史的研究方向

台灣兒童文學史的研究，在第二次世界大戰以後，日本軍國主義倒下，西方法西斯體制也倒了，連蘇維埃共產體制也崩潰了。民主主義的兒童文學應走出一條康莊的大道來。台灣兒童文學研究的方向與途徑，在這歷史的關鍵時刻，應有更謹慎的選擇。

　　台灣兒童文學史的書寫與建構，在本土化、現代化與國際化三方面來加以思考，並加以發展。

　　1.本土化：建立台灣兒童文學史研究的本土化，進而建立主體性的方向。

　　2.現代化：建立台灣兒童文學史研究的現代化，我們不但要建設台灣兒童文學，而且也要建設台灣現代兒童文學。

　　3.國際化：建立台灣兒童文學史研究的國際化，在世界全球化的過程中，台灣兒童文學的研究也將有國際性的經驗。在亞洲，與亞洲兒童文學交流。在世界，與世界兒童文學交流。台灣兒童文學史與世界兒童文學史的研究，綜合與合作，將是一個可行的方向。

　　因此，台灣兒童文學史的書寫與建構，應包括：

　　1.台灣兒童文學史年表。

　　2.台灣兒童文學史作家史料目錄、小傳、著作表。

　　3.台灣兒童文學史的社團史料。

　　4.台灣兒童文學史中的圖書總目錄（包括報紙、期刊、單行本）。

　　5.台灣兒童文學史、兒童文化與兒童讀物史綜合研究。

　　6.台灣兒童文學史 (1) 作家論。

　　7.台灣兒童文學史 (2) 作品論。

　　8.台灣兒童文學史 (3) 思潮論。

　　9.台灣兒童文學史 (4) 批評論。

　　10.台灣兒童文學史地區史篇。

11. 台灣兒童文學史文類史篇。

12. 台灣兒童文學史總論、分論、年代論。

綜上所述，有一部分是工具書，有一部分是研究篇。末了，便是台灣兒童文學史的書寫與建構。希望台灣兒童文學界，有朝一日，能完成書寫與建構台灣兒童文學史的歷史使命。

從意識型態談日治時期台灣兒童文學的書寫

邱各容

一、前言

　　日治時期在整個台灣兒童文學發展史上是一個極待開發的
「空白」。這段「共生的歷史」卻是台灣兒童文學發展史上的關
鍵期，也是以台灣為主體的兒童文學啟蒙的初始階段。

　　過去一般總認為台灣兒童文學是從台灣光復後才開始的，
雖然趙天儀、李雀美等都曾經發表有關光復前台灣兒童文學的文
章，也或多或少提到一些有關日治時期的文獻，但都是點到為止。
筆者過去曾在〈日治時期台灣兒童文學勾微〉[1]一文中，提到若干
日治時期有關台灣兒童文學的新文獻，在《台灣兒童文學史》[2]一
書中，提出更多文獻，證明在那段「共生的歷史」，台日兒童文
學工作者已經為台灣的兒童文學發展奠定了基礎，這是一段不容
忽視的歷史見證；經過筆者的努力蒐集，有越來越多的文獻，更
能彌補過去所謂的「空白」。

　　筆者希望從「意識型態」的面向探討在日本殖民政策下的共
生主義所發展出來的台灣兒童文學，其重要性不只在證明歷史雖
然已經成為過去，但它卻是一個客觀存在的事實，同時也為重新
建構台灣兒童文學的分期提供更為具體而充實的文獻資料。

---

1 〈日治時期台灣兒童文學勾微〉，邱各容撰，台北市：《全國新書資訊月刊》第 60 期，
頁 22-32，2004 年 1 月。
2 《台灣兒童文學史》，邱各容著，台北市：五南圖書出版（股）公司，2005 年 6 月。

日本殖民統治當局從初期的「懷柔政策」到後期的「高壓
政策」，台日兒童文學工作者如何在「共生的歷史」中建構台
灣兒童文學？台灣新文學作家及台灣新文學運動在台灣兒童文
學發展過程中的角色扮演？日本兒童文學工作者又是扮演什麼
樣的角色？無論是日本居台的兒童文學工作者或是台灣在地的
兒童文學工作者，他們所抱持的意識型態究竟為台灣兒童文學
的啟蒙期奠定什麼樣的基礎？這是本文所要探討的重點。

二、文學與意義型態

培利‧諾德曼（Perry Nodelman）在其《閱讀兒童文學的
樂趣》一書中提到：

> 歷史上同一時間所書寫的文本，因作者皆有共同的意
> 識型態情境，因此，彼此之間往往有許多共通處；同
> 一個國家所書寫的文本也是如此。如果我們知道一些
> 歷史事件或某種文化的特徵，就可以有趣的看出文本
> 和書寫時間及地點的關聯。[3]

上述培利‧諾德曼是就「歷史與文學」的面向探討產生文學
作品的相應關係。他認為對於產生文學作品的文化或歷史有稍
許了解，對於文學作品就能夠有進一步的理解。

3《閱讀兒童文學的樂趣》Perry Nodelman 著，劉鳳芯譯，台北市：天衛文化圖書有限
公司，頁 143，2000 年 1 月。

　　同樣的道理，如果我們對於日治時期的歷史與文化有稍許
了解，那我們對於日本殖民統治下的台灣兒童文學作家與作品
就會有進一步的認識與了解。

　　西元 1868 年日本明治維新之後，國勢日漸強大，遂有所
謂「北進」與「南進」的國土伸張政策，而朝鮮及台灣就成為
其獵取的標的。1894 年的中日甲午戰爭，積弱不振又不堪一
擊的清廷不敵船堅礮厲的日本而慘遭敗北，遂於第二年被迫簽
訂所謂的「馬關條約」，將台灣及澎湖群島割讓給日本，淪為
日本的殖民地。從 1985 年 5 月起至 1945 年 10 月止，日本殖
民台灣共五十年又四個月，這段期間統稱為「日治時期」。

　　日本以殖民地的壓迫手段，作為「治理台灣」的策略。在
政治、經濟、社會、文化、教育等方面，採取「差別待遇」與「歧
視」的態度，視台灣人族群為其附庸的群體；同時並以美麗謊
言的「一視同人」等口號，哄騙台灣人民，無形中刺激台灣人
意識型態的建立，引發抗日思潮及抗日運動的主要原因。

　　當日本擠入帝國主義國家的行列，初次「領台」，一方面
因為缺乏殖民統治的經驗，在面對具有悠久傳統文化的台灣人
族群，究竟要採取何種統治措施，既迷茫又徬徨；一方面面對
台灣各地風起雲湧的抗日活動，除了以武力鎮壓以外，還建立
所謂的殖民地行政體制，用以「安撫」台灣人族群，藉以鞏固
其開發台灣的基礎，此一時期稱之為「綏撫時期」（1895.05-
1919.10）。其後又歷經兒童文化活動頻繁的「同化政策時期」
（1919.10-1936.09）以及高壓取締漢文雜誌的「皇民化時期」

（1936.09-1945.10）。

　　從不同時期的名稱可以反映出不同的殖民政策。從「懷柔」到「高壓」，這樣的意識型態轉變的殖民政策，也同時反映在文學（當然也包括兒童文學在內）上面。日本殖民政府，在台灣推行「國語教育」政策，兒童文學被視為最沒有政治煙硝味的文化統戰工具，無論是統治階層的總督府，或是半官方性質的教育會，以及居台日人作家，還有全台各地成立的各種兒童文學團體，經由他們的努力與用心，彩繪出日治時期台灣兒童文學圖像。

　　為了對台灣有更進一步的認識與了解，以便有效推行殖民政策，因此，對台灣人族群的慣習進行全面性的調查與蒐集。在「綏撫時期」反映在兒童文學方面的計有台灣少年社台南支局發行的《台灣少年》[4]、台北若草會刊行的《若草》[5]。在《同化政策時期》有《台灣童話五十篇》[6]、《童謠傑作選集》[7]、《蕃人童話傳說選集》[8]。在「皇民化時期」有《七娘媽生》[9]、《七爺八爺》[10]、《鯨記》[11]等。

　　雖然日治時期台灣兒童文學及兒童文化幾乎清一色是日本人的文學世界，但是，透過日本兒童文學也讓台灣不至於淪為

4《台灣少年》，1915年6月（大正4年）台灣少年社台南支局發行，曾發行至3卷2期。
5《若草》，1917年7月（大正6年）台北若草會刊行，由日人小林忠文編輯，係專刊民謠、山歌、童謠等的雜誌。
6《台灣童話五十篇》，澤壽三郎編，台北：杉田重藏書店發行，1923年。
7《童謠傑作選集》（台灣兒童文庫），宮尾　進編，台北：台灣藝術協會發行，1930年。
8《番人童話傳說選集》，瀨野尾　寧和鈴木　質合編，台北：警察協會台北支部發行，1930年。
9《七娘媽生》，黃鳳姿著，台北：日孝山房出版，1940年。
10《七爺八爺》，黃鳳姿著，台北：東督書籍株式會社，1941年。
11《鯨祭》，西岡英夫原著，中山侑改編，係廣播童話劇，1940年2月18日。

世界兒童文學的邊陲；透過日本兒童文學，使台灣兒童文學不
至於和世界兒童文學脫鉤。與此同時，台灣人在《台灣教育》
雜誌也曾發表數十首的童謠作品以及有關童話教育的論述性文
章；台灣公學校學童在《台灣日日新報》所發表的童謠作品等，
在在說明日治時期台灣兒童文學也有台灣人的努力和心血在
內。雖然他們作品的量無法和居台日本作家相提並論，但不能
說日治時期沒有台灣本地作家的兒童文學作品。換句話說，處
在日本殖民統治當局的殖民政策，台灣和日本的文學工作者儘
管彼此的意識型態（殖民／被殖民）不盡相同，但在「共生的
歷史」的特殊情況下，卻能夠共同為台灣兒童文學的啟蒙期奠
定了良好的基礎。也就是說，撇開政治因素之外，他們共同的
志趣——為兒童寫作則是彼此一致的意識型態，就是依止在這
樣的共同意識型態，使日治時期的台灣兒童文學不致流於「一
片空白」。

三、多重文化主義

朗裘布（Ron Jobe）說：「任何切入文學作品的方法或真
正的多重文化主義，其主要部分都應該放在人們之間的共通性
和相似性，而不是差異性。」[12] 若照朗裘布的說法，放諸於日
治時期在〈共生的歷史〉中締造台灣兒童文學的台日兒童文學
工作者，他們雖然來自不同國家民族，他們雖然身分不同，但

12《台灣童話五十篇》，澤壽三郎編，台北：杉田重藏書店發行，1923年。

是這樣的差異性並無礙於他們之間對兒童文學寫作的共通性和
相似性。特別是在童謠創作方面，日本作家宮尾　進不但是童
謠作家，也是一名報刊編輯。他從當時的《台灣日日新報》[13]
「兒童新聞」所刊載的小學校的日本學童以及公學校的台灣學
童的童謠作品中選出具有藝術性的作品共三百多首編輯成書，
名為《童謠傑作選集》。

　　宮尾　進對《童謠傑作選集》的編選主要依據兩個原則，
一是同一個人若作品很多，則選較具代表性的作品；二是同一
種類主題的作品太多，則選較具藝術性的作品。他是日本人，
但其所編選的《童謠傑作選集》並沒有種族的偏見，純粹是針
對作品的優劣作為選取的主要依據。也就是說，他重視的是學
童在「童謠創作」這點上的共通性和相似性，而非種族上的差
異性。

　　此外，在日本人柴山關也編著的《合歡樹》[14]（童謠誌）
中，除了刊行成人童謠作品外，另有八位從三到五年級的台灣
學童作品在內。《合歡樹》和《童謠傑作選集》都是日本人編
輯的刊物，前者是童謠誌，以刊行童謠作品為主；後者是童謠
作品集。前者主要以學童作品為主；後者以成人作品為主。前
者是文集，後者是雜誌。儘管有這三種的差異性，但是「童謠」
卻是它們所擁有的共通性和相似性。雖然他們因為政治因素而
有殖民／被殖民的符碼，但這無礙於他們為孩子創作童謠的

13《童謠傑作選集》（台灣兒童文庫），宮尾　進編，台北：台灣藝術協會發行，1930年。
14《番人童話傳說選集》，瀨野尾　寧和鈴木　質合編，台北：警察協會台北支部發行，
1930年。

「初衷」。固然也因為殖民統治當局積極推廣「童謠運動」的政策驅使下，使得這些成人作家以及小（公）學校的學童紛紛投入童謠創作的行列。更因為童謠創作對學童的「國語教育」的確具有加分的作用，讓台灣的學童能夠更迅速有效的學習日文，藉以達成「國語教育」的目的。

在「多重文化主義」的催化下，由台灣知識份子創辦的《台灣民報》曾經轉載過大陸作家魯迅翻譯的俄國盲作家愛羅先珂[15]（1890-1952）的童話作品，先後是 1925 年 6 月 11 日的〈魚的悲哀〉（《台灣民報》第 57 號）以及同年 9 月 6 日起的〈狹的籠〉（《台灣民報》第 69-73 號）。在日治時期這樣特殊的時空，台灣人還可以閱讀到大陸作家所翻譯的，以中文呈現的俄國作家的童話作品，這在台灣兒童文學發展史上的確是一件罕見的事。

愛羅先珂是一位充滿人道主義色彩的作家。《狹的籠》是描寫一隻老虎屢次想為人類、其他動物解開奴隸的桎梏，讓大家得想自由；然而，關在柵欄裡的綿羊、困在水缸裡的魚、囚在籠子裡的金絲雀，卻沒有一個願意回到寬廣的林野、汪洋的大海、茂密的森林，牠們都認為沒有什麼比「自由」更危險的了。至於不幸的人類，則幽禁在無形的、難以摧毀的宗教信仰和倫理的節操的束縛下。牢籠是「不自由」的象徵，狹窄的牢籠更令人有透不過氣的感覺。最後，老虎黯然神傷，認定人類是卑鄙的奴隸，而動物則是可憐的人類的奴隸。

15《七娘媽生》，黃鳳姿著，台北：日孝山房出版，1940 年。

　　作者不斷透過老虎的行動，呼喚所有被奴役的人和事務起來掙脫枷鎖，恢復自由。但是牢籠無所不在。奴隸心態一日不滌除，永無真正自由之日。愛羅先珂這篇童話作品的旨趣就在於此。

　　另一篇〈魚的悲哀〉，是一篇感人至深的童話作品。描寫魴魚的兒子福納塔羅為了追求一個沒有冬寒、沒有飢寒貧困的「另一個世界」，結果由於人類的濫捕生物，福納塔羅不滿於「所有的昆蟲鳥獸和魚只是為了人類的需要才被創造」這樣的命運，以身殉道，希望人類不要再去觸犯其他生物。全篇故事明顯隱喻另一個問題：人類的侵略行為，對所有的生物來說，遠比大自然惡劣的環境還具有壓迫感和毀滅的危機。〈魚的悲哀〉正是悲哀這一個不公平的命運。

　　這段時間正承第一次世界大戰之後，民主自由思潮風靡於世，民族自覺觀念瀰漫全球；再加上台灣民智大開，民族意識覺醒，日本殖民當局遂因勢利導，採取「同化政策」。在「同化政策」的因應下，魯迅的翻譯作品始得以「轉載」形式出現在《台灣民報》，而這也是在「多元文化主義」下所產生的一段插曲。

　　《台灣民報》是日治時期台灣人唯一的發聲媒體，當年它之所以「轉載」魯迅翻譯的俄國童話作品，筆者認為透過〈狹的籠〉和〈魚的悲哀〉這兩篇愛羅先珂的兒童文學作品，表面上似乎只是透過中國作家介紹俄國作家的童話作品，實質上應該是透過作品傳達一種訊息，那就是希望台灣人能夠凝聚文化

抗日的民族情結，灌輸台灣人敵愾同讎的民族意識。那種「文化抗日」的意識型態隱藏在兒童文學作品之後，這中間夾雜著台、日、中、俄等國家地區複雜的多元文化，在台灣兒童文學發展史上的確是一種別開生面的特出文化現象。

　　日人童謠作家日高紅椿在台灣作家成立的「台灣文藝聯盟」所創辦的《台灣文藝》雜誌發表過他的童謠集〈馬廄〉和〈秋景〉；台灣文學少女黃鳳姿在居台日人作家成立的「台灣文藝家協會」所創辦的《文藝台灣》發表她的散文作品〈台灣的粽子〉等。雖然是被殖民統治，但是台日作家透過文藝雜誌，彼此還是保持相當的互動性，就因為這種的「互動」，為日治時期台灣兒童文學保留非常珍貴的史料及文獻，為後世的史料研究提供有利的線索及文化遺產，他們的付出和貢獻，則成了今日研究日治時期台灣兒童文學的蛛絲馬跡。

　　但是，在另一方面，就「作者的意識型態能沒有種族歧視，但潛意識是否還是有種族歧視的意識存在？」這個面向而言，以日高紅椿和窗 道雄兩人為例，他們都是童謠作家，但是在創作心態上截然不同。日高紅椿顯然保有殖民者／被殖民者的高姿態和優越感，他認為台灣沒有具代表性的獨特色彩，導致他的作品無法表現台灣的特色。但是窗 道雄的作品卻充滿台灣民情風土，因為他融入了台灣在地生活。他的平易近人，和日高紅椿的高傲態度顯然有天壤之別。

　　窗道雄視台灣為他的「第二故鄉」，因父親工作的關係，1919 年十歲的他，移居台灣，直到他日後接到出征令前往南

洋為止，他在台灣居住時間長達二十四年之久。換句話說，台灣是他經歷童年、青少年、就學、就業、結婚和戰爭等人生大事的舞台。窗道雄的作品中，處處可見「萬物生而平等」、「自我認同」等意識。在「皇民化時期」的 1941 年，由總督府情報部出版的《輕鬆掌握青少年劇腳本集》[16] 是為了讓台灣的孩童從小就養成「優秀的日本人性格」。窗道雄的劇本〈兔子阿吉和烏龜阿吉〉是以幽默的方式描述龜兔第二代賽跑的狀況，其結局是在貍貓的協助下，烏龜和兔子在眾人面前和好，承認彼此從造物者那裡領受不同的身體構造，各具特色與才能。體認「自己能夠成為身為自己是一件多麼幸福的事」，這種意識型態和總督府的態度完全南轅北轍。

　　身為統治者的族群，但在窗道雄的作品中見不到統治者的驕傲，相反的，他堅信「萬物生而平等」的平等觀。〈兔子阿吉和烏龜阿吉〉的劇本，不啻是對當時的政府以及社會潮流的控訴和反諷。

四、文化的純粹性與複雜性

　　在後殖民論述中，Bhabha 和 Fanon 兩人對於文化的形成，分別提出不同的觀點。前者一方面強調保存既有的文化形式，換句話說，是強調一種純粹與正統的文化。例如在日治時期雖

---

16 《輕鬆掌握青少年劇腳本集》，窗道 雄等著，台灣總督府情報部編，1941 年 4 月 13 日發行。

然有所謂的「新舊文學之爭」，但畢竟還是中華文化的傳統。
另一方面，他也指出以多元文化主義為基礎的文化多元性，強
調保存個別文化，而非鼓勵文化混合。日人片崗 巖編輯的《台
灣風俗誌》[17]、瀨戶尾寧和鈴木 質兩人合編的《蕃人童話傳說
選集》兩部書，前者是有關台灣人的風俗習慣與童謠等的蒐集
整理；後者是有關原住民的神話傳說。這兩部書多少也保留了
漢民族和台灣原住民的文化，透過蒐集整理，既保留個別文化，
也無文化混合的問題。

　　至於《台灣民報》轉載中國作家魯迅譯自俄國盲作家愛
羅先珂童話作品〈狹的籠〉和〈魚的悲哀〉，我們無法證明魯
迅的這兩篇童話譯作是根據俄文或是日文翻譯而成的，只知道
愛羅先珂和魯迅都曾在日本待過。在以日文為主的日治時期，
將俄國童話作品譯成中文在中文報紙轉載，的確展現出一種
Bhabha 所謂的「文化複雜性」。[18]

　　相較於 Bhabha 所主張的「文化複雜性」，Fanon 則傾向於
推崇將「文化純粹性」[19] 作為一種在殖民地重新建構本土文化
的構想，以便喚醒被殖民者的文化意識。他也肯定本土文化與
知識份子在建構國家文學中的重要地位。日治時期處身在台灣
新文化運動中的新文學作家，幾乎都是知識份子，不是留學日
本，就是留學中國。他們雖然身在海外，卻更關心故鄉。他們
透過各種努力，成立文學社團、創辦報刊雜誌、創作兒童文學

17《台灣風俗誌》，片崗巖輯，台北：《台灣日日新報》，1921 年。
18〈從後殖民論述觀點評論台灣兒童圖畫書中的台灣文化再現〉，郭建華撰，《兒童
文學學刊》第 16 期，頁 6，台東市：國立台東大學，2006 年 6 月。
19 同上。

作品（民間童話、童謠等），企圖喚醒同樣是被殖民者的文化意識，進而達到「文化反日」的民族意識。

　　雖然這些新文學作家的文學作品多半是成人文學，但是作品中不乏兒童形象的書寫。以林越峰用中文寫作的童話作品〈雷〉[20] 和〈米〉[21] 為例，前者主要強調稻米是農民辛苦努力的結果，不是統治者的賜與。後者旨在說明電的產生是自然現象，藉以打破迷信，而這也是日治時期唯一以中文寫作的童話作品。

　　至於其他的新文學作家如巫永福的一首〈祖國〉，中間有一段這樣寫著：

　　　風俗習慣語言都不同／異族統治下的一視同仁／顯然就是虛偽的語言／虛偽多了便會有苦悶／還給我們祖國啊／向海叫喊　•　還我們祖國啊！[22]

　　從巫永福的這首新詩──〈祖國〉中，強烈的述說台灣知識份子的苦悶。意識型態總在不知不覺的情況下產生的，在日治時期的許多作家與作品，由於異族統治而凝聚出強烈的民族意識，這是可以完全理解的。另一方面在殖民政策的共生主義下，台日兒童文學工作者為台灣兒童文學的啟蒙共同付出了他

20〈雷〉，林越峰撰，《台灣文藝》第二卷第二號，頁147，台北：台灣文藝雜誌社，1935年2月1日。
21〈米〉，林越峰撰，《台灣文藝》第八、九合併號，頁128，台北：台灣文藝雜誌社，1935年8月4日。
22《閱讀兒童文學的樂趣》，The Pleasures of Childrens Literature，Perry Nodelman 著，劉鳳芯譯，台北市：天衛圖書出版有限公司，2000年1月，頁157。

們的努力和心血，這是不爭的事實。

五、結語

　　日治時期前後共歷五十年又四個月，佔整個台灣兒童文學發展史的一半，我們能不重視此一時期的兒童文學發展？而「意識型態」的呈現和台灣兒童文學的發展可說是如影隨形。從初期武官統治的「撫綏時期」，歷經中期文官統治的「同化時期」，到末期回歸武官統治的「皇民化時期」，可從「高壓」──「懷柔」──「高壓」的過程中，突顯殖民統治者不同的意識型態。

　　在殖民政策下推行的「國語教育」，主要目的在教育被殖民的台灣孩童將來成為良順的日本國民。為什麼受過日本教育的台灣青年會成為日後「文化抗日」的先鋒部隊，這純粹是民族意識使然。他們的作品也是以「文化抗日」作為共同的圖騰與符碼。而「文化抗日」就是新文學作家展現意識型態的主軸。

　　意識型態可以凝聚一股向心力，無論是台灣作家或是居台的日人作家，他們拋開民族的仇恨，突破身分的藩籬，以兒童文學為中心，共同為日治時期的台灣兒童文學貢獻一份心力，在十九世紀末期，為台灣兒童文學的啟蒙期揭開隆重的一頁，換句話說，「日治時期」是台灣兒童文學的啟蒙期，這一點是無庸置疑的。更由於日治時期台灣兒童文學的文獻資料陸續被發掘，台灣兒童文學的建構與分期勢必要進行重新的洗牌。

試論台灣兒童文學區域性之研究

林文寶

壹、前言

　　台灣文學自 20 世紀 80 年代獲得正名，並於 90 年代開始進入學院，成為一個學術領域以來，「文學史書寫」即成為一個重要的議題。

　　基於對台灣文學史書寫的期待意識，區域文學史書寫與研究的風潮也因此而興起。推究其原因，其背後動力，自與後殖民論述、全球化、文化霸權、文化帝國、媒介等有關。

　　所謂台灣區域文學的出版或文學史的書寫，或源自於縣市文化中心的作家作品集。

　　一般說來，台灣文學出版品除了透過民間文學獎的徵集、出版社的行銷得以面世外，由政府所屬機關出版所累積的成果也質量可觀。其中，以各縣市政府徵集作品，獎勵出版的作家作品集為數最多；這樣的地方選輯，自 1991 年 4 月迄 2007 年 7 月已出刊者總計 1002 本。

　　這項行之有年的「出版作家作品贊助計畫」有其背景緣由：1990 年臺中縣立文化中心邀請十位縣籍作家出版「文學薪火相傳——臺中縣文學家作品集」並向行政院文化建設委員會申請補助，翌年正式出版；文建會視其成效卓著，遂擬訂具體獎助辦法，並由當時省教育廳襄助經費，通函各縣市政府得依法申請獎助，

黃武忠認為這項計畫的推動是回應當時地方文化中心「重藝輕文」的聲音，並促使地方體認文學史料蒐存的重要性，有助於國家籌建現代文學資料館之前置，此外，亦可以獎掖地方優秀作家作品，以匡正出版營利的商品化環境。

隨著「各縣市作家作品集」的帶動，地方政府開始重視各縣市籍作家的資料蒐集與建檔工作，相關「區域文學史」的撰寫計畫也陸續展開。這一波「區域文學」撰述的熱潮其精神賡續葉石濤《台灣文學史綱》抵拒中央的史觀，其落實則緣起於文訊雜誌社辦理「各縣市藝文環境調查」與「區域文學研討會」等系列活動之策進。通過地方薈萃文采，呈現的是區域特出的風景。

文訊雜誌社於 1991 年 1 月獲教育部補助執行「各縣市藝文環境調查報告」專案計畫，自 1991 年 1 月至 1992 年 4 月逐月刊出各縣市藝文環境，共計 16 縣市；繼於 1993 年 4 月獲文建會暨新聞局補助辦理六場「台灣地區區域文學會議」，事後並將兩次活動成果編輯出版（即《藝文與環境》、《鄉土與文學》二書），獲得不少的肯定與迴響。遂於 1994 年 9 月增設「各地文學採風」專欄收錄各地文學訊息，主動參與地方文學史料之蒐羅。其實，自 1991 年，各縣市立文化中心也開始了各縣市立作家的資料收集與建檔工作，有關「區域文學」的計畫也陸續展開。1995 年 6 月，臺中縣立文化中心出版了《臺中縣文學發展史》，這是台灣第一本區域文學史，此後其餘縣市亦陸續出版。

　　其後，文訊雜誌又於 2000 年 4 月號（174 期）推出〈花開遍地──區域文學史的撰寫〉的專題，計收九篇論述（見頁 31 ～ 54）；並於 2007 年 7 月號（261 期）又推出〈在地方，播化文學田畝──各縣市作家作品集觀察〉（頁 47 ～ 92）。

　　兒童文學是台灣文學的一環，對於區域文學的研究風潮，理當參與相關的研究或論述，而事實上卻乏善可陳。雖然，各縣市作家作品集中亦有兒童文學類；又在《1980 年中華民國文學年鑑》中有林良〈兒童文學〉一節（頁 52 ～ 59）；而《台灣文學年鑑》自 1997 年起亦有「兒童文學」相關的描述。但相對而言，兒童文學仍是處於弱勢；一般說來，普遍認為兒童文學很重要，但並未受該有的重視。

　　就學術而言，至 1996 年 8 月 16 日臺東師院始報行政院核准增設兒童文學研究所並進行籌備，於 1997 年 5 月 29 日招收碩士生 15 名，即於是年開啟了兒童文學的學術殿堂。本文即擬敘述台灣兒童文學區域研究的因緣與事實。

貳、兒童文學區域研究的因緣與界定

　　台灣兒童文學區域性研究是種必然的發展趨勢，在面向世界，開拓新視野之前，作為一個台灣兒童文學工作者，墾植本土，了解自己是必要的。

　　吉妮特・佛斯（Jeannette Vos）和高頓・戴頓（Gordon Dryden）在《學習革命》（*The Learning Revolution*）一書中，

認為塑造明日世界的十五個大趨勢有〈文化國家主義〉一項，
他們認為：

　　當地球愈來愈成為一個單一經濟體，當我們的生活方式愈
來愈全球化，我們就會愈來愈清楚的看到一個相反的運動，奈
思比稱之為文化國家主義。

　　「當世界愈來愈像地球村，經濟也愈來愈互賴時」，他說，
「我們會愈來愈講求人性化，愈來愈強調彼此間的差異，愈來
愈堅持自己的母語，愈來愈想要堅守我們的根及文化。即便是
歐洲由於經濟原因而結盟，我仍認為德國人會愈來愈德國，法
國人愈來愈法國」。

　　再一次的，這其中對於教育又有極為明顯的暗示。科技越
加發達，我們就會越想要抓住原有的文化傳統──音樂、舞蹈、
語言、藝術及歷史。當個別的地區在追求教育的新啟示時──
尤其是在所謂的少數民族地區，屬於當地的文化創見將會開花
結果，種族尊嚴會巨幅提升。（見1997年4月中國生產力中心，
林麗寬譯，頁43～44）

　　文化國家主義在文化霸權、後殖民論述的推演下，已成為
一種強勢性的政治潮流。台灣自解嚴以來，本土文化亦已獲得
比較多的關注，也有了一個比較寬闊的發展空間。目前，各縣
市文化中心亦以區域特色與營造社區為發展重點。

　　所謂區域，是一個相對性的概念，且以縣市為區隔，編撰

區域縣市兒童文學概況，旨在關懷本土，了解自己。

　　方斯 · 卓皮納斯（Fons Trompenaars）和查爾斯 · 漢普頓透納（Charles Hampden Turner）於《卓皮納斯文化報告》（*Riding the Waves of Culture*）有云：

> 只有當一條魚脫離水面時，才會知道它是多麼需要水。文化之於人類，正如水之於魚，我們在文化中生活、呼吸。但是在一個文化中被視為必要的，例如某種程度的財富，在別的文化卻不見得是必需品。（美商麥格羅 · 希爾國際股份有限公司台灣分公司，1999 年 5 月，袁世佩譯，頁 30）

　　文化來自土地與人民的生活，但不同區域的文化差異本身不一定是障礙，面對不同文化時，每個人本身的文化皆是起點。重要的是，在面臨不同文化時所呈現的自覺、尊重、協調與融合的一連串內化的行為，才是決定文化歸屬的終點。其實，所謂的「本土化」、「國際化」，並非對立不相容，我們相信：沒有起點，就無所謂的終點。是以且讓我們從縣市區域的歷史與現實入手。

　　個人有心於台灣兒童文學的撰寫，且以「台灣地區兒童文學史料的整理與撰寫」為題向國科會申請為期三年的研究計畫（計畫編號：WSC 88-2411-H-143-001）。該研究旨在對 1945 年以來，台灣地區兒童文學的發展與演進，做一宏觀性的整理，

進而撰寫出一部台灣兒童文學史。

　　研究首重資料，資料的蒐集與整理亦是本研究的重點。其中針對 1945 年以來兒童文學論述書目做提要，以作為後人研究之參考手冊。並對前輩進行訪談或口述記錄。同時確立與整理指標性事件，以作為撰寫文學史的依據。

　　而後經深入蒐集以來，始發現基本資料匱乏度，頗出意料之外。因此，改寫研究策略，與中華民國兒童文學學會合作，以收群策群力之效。

　　當時，學會理事長林煥彰為迎接 1999 年 8 月第五屆亞洲兒童文學大會的召開，亦擬在《會訊》增闢「台灣兒童文學現況」系列專欄，逐期刊載。此事於 1998 年 1 月 18 日上午學會理監事會後餐會中，與我提起專欄事宜，於是「台灣區域兒童文學概述」的編寫一事，即拍板定案。

　　1 月 27 日，是農曆大年初一，理事長展開向各縣市文友拜年和邀稿。

　　在邀稿中，並附有「台灣區域兒童文學概述寫作格式」。其格式如下：

　　壹：前言。
　　貳：發展概況。含過去、現在及發展過程相關的人物、事件或機構、團體。
　　參：結語。發展的困境及未來的展望。
　　肆：附錄。編年記事。

　　又於 1999 年元月 24 日下午一點至三點，於國語日報社四樓會議廳舉辦「台灣區域兒童文學概述撰寫座談會」。

　　相關各縣市兒童文學概述，結集成冊，於 1999 年 6 月由臺東師院兒文所出版。計收 17 縣市 17 篇，另有基隆市、臺中縣、嘉義縣、市、高雄縣等六縣市不及收錄。

　　申言之，區域文學或曰自古有之，而今日之所以成為趨勢，是拜全球化與媒介所賜。

　　所謂區域，是一個相對性的概念，且以縣市為區隔，旨在進行局部區域性的田野調查，進而能保存資料，搶救史料。區域的概念，在全球化之下益顯獨特。Tim Cresswell 有《地方》（*Place*）一書，其副標題是「記憶、想像與認同」。他引用政治地理學家阿格紐（John Agnew）勾勒出地方作為「有意義區位」的三個基本面向是：「區位、場所、地方感」（頁 14）。

　　英國邁克‧克朗（Mike Crang）於《文化地理學》第五章〈他者與自我〉，即標示「書寫家園、書寫空間、標記領土」（頁 54），他認為所謂「我們」和「他們」，常常是以地域來劃分界限的（同上，頁 54）。又中國學者樊星研究地域文化的三個重要支點：民風、方言與民俗。他認為一方水土一方人。在水土與人性之間，有著神奇的對應關係（見《當代文學新視野講演錄》，頁 130）。

　　於是在全球化與區域化的爭論中，有了所謂「球域化」（Glocalization），所謂球域化即是全球（Global）與區域化

（Localization）的組合。金惠敏於〈球域化與世界文學的終結〉一文中，引用米勒（J. Hillis Miller）《土著與數碼衝浪者──米勒中國演講集》中所見：

> 在全球化時代中，文學研究既包含全球性因素也包含地域性因素。一方面，雖然幾乎每一種理論都來自特定的區域文化，卻無不尋求闡釋和方法的有效性。理論在翻譯中旅行。另一方面，無論用任何一種語言寫成的文學作品都是獨特、特殊、自成一類的，文學作品拒絕翻譯，拒絕旅行。在理論和細讀的必要結合中，文學研究以一種可被稱作「全球區域化」（即「球域化」──引注）的方式兼備地域性與全球性。（頁 79）

另外，又有瑪西（Doreen Massey）〈全球地方感〉（A Global Sense of Place）一文的論述與用詞（見《地方》，頁 53 ～ 130）。

無論「球域化」或是「全球地方感」，其立意無非在彰顯地方區域的獨特性與重要性。

參、台灣區域兒童文學研究的事實

台灣區域兒童文學研究，雖然是緣於《會訊》「台灣兒童文學概況」系列專欄及《台灣區域兒童文學概述》編印。尤其是兒童文學研究所成立後，區域兒童文學研究始逐漸受重視。

以下列舉書目是以成書為主，時間則以 2007 年底為主。其中有以族群為名，但亦涉及區域者亦收入。所收書目分論著與學位論文兩類：

一、論著

邱阿塗編。《宜蘭縣兒童文學發展簡介》。宜蘭市：宜蘭縣政府教育局，1985 年 12 月。

邱阿塗編。《宜蘭縣兒童文學史料初編》。宜蘭市：宜蘭縣政府教育局，1990 年 9 月。

江文錦編。《宜蘭縣兒童文學研習資料輯》。宜蘭市：宜蘭縣政府教育局，1993 年 6 月。

林文寶主編。《台灣區域兒童文學概述》。臺東市：臺東師院兒文所，1999 年 6 月。

謝鴻文著。《凝視台灣兒童文學的重鎮——桃園縣兒童文學發展史》。臺北縣：富春文化事業股份有限公司，2006 年 12 月。

姜佩君著。《澎湖民間故事研究》。臺北市：里仁書局，2007 年 12 月。

二、學位論文

唐蕙韻。《金門民間故事研究》。臺北市：中國文化大學中國文學研究所碩士論文，1997 年 6 月。指導教授：金榮華。

姜佩君。《澎湖民間故事研究》。臺北市：中國文化大學中國

文學研究所博士論文，2001 年 5 月。指導教授：金榮華。

曾瓊儀。《蘭嶼雅美族民間故事研究》。臺北市：中國文化大
　　學中國文學研究所碩士論文，2001 年 6 月。指導教授：金
　　榮華。

藍涵馨。《宜蘭縣兒童文學研習營之研究（1979 ～
　　1996）》。臺東市：臺東師範學院兒童文學研究所碩士論文，
　　2001 年 6 月。指導教授：林文寶。

林聖瑜。《卑南族神話研究》。臺東市：臺東師範學院兒童文
　　學研究所碩士論文，2002 年 6 月。指導教授：林文寶。

許玉蘭。《臺北縣兒童文學研習營之研究》。臺東市：臺東師
　　範學院兒童文學研究所碩士論文，2002 年 8 月。指導教授：
　　林文寶。

王素涼。《臺北縣國小兒童戲劇發展之研究》。臺東市：臺東
　　師範學院兒童文學研究所碩士論文，2002 年 8 月。指導教授：
　　林文寶。

梁雅惠。《臺中縣閩南語民間故事之研究》。臺東市：國立臺
　　東大學兒童文學研究所碩士論文，2003 年 8 月。指導教授：
　　林文寶。

葉萬全。《澎湖縣兒童文學發展之研究》。臺東市：國立臺東
　　大學兒童文學研究所碩士論文，2003 年 8 月。指導教授：
　　林文寶。

彭美雲。《蘭嶼口傳故事研究》。臺東市：國立臺東大學兒童
　　文學研究所碩士論文，2004 年 6 月。指導教授：林文寶。

李智賢。《臺南縣兒童文學發展之研究——從兒童文學獎出發》。屏東市：國立屏東師範學院國民教育研究所碩士論文，2004 年 7 月。指導教授：徐守濤。

黃英琴。《馬祖童謠研究—以二○○一至二○○三採集為例》。臺東市：國立臺東大學兒童文學研究所碩士論文，2004 年 8 月。指導教授：林文寶。

謝鴻文。《桃園縣兒童文學發展之研究》。宜蘭縣：佛光人文社會學院文學研究所碩士論文，2005 年 1 月。指導教授：陳信元。

陳奕希。《臺中現代劇團發展史——以頑石劇團、童顏劇團為核心》。臺中市：國立中興大學中國文學系所碩士論文，2006 年 7 月。指導教授：陳器文。

曹榮科。《民間故事采錄研究—以彰化縣為探討中心》。臺中市：國立中興大學中國文學系所碩士論文，2006 年 7 月。指導教授：陳器文。

張素貞。《彰化縣民間文學集之研究》。臺東市：國立臺東大學兒童文學研究所碩士論文，2006 年 7 月。指導教授：林文寶。

柯順發。《彰化縣文化局兒童詩徵選得獎作品研究》。臺東市：國立臺東大學兒童文學研究所碩士論文，2006 年 8 月。指導教授：林文寶。

張晴雯。《「臺中縣兒童文學創作專輯」教師作品主題之研究》，臺東市：國立臺東大學兒童文學研究所碩士論文，

2007 年 8 月。指導教授：林文寶。

謝廷理。《澎湖地區性圖畫書創作歷程的回溯與反省》。臺東
　　市：國立臺東大學兒童文學研究所碩士論文，2007 年 8 月。
　　指導教授：林文寶。

肆、解讀與意義

　　就前節所呈現的研究事實，試解讀其意義如下：

一、論著

　　論著計收六種。《台灣區域兒童文學概述》前面已有敘述，
於此不論。謝鴻文、姜佩君兩位著作，是學位論文的增修出版。
又謝鴻文著作是由國家文藝基金會獎助出版。學位論文能正式
出版，自有其意義與學術性。宜蘭縣兒童文學的播種自藍祥雲
和邱阿塗兩人息息相關。然而，就史料而言，則以邱阿塗為先，
是以此處專論邱氏。以下略述邱氏與兒童文學相關事宜。

　　邱阿塗，1932 年出生於宜蘭縣羅東鎮南門河畔的工人家
庭。1945 年 4 月考上宜蘭農校初級部，1946 年 7 月畢業，隨
即考進高級部森林科。1951 年 7 月畢業。1952 年至太平鄉（現
大同鄉）四季國小擔任教師。

　　1957 年，開始為孩子們說故事，寫故事，寫童話。

　　1968 年 11 月，籌設兒童暨社區圖書室成效卓著獲記功，
並進行閱讀興趣調查。

　　1969 年 8 月，調任羅東國小教導主任，全面推展課外閱

讀指導，並成立兒童文學寫作班，指導兒童寫作。11 月，邀藍祥雲協助指導兒童文學寫作班，後來擴大為羅東鎮各國小兒童文學研習冬令營。

1977 年 8 月 8 日，羅東國小新建圖書館落成，邀請蘇尚耀、林鍾隆、許義宗、傅林統、徐正平等於落成典禮中與兒童見面；並舉行宜蘭縣第一屆兒童文學座談會。

1979 年 2 月，與藍祥雲二人，於羅東國小舉辦宜蘭縣第一屆全縣教師兒童文學研習會。

1981 年 9 月 28 日，因推展兒童文學卓有貢獻，經選為全省特殊優良教師。9 月，宜蘭縣成立兒童文學研究發展中心，設於羅東國小，由邱阿塗任總幹事。

1983 年 7 月，主辦第五屆兒童文學創作研習營。報名參加教師 80 多人，學生 40 餘人，由邱阿塗、陳清枝主講。學員以「南門河在哭泣」、「嗚咽的南門河」為題撰寫童詩，刊登中國時報、聯合報等，並於中國廣播公司宜蘭電臺錄製「兒童文學在宜蘭」節目。12 月，整理宜蘭縣兒童文學推展成果，定名「兒童文學在宜蘭」，參加台灣省首屆國語文教育資料展，榮獲全省第一名。

1984 年 3 月，以《兒童文學的新境界》和《怎樣指導兒童課外閱讀》二書，榮獲 1984 年度中興文藝獎，為國內榮獲中興文藝獎兒童文學獎第一人。

1989 年，因高血壓與心臟病復發住院，申請退休獲准，於 12 月 16 日退休。

　　退休後，仍致力於與兒童文學相關活動。2001 年以來，則帶領縣內年輕教師推動「蘭陽文風」少年文學獎，與「文雨飛揚」青年文學獎等活動。

　　2007 年 12 月榮獲第二屆宜蘭文化獎。並由文化局出版邱少頤《南門河上的橋──兒童文學的推手邱阿塗》一書。

　　邱阿塗與宜蘭縣兒童文學的關係，在於推廣與活動。尤其是兒童文學研習的活動。邱氏愛好、執著於兒童文學，五十年來一點一滴詳實蒐集和記錄下的原始史料，確實令人欽佩。目前所見與研習相關資料有：《蘭苑》（蘭陽文教附冊）、「國小教師兒童文學創作集」、「研習手冊」、「宜蘭縣推展兒童文學人力資料」（含研習活動、編輯工作、參與競賽、著作出版或投稿等資料）。至於書寫史料者有：

　　　　〈忍受寂寞，為孩子〉，宜蘭地方報《中華新聞》，
　　　　　1985 年 8 月 19 日。
　　　　《宜蘭縣兒童文學發展簡介》，宜蘭縣政府教育局，
　　　　　1985 年 12 月。
　　　　《宜蘭縣兒童文學史料初編》，宜蘭縣政府教育局，
　　　　　1990 年 9 月。

　　〈忍受寂寞，為孩子〉一文，記錄宜蘭縣兒童文學的耕耘播種與茁壯，是《宜蘭縣兒童文學發展簡介》的前身。至於《宜蘭縣兒童文學史料初編》，則是前書的增訂。這是台灣兒童文

學的第一本區域文學史。

又相關宜蘭縣兒童文學史的單篇有：

〈兒童文學在宜蘭〉，陳乃文，見 1981 年 5 月 15 日《地平線》雜誌第二期，頁 49 ～ 52。

其後，〈兒童文學在宜蘭〉參加台灣省首屆國語文教育資料展，獲全省第一名，教育局曾印贈《地平線》雜誌此文，而作者則易名為「邱松山」。

至於《宜蘭縣兒童文學研習資料輯》一書，則是彙集 1992 年 2 月第十六屆研習營授課教師的講稿。

二、學位論文

有關學位論文，擬從就學學校、區域與研究內容三項分別說明：

1、學校別：

校別 篇數別	臺東兒文所	文化中文所	中興中文所	佛光中文所	屏師國教所
篇數	12	3	2	1	1

學生選擇論文方向，與研究所性質有關。除外又以本身興

趣為主，同時也與指導教授有關。從種種數據中可知，臺東大學兒文所之所以獨多，是學門性質使然。另有屏東師院國民教育研究所，則是指導教授的緣故。

2、區域別：

篇數別＼校別	金門縣	蘭嶼鄉	彭湖縣	宜蘭縣	卑南鄉	臺北縣	臺中縣	桃園縣	臺南縣	彰化縣	連江縣	臺中市
	1	2	3	1	1	2	2	1	1	3	1	1

從區域別而言，只能說與身份認同有關，亦即書寫自己身處地域為主。

3、研究內容：

從研究內容或對象而有研習營、有文學史、有文類、有徵獎作品，試列表如下：

就區域文學而言，研習營與徵獎作品，更能見區域文學的特色，這是可以再使力的區塊。

《臺中現代劇團發展史——以頑石劇團、童顏劇團為核心》，區域界定不明。兩個劇團皆屬臺中市，其中童顏劇團是兒童劇團。

《彰化縣文化局兒童詩徵選得獎作品研究》，其研究文本是國小學童創作的兒童詩。以兒童作品為研究對象，是研究的另一個方向。

以民間故事為研究文本者居多，這是中文學門使然。中文學門研究雖以民間故事為對象，但其立足點並非兒童文學。只

是民間故事亦屬兒童文學文類之一，是以歸屬之。

　　《澎湖地區性圖畫書創作歷程的回溯與反省》，題目雖有地區性，其論述文本只有《迷走海洋》、《沈睡的黑寶石》兩本，所謂區域性論述顯然不足。其實，其重點是在創作，姑且納入區域文學中。

　　綜觀十九篇學位論文，就區域文學的概念而言，皆能在田野調查的基礎上發掘和整理相關資料，彌補以往對區域性認識的不足。

　　但相對來說，文學史觀、文學史分期和區域文學特色的建立，則有待努力與加強。尤其是對史料、文獻的掌握與書寫，更必須明確與慎重。如參考文獻（或書目），一味沿用西式，而不書寫出版社全稱、出版年、月。君不見中文書籍皆有出版年、月（或日），摒棄明確的年、月時間，而糊塗的記年，進而加編碼，真是「不知有漢，無論魏晉」。

類別＼篇別	研習	文學史	文類				徵獎
			戲劇	民間故事	圖畫書	童謠	
金門民間故事				V			
蘭嶼雅美民間故事研究				V			
澎湖民間故事研究				V			
宜蘭縣兒童文學研習營之研究	V						
卑南族神話研究				V			
臺北縣兒童文學研習營研究	V						
臺北縣國小兒童戲劇發展之研究			V				
臺中縣閩南語民間故事之研究				V			
澎湖縣兒童文學發展之研究		V					
蘭嶼口傳故事研究				V			
桃園縣兒童文學發展之研究		V					
臺南縣兒童文學發展之研究—從兒童文學獎出發							V
馬祖童謠研究—以 2001 ～ 2003 採集為例						V	
臺中現代劇團發展史—以頑石劇團、童顏劇團為核心			V				
民間故事採錄研究—以彰化縣為探討中心				V			
彰化縣民間文學集之研究				V			V
彰化縣文化局兒童詩徵選得獎作品研究							
「臺中縣兒童文學創作專輯」教師作品主題之研究							V
澎湖地區性圖畫書創作歷程的回溯與反省					V		
	2	2	2	8	1	1	3

伍、結語

　　區域兒童文學的研究，乃是撰寫台灣兒童文學史的基礎工作。如果能對各個區域進行全面性的蒐集與整理，集合眾人力量協力來完成，將有助於台灣兒童文學撰寫工作的推展和進行。施懿琳在〈撰寫區域文學史的幾點感想〉一文中，將個人的經驗、感想，提供有心在台灣其他各地撰寫區域文學史的朋友參考，試引錄重點如下，並作為本文的結語：

　　　　1、有關研究範圍的問題。

　　　　2、有關作家的選取問題。

　　　　3、田野工作及其記錄勢在必行。

　　　　4、史觀的確立。

　　　　5、最好能藉由群體的力量來完成。（以上詳見 2004 年
　　　　　　4 月 174 期《文訊》，頁 40 ～ 41。）

參考文獻

壹、研究文本

一、論著

江文錦編。《宜蘭縣兒童文學研習資料輯》。宜蘭市：宜蘭縣
　　政府教育局，1993 年 6 月。

林文寶主編。《台灣區域兒童文學概述》。臺東市：臺東師院

兒文所，1999 年 6 月。

邱阿塗編。《宜蘭縣兒童文學史料初編》。宜蘭市：宜蘭縣政
　　府教育局，1990 年 9 月。

邱阿塗編。《宜蘭縣兒童文學發展簡介》。宜蘭市：宜蘭縣政
　　府教育局，1985 年 12 月。

姜佩君著。《澎湖民間故事研究》。臺北市：里仁書局，2007
　　年 12 月。

謝鴻文著，《凝視台灣兒童文學的重鎮——桃園縣兒童文學發
　　展史》。臺北縣：富春文化事業股份有限公司，2006 年
　　12 月。

二、學位論文

王素涼。《臺北縣國小兒童戲劇發展之研究》。臺東市：臺東
　　師範學院兒童文學研究所碩士論文，2002 年 8 月。

李智賢。《臺南縣兒童文學發展之研究——從兒童文學獎出
　　發》。屏東市：國立屏東師範學院國民教育研究所碩士論
　　文，2004 年 7 月。

林聖瑜。《卑南族神話研究》。臺東市：臺東師範學院兒童文
　　學研究所碩士論文，2002 年 6 月。

姜佩君。《澎湖民間故事研究》。臺北市：中國文化大學中國
　　文學研究所博士論文，2001 年 5 月。

柯順發。《彰化縣文化局兒童詩徵選得獎作品研究》。臺東市：
　　國立臺東大學兒童文學研究所碩士論文，2006 年 8 月。

唐蕙韻。《金門民間故事研究》。臺北市：中國文化大學中國
　　　文學研究所碩士論文，1997 年 6 月。

張素貞。《彰化縣民間文學集之研究》。臺東市：國立臺東大
　　　學兒童文學研究所碩士論文，2006 年 7 月。

張晴雯。《「臺中縣兒童文學創作專輯」教師作品主題之研
　　　究》。臺東市：國立臺東大學兒童文學研究所碩士論文，
　　　2007 年 8 月。

梁雅惠。《臺中縣閩南語民間故事之研究》。臺東市：國立臺
　　　東大學兒童文學研究所碩士論文，2003 年 8 月。

曹榮科。《民間故事采錄研究—以彰化縣為探討中心》。臺中
　　　市：國立中興大學中國文學系所碩士論文，2006 年 7 月。

許玉蘭。《臺北縣兒童文學研習營之研究》。臺東市：臺東師
　　　範學院兒童文學研究所碩士論文，2002 年 8 月。

陳奕希。《臺中現代劇團發展史——以頑石劇團、童顏劇團為
　　　核心》。臺中市：國立中興大學中國文學系所碩士論文，
　　　2006 年 7 月。

彭美雲。《蘭嶼口傳故事研究》。臺東市：國立臺東大學兒童
　　　文學研究所碩士論文，2004 年。

曾瓊儀。《蘭嶼雅美族民間故事研究》。臺北市：中國文化大
　　　學中國文學研究所碩士論文，2001 年 6 月。

黃英琴。《馬祖童謠研究—以二○○一至二○○三採集為例》。
　　　臺東市：國立臺東大學兒童文學研究所碩士論文，2004
　　　年 8 月。

葉萬全。《澎湖縣兒童文學發展之研究》。臺東市：國立臺東
　　大學兒童文學研究所碩士論文，2003 年 8 月。

謝廷理。《澎湖地區性圖畫書創作歷程的回溯與反省》。臺東
　　市：國立臺東大學兒童文學研究所碩士論文，2007 年 8 月。

謝鴻文。《桃園縣兒童文學發展之研究》。宜蘭縣：佛光人文
　　社會學院文學研究所碩士論文，2005 年 1 月。

藍涵馨。《宜蘭縣兒童文學研習營之研究（1979 ～
　　1996）》。臺東市：臺東師範學院兒童文學研究所碩士論
　　文，2001 年 6 月。

貳、《文訊》區域文學相關專輯

第 63 期（1991.1）陽光海岸：屏東的藝文環境

第 64 期（1991.2）美麗淨土：臺東的藝文環境

第 65 期（1991.3）卦山春曉：彰化的藝文環境

第 66 期（1991.4）竹影茶香：南投的藝文環境

第 67 期（1991.5）稻花千里：雲林的藝文環境

第 68 期（1991.6）天人合歡：澎湖的藝文環境

第 69 期（1991.7）諸羅風情：嘉義的藝文環境

第 70 期（1991.8）府城春秋：臺南的藝文環境

第 71 期（1991.9）璀璨蓮花：花蓮的藝文環境

第 72 期（1991.10）科技與人文：新竹的藝文環境

第 73 期（1991.11）栗質天香：苗栗的藝文環境

第 74 期（1991.12）灼灼桃花：桃園的藝文環境

第 75 期（1992.1）戲劇故鄉：宜蘭的藝文環境

第 76 期（1992.2）三山聳立：高雄的藝文環境

第 77 期（1992.3）山海之間：臺中的藝文環境

第 78 期（1992.4）雨港樂音：基隆的藝文環境

第 80 期（1992.6）各縣市藝文環境調查的回響

第 94 期（1993.8）台灣地區區域文學會議專輯

第 97 期（1993.11）肥沃的土壤，燦爛的花朵：「各縣市作家作
　　品集」出版的意義

第 174 期（2000.4）花開遍地：區域文學史的撰寫

第 187 期（2001.5）耕植文學的苗圃：專訪民間文學教育工作者

第 261 期（2007.7）在地方，擘畫文學田畝──各縣市作家作品
　　集觀察。

參、論著

Tim Cresswell 著，徐苔玲、王志弘譯。《地方：記憶、想像與認同》。
　　臺北市：群學出版有限公司，2006 年 3 月。

方斯・卓皮納斯（Fons Trompenaars）、奎爾斯・漢普頓透納
　　（Charles Hampden Turner）合著，袁世佩譯。《卓皮納斯文化
　　報告》。臺北市：美商麥格羅・希爾國際股份有限公司台
　　灣分公司，1999 年 5 月。

吉妮特・佛斯（Jeannette Vos）、高頓・戴頓（Gordon Dryden）
　　合著，林麗寬譯。《學習革命》。臺北縣：中國生產力中心，
　　1997 年 4 月。

東師兒文所編輯。《一所研究所的成立》。臺東市：臺東師院
　　兒童文學研究所，1997 年 10 月。

邱少頤著。《南門河上的橋——兒童文學的推手部阿塗》。宜
　　蘭市：宜蘭縣政府文化局，2007 年 12 月。

金惠敏著。《媒介的後果——文學終結點上的批評理論》。北
　　京市：人民出版社，2005 年 12 月。

封德屏主編。《鄉土與文學——台灣地區區域文學會議實錄》。
　　臺北市：文訊雜誌社，1994 年 3 月。

封德屏主編。《藝文與環境——台灣各縣市藝文環境調查實
　　錄》。臺北市：文訊雜誌社，1994 年 3 月。

柏楊主編。《1980 中華民國文學年鑑》。臺北市：時報文化
　　出版事業有限公司，1982 年 11 月。

樊星著。《當代文學新視野講演錄》。桂林市：廣西師範大學
　　出版社，2007 年 1 月。

邁克・克朗（Mike Crang）著，楊敏華、宋慧敏譯。《文化地
　　理學（修訂版）》。南京市：南京大學出版社，2005 年
　　8 月。

肆、單篇

朱嘉雯。〈台灣地區有關區域文學史的著作提要〉。《文訊》
　　174 期，2000 年 4 月，頁 51-53。

江寶釵。〈區域文學史的另類書寫——從「嘉義市志文學篇」
　　的纂編說起〉。《文學台灣》40 期，2001 年 10 月，頁

46-52。

汪寶釵。〈戀戀鄉城──「區域文學史」撰述經驗談〉。《文訊》
　　174 期，2000 年 4 月，頁 45-47。

金惠敏。〈球域化與世界文學的終結〉。《哲學研究》，2007
　　年第 10 期，頁 77-82。

施懿琳。〈撰寫區域文學史的幾點感想〉。《文訊》174 期，
　　2000 年 4 月，頁 40-41。

陳宛蓉。〈遍聞福爾摩沙的芬芳──台灣地區「區域文學史」
　　現況調查〉。《文訊》174 期，2000 年 4 月，頁 54。

陳國偉。〈台灣區域文學史的論述與建構〉。《2006 台灣文
　　學年鑑》，國立台灣文學館，2007 年 12 月，頁 19-29。

陳萬益。〈現階段區城文學史撰寫的意義和問題〉。《文訊》
　　174 期，2000 年 4 月，頁 31-36。

黃美娥。〈開啟台灣文學研究的另一扇窗〉。《文訊》174 期，
　　2000 年 4 月，頁 48-50。

黃琪椿。〈區域特性與土地認同──龔鵬程先生〈區域特性與
　　文學傳統〉商榷〉。《文學台灣》9 期，1994 年 1 月，
　　頁 118-131。

鄭定國。〈在地言宣，在地書寫──談台灣區域文學〉。《文訊》
　　261 期，2007 年 7 月，頁 47-48。

龔鵬程。〈區域文學史的寫作與傳統〉。《文訊》174 期，
　　2000 年 4 月，頁 37-39。

龔鵬程。〈區域特性與文學傳統〉。《聯合文學》8 卷 12 期，
　　1992 年 10 月，頁 158 ～ 174。

台灣兒童文學發展的省思

邱各容

　　戰後的台灣兒童文學歷經半個世紀的發展迄今，舉凡從事兒童文學的工作者、兒童文學團體、兒童文學獎、兒童文學推廣與境外交流，都有長足的進展。但是，另一方面，由於缺乏對兒童文化的認知，缺乏對兒童文學的熱誠，再加以經費的普遍短缺，導致各縣市推廣兒童文學的熱度隨著時間愈來愈淡薄，卻也是不爭的事實。

　　台灣兒童文學的繁榮，是經過無數人的努力耕耘，才有今日的開花結果。它的發展是循序漸進，而非一蹴可及。現況是可以改變的，但發展則是一步一腳印，是有它的歷史進程的。台灣兒童文學的成果是多數人努力的結晶，不是少數人的豐功偉績；台灣兒童文學的發展是環環相扣而不是各自為政的。

　　以下謹從文學作品的本土化與生活化、兒童文學團體、兒童文學徵獎、兒童圖畫書插畫、兒童戲劇、兒童文學推廣、兒童文學學術研究、兒童文學境外交流等面向探討台灣兒童文學的發展現況。

壹、文學作品的本土化與生活化

　　所謂文學作品的本土化與生活化，是指文學的本土化與作品

的生活化而言。這兩項也正是歐美各國兒童文學發展特色的兩大共同點。由於作品的生活化，即便是傳奇故事或冒險故事也是現實的延伸，非常真實，小孩子有熟悉感，作品的本土化自然不在話下。

過去有些兒童文學界人士呼籲重視創作，唯有創作，才能延續兒童文學的生命。他們也一致表示唯有生活化的題材，才能包羅萬象；唯有自主性，才能自我肯定發展出具有民族特色的文學創作。

林鍾隆和鄭清文兩位對作品的本土化相當重視，他們認為台灣有很好、很豐富的童話寫作素材，應該可以寫出具有本土特色的童話作品，他們除了懇切的呼籲，本身更是身體力行。像林鍾隆的《美麗的花朵》、《水底學校》；鄭清文的《燕心果》、《臭青龜》等是。可惜直到現在，台灣童話作家的作品依舊還是脫離不了歐美童話的影子。

台灣兒童文學要能永續發展，文學的本土化以及作品的生活化絕對要認真以對。唯有文學的本土化，才能彰顯台灣兒童文學的自主性，才能發展出台灣兒童文學的特色；唯有作品的生活化，才能深入讀者的閱讀心理，引發共鳴。可喜的是，台灣的兒童文學作家，這些年來，多少也凝聚若干的共識，步著前人的後塵已經朝向「文學的本土化」、「作品的生活化」的特色前進。雖然步調不是很快，至少已經跨出若干步。雖然成效不是很顯著，至少有那麼一點感覺。有道是：最美麗的花朵，也是從發芽開始的。

貳、沒有交集的兒童文學團體

處身在資訊發達的現代社會，任何文學社團都無法自囿於有限的空間自求發展；相形之下，更應積極主動伸出友誼之手以擴展活動空間，兒童文學社團何嘗不是如此。

1992 年當時的台灣有高雄市兒童文學寫作學會、中華民國兒童文學學會、台灣省兒童文學協會、台北市兒童文學教育學會等四個兒童文學團體。筆者曾在〈兒童文學之交流〉一文中提到這些社團自成立以來，幾乎是各自發展。彼此之間，並無「橫向」的交流聯繫，只在「縱向」的自我成長。

2010 年的現在，除了前述四個社團外，雖然增加了台灣兒童文學學會、中國海峽兩岸兒童文學研究會、中華民國幼兒文學學會、桃園縣兒童文學協會等四個區域性兒童文學團體。不過，缺乏「橫向」的交流聯繫，只有「縱向」的自我成長的現象依舊。

從名稱上可以看出各團體的定位相當清楚，地域性很強。而其成員有部分是誇社團的，這些跨社團的會員以從事寫作者居多。雖然名稱有異，實際上卻大同小異。以台灣這麼彈丸之地，竟有八個兒童文學團體，分布於北中南，各擁一方；若干團體成立之初，沸沸騰騰，後來卻靜寂無聲，殊為可惜。再加上這些團體平常很少往來，獨自發展，平行而無交集。也因此，台灣的兒童文學界始終無法匯流成一條大河，凝聚成一股超大

的力量。

　　由於先天上整個大環境對兒童文學的漠視，影響所及，造成台灣兒童文學的營養失調。過去由政府主導的現象已經轉化為民間社團的持續推展，但是所能造成的影響則相對的低落。在過去長期關心台灣兒童文學發展的前行者日益凋零的情況下，後來者又缺乏足夠的行政資源協助推展各項的兒童文學活動。正因為如此，個人覺得台灣現有的這些兒童文學團體可發揮的整合空間還是很大，否則又如何能夠談到台灣兒童文學的永續經營？

　　儘管如此，上述八個兒童文學團體中還是有若干較具活動力，過去的活動性質傾向於辦理研習營（班），採收費制。以經驗分享、寫作指導為主。目前則採多元化運作模式，較具彈性。

參、經營不易的兒童文學徵獎

　　九〇年代台灣兒童文學徵獎活動達到高潮，各項屬性不同的兒童文學獎造就不少當代的兒童文學作家。近十年來，兒童文學作家人口的不斷增加，與高額獎金不無關係。長達十八年之久的洪建全兒童文學創作獎是締造台灣兒童文學寫作風潮的最大因素，目前稍具知名度的兒童文學作家幾乎都出自於該獎。和板橋教師研習會兒童讀物寫作研究班兩者都是帶動台灣兒童文學寫作風潮的兩大利基。繼之而起的中華兒童文學獎

（1988 年）、楊喚兒童文學獎（1988 年）、陳國政先生兒童文學新人獎（1993 年）、師院生兒童文學創作獎（1994 年）雖然先後停辦，但獎性各異。

　　至於由媒體主辦的幼獅青少年文學獎及中國時報兒童文學獎卻有如曇花一現，不知何故，只辦一屆就停擺了。幼獅青少年文學獎雖然只辦一屆，卻有台東大學兒童文學研究所碩士生陳沛慈以此做為碩士論文的題裁——《青少年的愛情世界以第一屆「幼獅青少年文學獎」為例》（2003 年）。無獨有偶的，舉辦十八屆的洪建全兒童文學創作獎也不過只有一篇碩士論文。台東大學兒童文學研究所碩士生楊詩玄的碩士論文《兒童文學獎中的文化形構——以洪建全兒童文學獎為例》（2003 年）。前一篇的指導教授林文寶，後一篇的指導教授杜明城。前一篇以青少年的愛情世界為主軸，後一篇則以兒童文學獎的文化形構為主軸。何以只辦一屆的文學獎就可以做為碩士論文？又何以多達十八屆的文學獎長期以來卻只有一篇相關的碩士論文？頗耐人尋味。

　　目前還在舉辦的兒童文學徵獎計有：信誼基金會的信誼幼兒文學獎（第 22 屆）、九歌文教基金會的九歌現代少兒文學獎（第 18 屆）、國語日報的兒童文學牧笛獎（第 9 屆）。信誼以幼兒文學為主，九歌以少年小說為主，國語日報以童話及圖畫故事為主。其中信誼幼兒文學獎遠遠超過洪建全兒童文學獎的 18 屆紀錄，九歌現代少兒文學獎剛好平洪建全兒童文學獎的紀錄，這兩個獎以後每辦一屆都是創紀錄的。

　　信誼幼兒文學獎是國內唯一也是最具指標的原創幼兒圖畫書獎項，而老中青三代的圖畫書作者幾乎都曾與該獎項發生關係；這就像老中兩代的作家都曾與洪建全兒童文學獎發生關係的情況如出一轍。

　　除了以上三種長期舉辦的兒童文學徵獎之外，高雄市文藝獎設有兒童文學類、桃園縣兒童文學獎分國小組和社會組；南投縣玉山文學獎、台南市南瀛文學新人獎等都設有兒童文學的獎項。至於大學院校則有台東大學兒童文學獎、彰化師範大學白沙文學獎等也都有兒童文學相關的獎項。

　　寫作與得獎不一定劃上等號，但若得獎卻是刺激再創作的有利因素。寫作者若要出人頭地，得獎固然是一條捷徑，但絕對不是唯一的選項。像王文華、鄭宗弦、侯維玲、陳素宜、管家琪、王淑芬、林世仁等都是近十年來頗受好評的當代兒童文學作家。至於中生代的桂文亞、朱秀芳、陳月文、方素珍、謝武彰、洪志明、杜榮琛、林武憲、陳啟淦、馮輝岳、陳瑞璧、邱傑等都還是汲汲於兒童文學的創作，筆力依然不輟。陳正治、張清榮這兩位長期教授兒童文學的學者在教學之餘，依然從事兒童文學理論書籍的寫作。張子樟和許建崑兩位則汲汲於撰寫兒童文學作品的導讀。

　　陳千武、林良、馬景賢、傅林統、趙天儀、黃海、林煥彰等寶刀未老，仍然活躍在兒童文學的舞台。小說家鄭清文和黃春明兩位，更是在小說創作之餘，汲汲於台灣童話的寫作。鄭清文自稱小說創作五十年，童話創作三十年。足見他對台灣童

話的重視，作品《燕心果》被譯成日文，更名為《阿里山の神木》。黃春明的童話作品集也被譯成法文；此外，他更成立黃大魚兒童劇團，醉心於兒童戲劇的推展。至於李潼以及蘇尚耀、張劍鳴、林守為、嶺月、丁羊、蕭奇元、詹冰、林鍾隆、潘人木、林海音等前輩作家則先後辭世。

肆、國際兒童文學舞台的插畫菁英

台灣自徐素霞以《水牛和稻草人》入選 1989 義大利波隆納國際圖畫書原作展之後，年輕一代的插畫家作品紛紛入選該原作展以及捷克布拉迪斯國際插畫雙年展、西班牙加泰隆尼亞插畫雙年展等。這是台灣兒童文學界最先躍上世界兒童文學舞台的一群。像陳志賢、王家珠、劉宗慧、李謹倫、楊翠玉等都先後入選多次。

徐素霞的入選，掀起國內兒童讀物插畫家進軍國際兒童讀物插畫舞台的先河，也為台灣兒童讀物插畫在通往國際兒童讀物插畫的途徑上劃下第一道刻痕。

2000 年的義大利波隆納國際兒童書展，台灣首度推出主題展，其中一個主題就是「鄭明進繪本作品展」，展出鄭明進二十多年的創作，包括作品《少年遊龍宮》在內。對其美術教育和藝術創作而言，無疑的是一大異彩，透過此次交流，讓外國人也感受到台灣的文化和生命力。

從老一輩的鄭明進到中生代的徐素霞，乃至新一代的劉宗

慧、王家珠、楊翠玉、李謹倫、陳志賢等，我們可以發現台灣兒童讀物插畫家個人的努力，也已博得世界各大國際插畫大展的重視和肯定，更進一步贏得美日等出版公司的肯定和青睞，甚至合作出版。

也就是說，台灣兒童文學工作者最早和國際接軌的是從事兒童圖畫書的工作者，他們透過兒童圖畫書這種「視覺語言」和來自世界各國的兒童圖畫書工作者溝通與交流；他們也經由兒童圖畫書這種「視覺語言」的傑出表現博得外國出版社的青睞，透過版權交易，讓他們的作品展現在外國讀者的面前。

伍、成果豐收的兒童劇團活動

台灣的兒童劇團在兒童文學領域可說是獨樹一幟。截至目前為止，先後計有魔奇、九歌、水芹菜、丫丫、小青蛙、小袋鼠、向日葵、鞋子、紙風車、一元布偶、大腳丫、杯子、洗把臉、彩虹樹、童顏、牛骨、蘋果、如果、台東兒童、皮皮、黃大魚、南風、爆米花二十餘個兒童劇團的成立，帶動台灣當代兒童劇團的蓬勃發展。

十餘年來，兒童劇團演出逐漸打破傳統以人為主的表演方式，更為了強調演出效果及其多樣化，進一步和廣大觀眾同樂的目的，各劇團紛紛採用人偶、布偶、杖頭偶、大型撐竿偶等，甚至從國外訂製行頭，增加角色造型的生動活潑，並強調寓教於樂的戲劇效果。

至於兒童戲劇的演出則有黑光劇、布偶劇、音樂劇、歌舞劇、台語兒童歌劇、兒童歌仔劇、生態劇、兒童音樂歌舞劇、兒童京劇等不同型態。

兒童戲劇演出場所不斷擴展，由室內走向室外、由本島到外島、由單一劇團的固定演出到音樂藝術季、兒童藝術節、兒童戲劇親子遊等的合作演出；甚至可以在國家音樂廳、國家戲劇院演出大型兒童音樂歌舞劇（小李子不是大騙子），足見兒童劇的演出水準已經大幅提昇到可以在國家級的音樂戲劇殿堂隆重演出。

兒童戲劇在兒童文學領域中，是相當具有活動力的一環，也是很有機會和外國兒童劇團接軌的文化交流活動。甚至應邀赴國外巡迴演出，從事民間的文化交流。像紙風車的「美國巫婆不在家」、「我們一車都是牛」；鞋子的「門神報到」；九歌的「四季花神」等都是歷年來膾炙人口的年度大戲。

這種動態的兒童文學活動，透過角色的「肢體語言」，宛如兒童圖畫書工作者透過兒童圖畫書這種「視覺語言」一樣，是很容易與國際兒童文學中的兒童戲劇接軌的。

陸、兒童文學推廣欲振乏力

台灣兒童文學的推廣從中央到地方普遍呈顯後繼無力的消褪現象，兒童文學推廣青黃不接。過去板橋教師研習會在陳梅生主任極力推動下，成為培養兒童文學寫作的搖籃。當時受訓

學員來自全省各縣市，他們後來都成為推廣兒童文學，讓兒童文學在各地生根發芽的種子。

　　近十年來，由於人事更迭，或不在其位，或過世，或退休，當年站在推廣兒童文學第一線的尖兵，如今都退居第二線。過去各縣市寒暑假辦理兒童文學研習的熱況已經不見。主其事者的認知有助於業務的順利運轉，過去的陳梅生主任對兒童文化及兒童文學的重視，是他推動兒童文學的原動力。只是現在很難再出現一位像陳梅生這樣長期關注台灣兒童文學發展的政府官員。

　　反觀近幾年來，台灣兒童文學就推廣而言，缺乏像板橋教師研習會那樣的機構和機制。現在是由過去的官方機構轉由民間機構或社團主其事，這些機構和社團是當前台灣推動兒童文學的主力。中華民國兒童文學學會、台灣省兒童文學協會、中國海峽兩岸兒童文學研究會等是其中較具活動力者。至於各縣市的兒童文學研習活動幾乎呈現停擺狀態，此與當年各縣市寒暑假熱烈舉辦各種兒童文學研習活動的盛況簡直有天淵之別。

　　雖然過去由政府主導的兒童文學推廣活動如今已經大不如前，這是不爭的事實。可是，卻有一股新生的力量正在成形之中。這股推動兒童文學的力量來自於散處各地的故事媽媽團體，以說故事為主，她們以「從聽故事到閱讀」的活動模式，以「鴨子划水」的推展方式，這些年來，已經蔚成一種風氣。雖然形式與過去的研習大異其趣，推廣兒童文學的本質則是大同小異的。

　　從過去縣市政府舉辦的兒童文學研習到目前各學校的故事媽媽說故事，對象從小學老師下降到小學生，活動模式從寫作轉換成聽讀，儘管推廣兒童文學的初衷是不變的，但是因應時代環境的更異，進行方式卻可以更富彈性而多元。過去是寫作經驗的交流與分享，現在則是閱讀的引導與輔助。過去是以寫作為前提，現在則以閱讀為導向。過去重視的是寫作的基礎，現在重視的是導讀的熱誠。因應時代環境的變化，導致兒童文學的活動趨向更多元與彈性化。

柒、兒童文學學術研究風氣日盛

一、兒童文學學術研討

　　自台東師院兒童文學研究所成立以來，在林文寶、張子樟、杜明城、吳玫瑛等幾位所長努力經營下，對兒童文學學術研究風氣的提昇具有推波助瀾的效用。再加上博士班的成立，吸引更多青年學子從事兒童文學理論研究，同時意味著兒童文學將朝向專業研究的領域。因為它是台灣目前唯一的兒童文學研究所，也是唯一擁有兒童文學博士班的綜合大學，是以，學術界對他們的期待也更為殷切。

　　目前國內的台東大學和靜宜大學兩所大學每年定期舉辦兒童文學學術研討會。前者由兒童文學研究所主辦，後者分別由文學院、人文暨社會科學院、外語學院等主辦。靜宜大學截至今年已經連續舉辦十四屆，業已建立相當的口碑。當年促成其

事的許洪坤教授、海柏教授和趙天儀教授是幕後最大的功臣。

　　靜宜大學舉辦的研討會定名為「全國兒童文學與兒童語言
學術研討會」，顯然「兒童文學」與「兒童語言」是研討會的
兩大主軸。

表一：靜宜大學歷屆兒童文學與兒童語言學術研討會主題

屆別	年份	研討主題	主辦單位	出版
1	1992	兒童詩與兒童語言	文學院	無
2	1998	童話、少年小說、兒童文學中的語言以及歐洲兒童文學	文學院	有
3	1999	少年小說	文學院	有
4	2000	兒童詩、圖畫書、童話與少年小說	文學院	有
5	2001	兒童文學與 Fantasy	文學院	有
6	2002	兒童文學的閱讀與應用	文學院	有
7	2003	兒童文學的翻譯與文化傳遞	文學院	有
8	2004	兒童文學研究與九年一貫教育	文學院	有
9	2005	兒童文學的回顧與展望	文學院	有
10	2006	兒童文學與生態學	文學院	有
11	2007	兒童文學、民間文學與兒童文學教育	文學院	有
12	2008	幼兒文學、圖畫書、幼兒教育	人社院	無
13	2009	科幻文學、奇幻文學與兒童文學	人社院	無
14	2010	從台灣兒童文學看世界：鄉土、時代與文化	外語學院	無

　　從歷屆的研討主題觀之，顯然側重於兒童文學，至於兒童
語言的偏失，顯然易見。主辦單位有鑒於語言文學不分家，這
種偏失的情況將於明年加以改善。參與者皆來自各大學院校從

事兒童文學教育或從事兒童文學研究者，以及對兒童文學研究懷有興趣的小學教師等。

　　更多的是台東大學兒童文學研究所的研究生，在林文寶教授等的鼓勵下，藉由參加學術研討的機會，提出相關議題的論文，一方面就教於參與研討的學者專家，一方面磨練自己，提昇研究水平。近年來，不但是師範學院，其他大學或技術學院從事相關教學的年輕學者也都紛紛開有關兒童文學的課程，以及積極參與跟兒童文學有關的各項兒童文學活動。如此重視兒童文學理論的研究與探討，進行作品論、作家論、文本論、比較論等多面向的思考，將有助於提升學術研究的水平。

　　另一方面，台灣現有若干在美國、英國、日本留學修習兒童文學而學成回台從事兒童文學教學的年輕學者，她們都非常優秀。諸如：在靜宜大學日文系任教的陳秀鳳、鄭元貞；在中興大學任教的劉鳳芯；在淡江大學日文系任教的林文茜；在東吳大學日文系任教的張桂娥；在佛光大學外文系任教的游鎮維；其他還有留學美國的孫晴峰、趙映雪；留學英國的蔡宜容、幸佳慧等幾位都是相當傑出的兒童文學作家，經常在《國語日報》「兒童文學週刊」發表談論外國兒童文學作家宇作品的文章。

　　至於國內培養的年輕一代的兒童文學研究者如徐錦成已是國內兒童文學的研究新秀，而黃秋芳、謝鴻文等也是《國語日報》「兒童文學週刊」近年來的主要作者之一。

二、兒童文學博碩士論文

　　自 60 年代初期的 1964 年以迄 2008 年止，國內各大學院校有關兒童文學的博碩士論文，根據國家圖書館全國博碩士論文資訊網的資料顯示，約 1288 筆。

　　這其中不包括非中文的論文在內。下列是筆數在 11 筆以上的各大學兒童文學博碩士論文統計表。

表二：各大學兒童文學博碩士論文統計

序號	學校名稱	筆數
1	國立台東大學	544
2	國立台北教育大學	106
3	國立台南大學	77
4	國立新竹教育大學	55
5	台北市立教育大學	55
6	國立屏東大學	55
7	國立嘉義大學	49
8	國立台中教育大學	37
9	國立花蓮教育大學	33
10	國立台灣師範大學	68
11	國立高雄師範大學	28
12	國立彰化師範大學	23
13	私立輔仁大學	32
14	私立文化大學	29
15	私立淡江大學	17
16	私立東海大學	11
17	私立銘傳大學	11

資料來源：國家圖書館全國博碩士論文資訊網

　　由上列統計資料，初步可以理解到有關兒童文學博碩士論文完全集中在師範師院體系，足見台灣的兒童文學教育依舊還是以師範師院為主，較少擴及到非師範師院體系的大學院校，這種現象迄今並未改善。

　　台東大學兒童文學研究所（簡稱兒文所）成立後，儼然成
為台灣研究兒童文學的重鎮，此由上列資料可以一目了然。在
1288 筆當中，整個師院體系高達 79%（兒文所就佔了 42%），
師範體系佔 9%。其他 39 所大學佔 12%，雖然比例不高，至少
表示兒童文學研究逐漸在大學院校形成一股研究風潮，特別是
「圖畫書」或「繪本」的博碩士論文在整個兒童文學各文類當
中所佔的比例最高，這也反映出「圖畫書」或「繪本」在兒童
讀物市場居於主流讀物的現象。

表三：依中國圖書分類法所做的兒童文學博碩士論文分類表

序號	文類	筆數
1	兒童文學理論	9
2	兒童文學評論	45
3	童話、神話	166
4	兒童戲劇、兒童曲藝	32
5	兒童故事、小說	261
6	兒童散文	41
7	童詩、童謠、兒歌、寓言、謎語、笑話	126
8	幼兒圖畫書、繪本	482
9	兒童讀物	49
10	兒童閱讀等	60

　　由上列約略可知兒童文學博碩士論文還是集中在主流文類
如童話、神話、兒童故事、小說、童詩、童謠、兒歌等共 553
筆，佔 43%。但後來居上的幼兒圖畫書與繪本，此一單項就佔

了 37%，其餘各類佔 20%。

　　在這 1288 筆的博碩士論文中，博士論文有 9 筆。台師大國文所 3 筆（1988、2003、2005）、高師大國文系 1 筆（1999）、佛光人社院文學系 1 筆（2005）、文大中文所 1 筆（2005）、清大台文所 1 筆（2005）、台東大學兒文所 2 筆（2008）。

表四：歷年中文兒童文學博碩士論文筆數統計表

年份	筆數	年份	筆數
1979 年以前	3	2002 年	104
1980 年～ 1989 年	15	2003 年	164
1990 年～ 1997 年	38	2004 年	117
1998 年	17	2005 年	174
1999 年	33	2006 年	198
2000 年	39	2007 年	219
2001 年	61	2008 年	106
總筆數	1288		

資料來源：國家圖書館全國博碩士論文資訊網

　　從上表可知在 1989 年以前，中文的兒童文學博碩士論文筆數很少，只有 18 筆。1998 年台東師院兒童文學研究所成立以後，兒童文學博碩士論文筆數逐年增加。2002 年起，每年的兒童文學博碩士論文筆數都在百筆以上。其中 2007 年更多達 219 筆。

　　從 2002 年起有關中文兒童文學博碩士論文筆數，每年總在百筆以上，顯見兒童文學博碩士論文已經不限於師範或師院體系，而且是擴及到 52 所大學 266 個系所，這種現象適足以

表現眾聲喧嘩的時代已經來臨。而居中扮演催化眾聲喧嘩的是「圖畫書」和「繪本」。

三、異軍突起，獨樹一幟

　　由楊茂秀創辦的財團法人毛毛蟲兒童哲學基金會自創會以來，汲汲於媽媽讀書會領導人培訓外，近幾年來，也舉辦形式內容各異的國際研討會，其中當然也包括兒童文學在內。

　　毛毛蟲兒童哲學基金會舉辦的與兒童文學相關的國際研討會，每回都邀請外國的兒童文學專家學者來台發表專題演講，成效卓著。也因此，該基金會成為繼靜宜大學、台東大學之後，第三個經常舉辦兒童文學學術研討會的單位。該基金會透過研討，對促進台灣與外國兒童文學界的文化交流，不無推波助瀾之效。台灣兒童文學要朝向世界化，要與世界兒童文學思潮同時並進，「國際研討會」是個必經的過程與步驟。毛毛蟲兒童哲學基金會適時扮演居中的「橋樑角色」，不啻是異軍突起。

　　邀請外國學者專家參與國內的兒童文學學術研討會，毛毛蟲兒童哲學基金會雖然不是第一個，卻是邀請次數最多的單位。遠來的和尚固然會念經，對國內兒童文學界而言，卻是多一次增長知見的大好機會。台灣兒童文學要能跟得上世界兒童文學的思潮，透過兒童文學的「國際研討會」，不失為明智之舉。近兩年東海大學也舉辦過完全以英文發表的兒童文學國際研討會，這是一種趨勢。

捌、兒童文學境外交流

　　台灣兒童文學與境外交流自林鍾隆開始，在沒有任何外援的情況下，他透過《月光光》和《台灣兒童文學》這兩份自辦的小眾刊物，與日本兒童文學界進行長達數十年的兒童文學交流，自林鍾隆辭世後，台日之間的兒童文學交流從此斷了線，殊覺可惜。

　　1987 年年底台灣開放探親以來，兩岸兒童文學的交流呈漸進式的。以林煥彰為首的大陸兒童文學研究會（現更名為中國海峽兩岸兒童文學研究會）、以桂文亞為主的民生報、以林文寶為代表的台東師院（現更名為台東大學）兒童文學研究所等，在海峽兩岸兒童文學交流過程中都曾經貢獻過他們的心力和熱誠，更具有推波助瀾之功。林煥彰等是以作家作品交流為主，桂文亞是以出版交流為主，林文寶是以學術交流為主，不同的階段，不同的交流方式，也反映出不同的需求。

　　由韓國的李在徹先生發起的亞洲兒童文學大會自 1990 年起開始在韓國（1990、1997）、日本（1993、2004）、中國（1995、2002）、台灣（1999、2008）等輪流舉辦。亞洲兒童文學大會不僅是亞洲兒童文學界的大事，也是洲際性的兒童文學盛事。十餘年來的與會者除上述四個國家外，還包括來自法國、芬蘭、德國、以色列、印度、紐西蘭、馬來西亞、美國、香港等國家地區的兒童文學工作者。自第二屆開始，台灣兒童文學界受邀參加，這是台灣兒童文學界首度躍上洲際性的兒童

文學舞台，與來自歐亞的兒童文學界進行文化交流。

　　台灣與世界各國兒童文學界進行境外交流的另一場域是義大利波隆納一年一度的波隆納國際兒童書展（Bolongna Children's Book Fair）。自 1963 年創辦的波隆納國際兒童書展是全球最大的兒童書展，台灣出版兒童讀物的出版社參加該書展已經行之有年，透過版權交易進行文化交流。一面引進外國傑出的兒童文學作品，一面輸出台灣傑出的兒童文學作品。

　　除此之外，若干大學教授以私人身分參加各項國際兒童文學學術研討會也時有所聞。總之，在資訊發達的現階段，從事兒童文學的境外交流，已經是一件必然的事。

　　少數基金會或出版公司透過設獎或出版等機會，邀請境外的外國兒童文學專家學者或插畫名家來台做短期訪問，同時安排辦理演講、座談、訪問等行程，讓台灣和境外來台的外國兒童文學工作者進行交流與分享的活動。這固然是民間力量促成的，卻也告訴我們的確有這種的「需要」。境外兒童文學工作者的來訪，只是這種需要的「應化」而已。

玖、結語

　　台灣兒童文學發展有其歷史的延續性，也有其空間的擴展性，兩者不可偏廢。現階段的台灣兒童文學工作者還是以「寫作」居多，兒童文學推展則衍化成「化整為零」的型式走向社區化，以讀書會的組織引導對兒童文學有興趣者經由閱讀進入

欣賞的殿堂。兒童文學學術研究水平的提昇，有待大家的努力。兒童文學境外交流更趨多元化，台灣兒童文學界不能自外於亞洲兒童文學界，不但不能缺席，更應該積極主動參與洲際性的兒童文學活動。

交流是兒童文學發展的必然結果，透過交流，一方面可以增進「己所不能」；透過交流，另一方面也可表現「己之所能」。它既是一種良性的互動，也是一種善性的循環。「本位主義」已經不符合時代的潮流，有時反而成為成長的絆腳石。

台灣兒童文學不能在象牙之塔內畫地自限，引進外國傑出兒童文學作品，從中汲取更多外國兒童文學資訊固然是好；像亞洲兒童文學大會的參與和主辦，更是不能缺席。舉辦兒童文學國際研討會儼然成為台灣兒童文學界走向世界兒童文學舞台的另一條途徑。在既有的基礎上，只要大家再加把勁，越過眼前的山峰，才能看到美麗風景的時代就要來臨了。

附錄一

台灣地區四十五年來的兒童文學發展

（一九四五～一九九〇）

林　良

一

　　兒童文學的歷史跟人類口傳文學的歷史同樣久遠。學者對兒童文學作探源的研究，形成「古典兒童文學觀」。

　　現代兒童文學的萌芽在十九世紀的歐洲。它跟「古典兒童文學」的差異，就在是否把兒童文學視為「個人的文學創作」這一點上。

　　以英國為例：

　　流傳在民間的兒歌和「阿瑟王」的傳說，屬於「古典兒童文學」的範圍。斯蒂文遜寫的少年小說《金銀島》、Ａ・Ａ・米恩寫的兒童詩集《當我們很小的時候》，屬於「現代兒童文學」的範圍。

　　因此，現代兒童文學的「最狹義」，應該是：以兒童為讀者對象的文學創作。

　　不過，本文指稱的「兒童文學」，包括創作、鑑賞、整理、研究、討論、出版、傳播、教學在內，對「古典兒童文學」和「現代兒童文學」作嚴格區分是沒有必要的。

二

　　台灣在光復以前，知識界對兒童文學並不陌生。日本的兒童文學活躍在小學裡，日本的兒童讀物活躍在書店、圖書館和家庭的書房裡。傳統的兒歌和民間故事，活躍在廣大的中國人社會中。當年中國大陸兒童文學的迅速發展，台灣的知識界也有相當的認識。

　　民間的口傳文學、中國傳統的「三、百、千、千」幼學讀本、日本的兒童文學、中國的兒童文學，構成了台灣兒童文學的四大資源。在這段期間，有多少人以日文從事兒童文學創作？有多少人以中文從事兒童文學創作？知識界在兒童文學方面有些甚麼成績？這是一段急待我們加以充實的兒童文學史。

三

　　一九三七年的中日戰爭，一九四一年的太平洋戰爭，對台灣的兒童文學產生了負面的影響。

　　首先是，中國兒童文學的訊息中斷了。

　　然後是，日本因為全面投入大規模戰爭而出現資源的枯竭。兒童文學的活躍也陷入停滯。

　　台灣所受戰爭的影響是：軍伕的徵召、盟軍的轟炸、物資的匱乏。這些影響造成民生的凋敝。知識界對兒童文學的關懷因而冷卻。

一九四五年台灣光復，但是中國大陸卻開始陷入動亂。台灣知識界和全中國的知識界共同為兒童文學努力的第一次良機，因此失去。

四

一九四九年大陸變色，政府把行政中心轉移到台灣。當時中國知識界渡海到台灣來的很多。海峽兩岸兒童文學工作者的第一次結合終於形成。

對兒童文學並不陌生的台灣知識界，需要有一段時間培養用中文寫作的習慣，但是這並不影響他們對兒童文學的提倡、鑑賞和研究。習慣於中文寫作的大陸知識界，對兒童文學有較多的參與。這參與就在寫作方面。海峽兩岸的知識界，都有一個「促成兒童文學復甦」的理念。

本來，中國現代兒童文學的萌芽，受到歐洲兒童文學的影響最大。但是這種影響，最初卻是由出版事業極為活躍的日本「轉口輸入」。直接由歐洲輸入的比較少。這情形，跟台灣知識界的情況極為相似。唯一值得提到的，就是大陸知識界為台灣知識界帶來了一個新的影響，那就是提供了「呈現在中文裡的兒童文學面貌」。

五

　　遠在一九三七年中日戰爭爆發的前夕，中國的兒童文學發展已有相當的規模，被稱為中國兒童文學的第一個黃金時代。

　　大陸知識界為台灣帶來了對那個時代的懷念，心中湧起的是重現當年盛況的激情。許多當年的兒童讀物印行了台灣版，寫作的人撰文回憶當年兒童讀物的出版盛況。許多故事一再的重述，許多作品一再的被提及。那是一次「懷舊運動」。在台灣光復後的第一個十年中，懷舊運動所帶來的生機，是喚醒社會再度對兒童文學加以重視，具體的行動是《台灣兒童》、《小學生》、《學友》、《東方少年》、《國語日報》的「兒童版」、《中央日報》的「兒童周刊」的誕生。

　　這些雜誌和副刊的出現，除了「提供兒童課外讀物」以外，另一個很大的貢獻，就是培育了台灣第一代以中文撰稿的兒童文學作家。

六

　　第二次世界大戰結束以後，強盛的美國成為全人類矚目的「成功國家」的典範。美國文化引起大家研究的興趣。美國的兒童文學，也對世界各國產生很大的影響力。我國兒童文學跟美國兒童文學的接觸是自然的，既不刻意追求，也不刻意規避。

　　美國在兒童文學方面的成就，十分引人注目，透過翻譯，近乎為我國兒童文學發展引進了新資源。我國的兒童不但可以跟美國兒童共享趣味的兒童文學創作，我國的作家、出版家也

因此獲得觀摩和思考的機會。

本世紀六十年代前後，是翻譯的鼎盛期，翻譯對象以美國的兒童文學作品為主。其他國家的兒童文學作品並不是完全忽略，但是數量卻很少。

這個兒童文學的「翻譯運動」，特色是擺脫過去由日本「轉口輸入」的型態，開創了直接由作品原文翻譯的新風氣。

七

四十五年來台灣兒童文學的發展，到今天已經有了令人注目的成績。如果跟一九三七年中國兒童文學的第一個黃金時代相比，我們今日的成就，可以稱為第二個黃金時代而無愧。

這個成就的得來，固然跟兒童文學工作者的努力有關，但是知識界和年輕父母的普遍支持，更是重要的因素。

台灣的兒童讀物市場，屬於自給的「小市場」型態。小市場本來不適合發展出版業，對兒童讀物的出版更不相宜。但是台灣兒童讀物的蓬勃，憑藉的卻不是市場，而是知識界的出版熱情和出版理想。

知識界投入出版業的很多。熱情和理想是永不枯竭的資金。

八

目前的台灣，無論是兒童圖書出版量的增加，兒童雜誌的琳琅滿目，兒童百科全書的編印，兒童大套書的盛行，兒童報紙的一一誕生，兒童文學論著的出版，兒童圖書印製的精美，兒童文學獎的多樣，兒童文學創作的受重視，兒童文學作家地位的提昇，外國兒童讀物的翻譯，兒童文學編寫人材的培育，兒童文學史料的受關注，小學兒童圖書館經費的增加，小學裡童詩教學的蓬勃，師院倡導的兒童文學學術研究，專業兒童劇團的出現，兒童文學工作者的組織，國際交流活動的參與，都可以形容為規模略具。如果要作進一步的發展，那美好的憑藉似乎是前所未有的。

不過，所謂進一步的發展，並不意味著「進入坦途」，而是敢於迎向真正的「披荊斬棘」、真正的「蓽路藍縷」。那也就是發揚四十五年努力中逐漸培養起來的專業精神。

九

如果要指出四十五年來台灣地區的兒童文學發展，為兒童文學工作者帶來甚麼啟示，甚麼收穫，那麼，那啟示就是「行者必至」，那收穫就是「專業精神」。

「千里之行，始於足下」。我們的前途是否光明，端看我們今後邁出去的每一步，是否都是具有「嚴格的自我要求」的步子。

附錄二

為兒童文學點燈──陳梅生專訪

看書對於寫作的影響很大，能引起小朋友的興趣，
使他們有文學的修養，並改變他們的氣質。

　　　　　　　　　　　　　　　　　　　──陳梅生

為兒童文學點燈──

陳梅生專訪

地點：台北市和平東路陳公館

日期：一九九九年一月二十三日

時間：上午九點～十一點半

訪問者：吳聲淼

　　提起陳梅生，大家都知道他和台灣兒童文學的發展，有著十分密切的關係。一九四九年他在北師附小任職，從事基層國民教育工作，做過學生對兒童讀物興趣的調查研究。後來調升為國小校長，期間曾主編過兩本兒童雜誌：《中國兒童週報》和《學園月刊雜誌》。一九六一年受命為教育廳第四科科長，稍後負責承辦「國民教育改進五年計畫」，成立了「兒童讀物編輯小組」。一九七一年在國民學校教師研習會主任任內，成立「兒童讀物寫作研究班」。一九八一年在高雄市政府教育局長任內，又率先輔

導成立「高雄市兒童文學寫作學會」。這些事跡，就兒童文學的發展史而言，舉足輕重，關係匪淺。

　　數十年來，陳梅生始終和兒童文學有不解之緣，因為他關心兒童，更關切兒童讀物，甚至在從事教育行政工作時，以實際行動來表示他對兒童文學的支持，今天我們台灣的兒童文學能夠如此欣欣向榮，他有很大的貢獻。為了進一步了解當年兒童文學的狀況與感受一代學人的風範，於是有了這次的訪問。

＊　＊　＊　＊　＊

請問先生小時候有沒有接觸過兒童文學？

　　小時候我是讀私塾的，讀的是四書五經，因為是讀私塾，所以兒童文學讀物是看不到的。但我們看章回小說，對《三國演義》、《水滸傳》、《封神榜》及後來看的《紅樓夢》等，都很有興趣，所以我自己看課外讀物的習慣是有的。私塾唸了五、六年後才進小學（這時虛歲十五，實歲十三）。小學裡是唸白話文，因為我讀過古書，所以我可以用文言文寫文章，學校裡的作文比賽，常常得第一名。小學時家裡窮，靠著成績好而免學費，唸中學時也是公費生，只要蓋個圖章便什麼都解決了。高中時，因為抗日，當年教育部長陳立夫做了一件事對我影響很大，就是淪陷區的學生貸金，學生都是公費唸書，幫助了很多家庭經濟斷絕的學生。高中我唸的是臨時中學，大學唸師範學院，所以我一生都是靠公費讀書的。但我對閱讀課外讀

物是有興趣的，我自信讀過的課外雜書還不少。但真正接觸兒童讀物，還是到北師附小以後的事。

聽說您早期曾主編過兒童雜誌，不知詳細的情形如何？

我本身也是小學老師，後來當了龍安國小校長，專長是國民教育。年輕時和大家一樣，希望能寫點東西。我和我太太是大陸中山大學教育系的同班同學，到台灣來之後，在北師附小做老師，以前在學校修過圖書館學三個學分，教授是杜定友先生，他現在已經過世了，他發明了杜氏的分類法。我於一九四九年暑假到附小，名義上是教導主任兼輔導研究部主任，發覺圖書館的書有點亂，我就按圖書分類法做整理，一邊整理一邊看書，看了格林童話、安徒生童話等書，開始接觸兒童讀物。

在北師附小時，大安區教育會包含有大安國小、龍安國小、幸安國小。大安區教育會的理事提議編雜誌，是給大安區幾所國民學校小朋友看的兒童雜誌，名為《兒童雜誌》，由我擔任主編。那是一份完全義務性質的工作，沒有稿費，是三十二開本一張報紙的刊物，但只出版了幾期。後來在一九五一年又編了《中國兒童週報》，是由十個人所出資，包括台北師範學校校長唐守謙、台北師範附小校長王鴻年等十人，每個人出五千元，合資一萬元。十人中還有阮日宣，是《聯合報》記者，也是我高中同班同學；羅慧明，師範大學畢業，是一位美術家，創作《大拇指漫畫》；林國樑，師範大學畢業，

台北師範教授，是一位國語文專家。當時的《國語日報》是兒童報紙，但《中國兒童週報》則是針對兒童的看法和想法所編的兒童週報，在國語日報社印刷的，因為只有那兒才有注音印刷。週報的發行量在十一週內就發行一萬一千份。第一版是兒童國家大事；第二版是童話小說；第三版是小故事和大拇指漫畫，是給低年級看的，第四版是兒童園地。週報賣五毛錢一張，但是沒計算中間商的利潤，沒人願意送，遠地訂戶又收不到錢，所以雖然出版成功，卻因行銷而失敗。然而對我的人生而言，《中國兒童週報》卻是一件很值得紀念的事。

　　當時台北市教育局長吳石山先生，是留學日本的本省籍前輩教育家，他退休之後，和大家合辦了一份《學園月刊雜誌》，亦由我擔任主編，只辦了約半年，每期分上下冊，和課本內容相關，有些課本作業在後面，前面則是兒童故事等。

　　雖然辦了三種刊物，但對我來講都是失敗的經驗，因為我們沒有「錢」也沒有「閒」，銷路是有，但行銷卻都不成功。

一九六四年先生擔任教育廳第四科科長，編印了《中華兒童叢書》，請問您的作法及依據為何？

　　我在小學擔任四年教師，三年校長，後來到師範大學視聽教育館做課程研究員。在這期間，派我出國進修，在「美援視聽教育」名下拿了碩士學位。當時的省政府教育廳廳長是劉真先生，那個時候要找一位科長，大概因我是小學教師又多了一個碩士學位，也是一九五○年高考及格，蒙劉廳長的青睞請我

當教育廳的第四科科長，第四科當時主管三項業務：國民教育、地方教育行政及師範教育。

美國在一九六四年覺得台灣的情況已經很好，所以在那年就停止了美援。之後，聯合國中有個兒童基金會（UNICEF），對台灣的兒童有很大的幫助，當年小朋友感染砂眼的情形很厲害，基金會幫助學童防治砂眼的計畫，使罹患率由七四％降至七％，防治工作做得非常成功；還有食鹽加碘計畫，我們台灣的鹽缺乏碘的成分，這樣會使人得大脖子病的。這個計畫的支持人，名叫程怡秋。一般聯合國的人員都不會派駐在他的母國，唯獨他個人例外，他是中華民國的國民卻派駐在台灣，這個人對國家很有貢獻。美援停止後，他曾幫忙衛生處、教育廳的衛生教育計畫，有一天，大約是一九六一年，他問我說：「陳科長，四科有什麼計畫好合作的嗎？」我回答說：「出版兒童讀物可不可以呢？」沒想到他竟然回答說：「可以呀！」「那我們就談談看！」他很用心，回到台北後就打電報到曼谷聯合國遠東區總部主任那兒，問起：「中華民國要辦兒童讀物，兒童基金會可以不可以幫助？」這位主任名叫肯尼，自己在美國辦過出版物，對出版工作有經驗，也極有興趣，所以很熱心，一口便答應了。

六〇年代我國的兒童讀物大都因陋就簡，那時只要有注音符號就好，要做到世界級的兒童讀物是很辛苦的。因為我在美國修過三學分的兒童文學，看到他們的兒童讀物印製得相當精緻，可以代表一個國家的實力。因為印刷條件，包括紙張、裝

訂等，每一樣都跟科技有關，從出版品中我們可以發現這個國家的科學發展到達什麼程度。例如在美國有一本《兒歌》，居然有八十七種版本之多，出版的形式相當多樣化，美國的兒童讀物是各式各樣都有的。我請程怡秋幫忙提供紙張、印刷油墨、稿費，還有編輯人員工作費用等，也就是說所有的錢都由他出。第一次計畫總經費是五十萬美金，是一筆相當大的預算，其中兒童讀物便占了二十五萬美金，因為兒童基金會工作的對象是兒童，所以當年規定有三方面的內容，分別是科學、兒童文學及營養與健康三大類，一年出三十二冊，兒童文學占一半，科學及營養與健康共佔另一半，每大類都分低、中、高三個年段，完全以七彩印刷，從全國最好的印刷廠中篩選出最好的十家來幫忙印刷，內容是完全適合小朋友看的，取名為《中華兒童叢書》。編輯的人員找了五個人：總編輯是彭震球先生，當時他編的《學友雜誌》發行得很廣；林海音、潘人木兩位是大大有名的女作家；美術編輯是畫馬有名的曾謀賢先生；科學方面的專家則找從美援會工作退休的柯泰先生。當年一般外援計畫，有一個現象：美援存在，計畫存在；美援不存在，計畫也便不存在了。當時聯合國也要我們提出「相對基金」，但是我們政府拿不出來。所以當年想出一個辦法，那就是每位小朋友每學期交一塊錢。那時小學生約二四〇萬，除掉窮苦和山地小朋友可以不繳，大約還有二〇〇萬，一年便有四〇〇萬的收入，靠這個「兒童讀物基金」才將問題解決。這個制度現在還存在，我個人覺得很高興。當年聯合國是和教育部簽約，由我們教育

廳執行，歷經了劉真、閻振興、吳兆棠、潘振球四位廳長，廳長們決定政策，我個人只負責執行而已。到了一九六四年才印製出來。第一批《中華兒童叢書》出版後，因為印得很有水準，大家都非常喜歡，省議員們也都很欣賞。

因為《中華兒童叢書》的版權屬於聯合國，所以等於沒有版權，曾被推廣到泰國、菲律賓等地。每年有一個世界出版物的展覽會的舉辦，《中華兒童叢書》還代表中華民國出版物展覽過好幾次哩！另外還有僑社，凡是有海水到的地方都有華僑，華僑社會一定有華文教育，他們一般都採用台灣的傳統繁體字，因為這樣，台灣變成了全世界華文兒童讀物的供應地區。一九六八年我離開教育廳後，潘人木大作家繼續編了《中華兒童百科叢書》，現在何政廣總編輯又編了《兒童的》雜誌、幼稚園用書等，都有很好的口碑。去年「中華民國兒童文學學會」贈給我榮譽理事的頭銜，又為我們辦「千歲宴」活動，對我們是挺禮遇尊敬的，想不到當初「一學生繳一元」的制度，奠定今日的局面。

還有一項事情可以談，那就是一九六八年，台灣九年國民教育開始實施，蔣總統要求教科書要精編精印，但哪來的錢可以精印呢？於是我就提出教科書可以改為收費，因為憲法沒有規定免費供應教科書啊！憲法只規定窮苦者由政府供應教科書，所以教科書要收費，「羊毛出在羊身上」，印得貴便賣得貴，把教科書改為有價供應了，全台灣的印刷條件一下子提高了很多，許多印刷廠都由黑白改為彩色印刷。這時國小因為免

試升學，小朋友的時間多了，可以看課外書籍，所以便有人編兒童讀物、兒童雜誌，彩色印刷印得很精美，所以一九六八年起兒童文學成長的環境便變好了。

一九七一年板橋教師研習會開辦了「兒童讀物寫作研究班」，請問當時您的想法和作法為何？

「兒童讀物寫作研究班」是鑑於當年兒童文學寫作、繪畫的人才不多，當時的潘振球廳長很有心，他認為要多培養一些作家、畫家，才能解決問題。一九六八年，我擔任教育廳科長七年半後，到聯合國教科文教組織（UNESCO）去工作，被派至菲律賓去訓練師範學校的老師（亦即老師的老師）。一年半後，潘廳長派我到板橋研習會當主任。到板橋研習會上班後，有一次，一位叫徐正平的學員提議研習會辦一次「兒童文學研習班」，對這些在暗中摸索的老師多一點幫助，篩選一些有寫作經驗的小學老師，到板橋教師研習會來受訓，他開了六十幾個人的名單。要訓練這些對兒童文學已有一點基礎的小學老師，應該開什麼課呢？請什麼人來教呢？當時並沒有前例可循。於是我就請了在兒童文學界已經有名望的人，像林海音、潘人木、趙友培、林良，還有徐景淵，他是過去擔任台灣書店《小學生雜誌》的總編輯，和《中央日報》的編輯楊思諶等，這樣合起來有八、九個人，在台北博愛路的美而廉咖啡廳，請他們喝咖啡，我說：「我要辦兒童讀物寫作班，你們看看我要怎麼辦？」一面喝，一面談，就談出了一個大致輪廓，分成三

部分來進行，一是「聽」──聽老師的理論；二是「看」──規定起碼看坊間出版書刊一百種，並做報告；三是「寫」──寫一篇畢業紀念文，每人一定要交一篇，否則不能結業。另外值得一提的是「大作家帶小作家」的上課方式，一個班學員共三十個人，一個人帶五個學員，這五個人可以到老師家裡去上課。講授的時間很少，但看得很多，最後老師教學員寫一篇兒童文學創作，每一個人交一篇，好像寫一篇畢業論文一樣。他們（學員們）把整個研習會的精神都帶動起來了，這批學員們都很有成就感，所以後來的「洪建全兒童文學創作獎」及「中山文藝獎」的兒童文學獎項，這批人中間有好幾個得獎，寫作的人才慢慢出頭了，我們覺得士氣大振，也覺得很有成就。當時，惟一遺憾的是，沒有辦兒童畫家的研習班。

在出版兒童讀物的計畫中，有一個子計畫為設立鄉鎮圖書室及指導兒童閱讀等，其執行的情形如何？

　　我到美國的學校參觀過。我發現在美國的小學，圖書館是必要設備，每一個學校都有，從一年級開始就有圖書館時間。小朋友去那裡做什麼呢？老師最主要是要培養他們讀書的興趣，但兒童的興趣要怎麼去發現呢？一年級時老師把科學的、文學的書都放在架子上，讓小朋友去抓，抓抓這本，抓抓那本，表示小朋友的興趣在這裡，老師就個別予以指導。大概一年級是這樣。二年級開始，圖書館有很多書，書要怎麼找？借書怎麼借？還書怎麼還？怎麼保護公物？都詳細說明。我們中華民

國是由公民訓練來訓練公民的，但他們不是這樣的，他們在平時生活中便養成習慣，譬如借書，要注意不要弄壞書，弄壞要賠的。他們的教學，逐年有進度，美國學校在這方面做得很好，所以當時我想在兒童讀物出版了之後，要在國小課程中排進閱讀時間，本來廳裡面也擬好全省三百六十個鄉鎮，每個鄉鎮起碼有一個國小要設立圖書室，根據美國的作法來指導兒童讀書。但是很遺憾地這方面沒有做得很好，因為書送到學校裡面，有些學校因為列入移交就把它鎖起來，連看都沒有看，有這種結果我們也是很失望的。

您對兩岸學術交流的意見如何？

我認為和大陸交流是必要的，因為和我們文化的背景相同，假如兩岸兒童文學可以融合起來，這是更好的。這也是我們台灣現在增加師資的一種有效的方法。利用教育部和國科會的經費，也可以請到美國或日本的專家。當年師範專科學校要開兒童文學課程，但是沒有師資，所以我開辦了「師專教授兒童文學課程研討會」，是在台中師專辦的，請來美國圖書館學的專家石德萊女士（Hellon Sateley），她在台灣住了兩個月，講授的對象是師範學院的老師，學員們記了筆記，蒐集了資料，回校去便去開課。台北師範有開課，台北女師也有，學員本身是國文老師，他們本身也對兒童文學有興趣，所以很容易把師專上課的教材大綱寫出來。但我認為把外國人才引進來，是很重要的一步。

請問先生在高雄市教育局長任內成立「高雄市兒童文學寫作學會」的經過如何？

「高雄市兒童文學寫作學會」的成立，是由一位許漢章校長所發起的。他本身在板橋教師研習會參加過寫作班，對於兒童文學很有興趣。後來他在高雄成立寫作學會，好像設立一個分會一樣，在高雄服務大家，鼓勵大家來研究兒童文學，因為那時候我在高雄市做教育局長，所以他就請我當理事長，由他本人來當總幹事，那時他是一位國小的校長，現在已過世了。憑良心說，有了這個組織以後，不定時的聚會，把高雄市附近對兒童文學有興趣的老師、作家們集結起來，互相商討勉勵，是非常好的。當時我的行政工作很重，所以不是那麼地投入。但認為許校長此一工作，是很有意義的。

一路走下來，請問先生對於兒童文學有什麼特別的看法？

兒童文學集合了寓言、謎語、笑話、童話、童詩、兒童小說等，它本身是有門類的。兒童文學不等於是兒童讀物，兒童文學和兒童讀物是有區別的，兒童文學是文學的一支，譬如說童詩、兒童小說等，它本身是有兒童文學的內涵。當然，如果只將文章寫得淺顯一點，或者是在文字旁加注音，就稱為兒童文學，這樣應該是不對的。所以兒童文學裡面應該有兒童文學的東西。兒童文學是比較屬於文學類的，不像兒童讀物，科學、道德與健康啦，什麼都可以放。在教育廳的計畫裡面，因為兒

童基金會的服務對象是兒童，所以對兒童的健康及衛生等，他們都很重視。但是我們腦筋裡真正只有兒童文學，我們的決策都是以兒童的興趣為取向、兒童的程度為取向、兒童的意境為取向，來做兒童文學這方面的工作。這可以由《中華兒童叢書》中兒童文學占一半的比例可以看出。現在電視普及了，小朋友恐怕很少看書，兒童文學好像沒落下去了。我希望你們研究所能多研究研究，看看怎樣使他們有興趣看書。看書對於寫作的影響很大‧能引起小朋友的興趣，使他們有文學的修養，並改變他們的氣質。文學方面我不熟悉，但是希望我們兒童文學界更強一點，台灣可以出幾個像安徒生這樣的作家，現在台灣林良先生的文筆、意境都能把握到，此外也有很多人從事這方面的工作，希望大家在純兒童文學內有所成就，那就更好了。

東師成立全國第一所兒童文學研究所，您有何期許？

我實在不敢說有什麼建議，因為這行並不是我所學。研究所可不可以把本土的寓言或兒歌，用蒐集的方式，把從古以來或全世界各國同類的書收集齊全，然後促使出版界出版一套完整的書籍？有系統的做下去將來會有成就，我做的是比較膚淺的行政工作，你們是做研究、整理的工作。此外如培養一些作家，我認為都是很重要的。

能寫的人寫，不能寫的人就翻譯。我自己本身很想寫，想當作家，又因為留學的關係，外文還可以，就翻譯了一些書。你們可以找一點前輩或是外國作家們的著作，從事翻譯工作，

把一整套書翻譯出來也是不錯。我很想在自己退休以後，也能做一些翻譯的工作。在美國每年有一個最受歡迎的青少年文學的選拔，他們怎麼選呢？看一年內美國兒童文學類作品出版有幾本？每本書借出去幾次？次數多的就得獎，叫「紐伯瑞獎」，假如能將這些作品翻譯介紹到台灣來，也是很不錯的。

　　我在北師附小時，做過兒童讀物興趣調查研究，研究當年三年級、四年級、五年級、六年級的兒童喜歡看什麼書？我製作了一個調查表，把兒童文學分類、喜歡的原因和不喜歡的原因選項放在上面，這個東西我做了統計數字，你們研究所也可以做做看。

　　研究所的成立總是要靠師資，如果自己不夠，要請外面的人才，進行文化交流，大陸可以，日本也可以，其實日本在動畫卡通方面是全世界有名的。如果依市場的觀念來看，小朋友的書應該比大人們的暢銷，只要符合小朋友的興趣，出版童書還是大有可為的。所以想出一些點子，利用資源來充實師資是可行的。我在中國醫藥學院也有和大陸做學術交流，後來開辦中醫博士班，也曾請韓國中醫博士來教課。這是初辦研究所可以做的事情。

＊　　　＊　　　＊　　　＊　　　＊

　　從「兒童讀物編輯小組」，到「兒童讀物寫作班」，乃至「高雄市兒童文學寫作學會」；或是從國小老師，到教育部次長，陳梅生無時無刻都在掛念著兒童文學的發展，念茲在茲都

在為兒童文學培養寫作人才。人的一生，如果都能有機會去實
現自己的興趣與心願，夫復何求？

數十年來，陳梅生一直關心兒童文學，並以實際行動來表
示他對兒童文學的關愛，兒童文學能發展至今日這樣百花繽紛
的局面，我們這些身受其蔭的後輩，應該感謝這位有遠見、有
理想，並堅持為兒童文學點燈的教育家才是。

參考資料

《九年國民教育實施二十週年紀念文集》　中國教育學會主編
　　台灣書店　民國七十七年九月　頁四四五～四五一
兒童讀物興趣的調查研究　原刊於《教育部教育通訊》二卷
　　二十三期；後收於《國教筆耕集》　頁二一五～二二〇
小作家訓練營──兒童讀物寫作班
＜為兒童文學點燈的陳梅生＞　邱各容　兒童文學史料初稿
　　一九四五～一九八九　富春文化事業股份有限公司　民國
　　七十九年八月　頁一八八～一八九
＜培養寫作人才的搖籃──兒童讀物寫作研究班＞　《兒童文
　　學史料初稿一九四五～一九八九》　邱各容　富春文化事業
　　股份有限公司，民七十九年八月　頁三二一～三三六
＜兒童讀物寫作研究班──開班緣起及其課程設計＞　《研習
　　通訊》第一三九期　民國六〇年六月　頁一一～一六，頁
　　四十三～四十七，頁七一

＜記兒童讀物寫作研究班＞ 《中國語文》三〇卷第二期 民

　國六十一年二月 頁二十四～三十一

＜一年來的兒童文學——從兒童讀物寫作班談起＞ 徐正平

　《國語日報》 民國六十一年五月二十八日

附錄

一、兒童文學活動年表

一九三六 ～ 一九三八年；小學（十三～十五歲）

一九三八 ～ 一九四一年；浙江省立紹興中學

一九四二 ～ 一九四四年；浙東第三臨時中學

一九四四 ～ 一九四八年；國立中山大學師範學院教育系

一九四九年 ～ 來台

一九四九 ～ 一九五三年；北師附小老師

一九五三 ～ 一九五六年；龍安國小校長，主編《中國兒童週

　　報》和《學園雜誌》、《學園月刊雜誌》

一九五六 ～ 一九六一年；師範大學視聽教育館研究員

一九五九～一九六〇年；至美國進修碩士學位（美援），美國

　　田納西大學課程與教學碩士

一九六一～一九六八年；教育廳第四科科長（七年半），辦理

　　《中華兒童叢書》出版計畫

一九六八～一九六九年；聯合國教科文組織，派駐菲律賓（一

　　年半）菲律賓大學

一九六九～一九七七年；板橋教師研習會主任，辦理「兒童讀物
　　寫作班」

一九七二～一九七四年；赴美國進修博士學位（二年半），美國
　　田納西大學課程與教學博士

一九七七～一九七九年；教育部高教司司長（二年）

一九七九～一九八二年；高雄市教育局局長（三年），擔任「高
　　雄市兒童文學寫作學會」理事長

一九八二～一九八七年；教育部常務次長（五年多），主管高等
　　教育

一九八七～一九九六年；中國醫藥學院院長（九年），綜理院務

一九九六～　　　；中國醫藥學院顧問至今

二、報導與評論彙編

（一）報導部分

＜為兒童文學點燈的陳梅生＞　邱各容　《新生兒童》
　　一九八八年五月十四日；後收《兒童文學史料初稿一九四五
　　～一九八九》　富春文化事業股份有限公司　一九九〇年八
　　月　頁一八八～一八九

（二）專書部分

《陳梅生先生訪談錄》　陳梅生口述　國史館出版　二〇〇〇年
　　十二月

附錄三

篇章出處

作者	篇名	書名	出版地	出版社	出版年月	頁碼	字數	自編號碼
林武憲	談兒童文學史料的蒐集和整理	兒童文學與兒童讀物的探索	台北市	彰化縣立文化中心	1993 年 6 月	212-219	3816	7-1~7-4
洪文瓊	國內兒童文學史料整理小檢視	文訊	台北市	文訊雜誌社	1995 年 6 月	9-12	3960	14-1~14-4
蔡尚志	台灣兒童文學今何奈	第一屆兒童文學國際會議論文集	台北市	靜宜大學文學院、台灣省兒童文學協會	1998 年 5 月	3-23	11760	4-1~4-11
洪文瓊	影響台灣近半世紀與兒童文學發展的十五樁大事	台灣兒童文學手冊	台北市	傳文文化事業有限公司	1999 年 8 月	67-84	9150	15-1~15-9
李潼	疼惜一瞑大一寸的兒童文學	李潼的兒童文學筆記	宜蘭縣	宜蘭縣文化局	2000 年 6 月	19-24	2100	9-1~9-4
鄭清文	我對台灣兒童文學的看法	小國家大文學	台北市	玉山社出版事業股份有限公司	2000 年 10 月	134-143	3500	6-1~6-5
林文寶	台灣兒童文學的建構與分期	兒童文學學刊第 5 期	台東市	國立台東大學	2001 年 5 月	6-42	18496	1-1~1-19
林文茜	台灣兒童文學發展史的研究現況與課題	兒童文學學刊第 6 期上卷	台東市	國立台東大學	2001 年 11 月	174-195	13745	2-1~2-11
李畹琪	台灣當代兒童文學開步走——談洪建全兒童文學創作獎（1974-1992）	兒童文學學刊第 7 期	台北市	國立台東大學	2002 年 5 月	255-288	31523	X

杜明城	台灣兒童文學的制度面分析：一項比較的觀點	兒童文學學刊第 9 期	台東市	國立台東大學	2003 年 5 月	31-48	8925	X
趙天儀	台灣兒童文學史的書寫與建構	台灣兒童文學的出發	台北市	富春文化事業股份有限公司	2006 年 4 月	13-21	3584	10-1~10-5
邱各容	從意識型態談日治時期台灣兒童文學的書寫	《全國新書資訊月刊》第 100 期	台北市	國家圖書館	2007 年 4 月	25-31	7514	3-1-3-7
林文寶	試論台灣兒童文學區域性之研究	2007 台灣兒童文學年鑑	台北市	中華民國兒童文學學會	2008 年 6 月	12-22	10580	12-1~12-6
邱各容	台灣兒童文學發展的省思	出版界第 91 期	台北市	台北市出版商業同業公會	2010 年 9 月	60-77	9749	11-1~11-9

附錄

| 林良 | 台灣地區四十五年來的兒童文學發展〈一九四五~一九九〇〉 | 華文兒童文學小史〈民國卅四~七十九年，一九四五~一九九〇年〉 | 台北市 | 中華民國兒童文學學會 | 1991 年 5 月 | 1-4 | 2093 | 5-1-5-3 |
| 吳聲淼 | 為兒童文學點燈——陳梅生專訪 | 兒童文學工作者訪問稿 | 台北市 | 萬卷樓圖書有限公司 | 2001 年 6 月 | 75-96 | 6800 | 13-1~13-10 |

國家圖書館出版品預行編目（CIP）資料

林文寶兒童文學著作集. 第三輯, 著作編 / 林文寶作.
-- 初版. -- 臺北市：萬卷樓圖書股份有限公司,
2023.09
　　冊；　公分. --（林文寶兒童文學著作集；
1605003）
ISBN 978-986-478-973-3（第 8 冊：精裝）. --
ISBN 978-986-478-977-1（全套：精裝）

1.CST: 兒童文學 2.CST: 文學理論 3.CST: 文學評論
4.CST: 臺灣

　　　　　　　863.591　　　　　112015478

林文寶兒童文學著作集　第三輯　著作編　第八冊

台灣兒童文學史文論選集

作　　者　林文寶
主　　編　張晏瑞

出　　版　萬卷樓圖書股份有限公司
發行人　林慶彰
總經理　梁錦興
總編輯　張晏瑞
聯　　絡　電話 02-23216565　　　　傳真 02-23944113
　　　　　網址 www.wanjuan.com.tw
　　　　　郵箱 service@wanjuan.com.tw
地　　址　106 臺北市羅斯福路二段 41 號 6 樓之三
印　　刷　百通科技股份有限公司
初　　版　2023 年 9 月
定　　價　新臺幣 18000 元　全套十一冊精裝　不分售
ISBN　978-986-478-977-1（全套：精裝）
ISBN　978-986-478-973-3（第 8 冊：精裝）